PROTÈGE-MOI

C. HALLMAN

J.L. BECK

PRESS

Bleeding Heart Press

www.bleedingheartpress.com

Édition par : Word Nerd Editing

Conception de la couverture par : C. Hallman

PROTÈGE-MOI

Elle avait besoin d'être protégée de ma famille...

J'avais besoin d'être protégé de son cœur...

C'était la petite sœur de mon ex-meilleure amie. Timide, magnifique comme tout et, ai-je mentionné, complètement inaccessible.

Jusqu'à ce qu'elle atterrisse sur le pas de ma porte, me suppliant de la protéger de mon frère. Elle n'a aucune idée du genre de monde dans lequel elle est entrée ni du fait que je ne suis pas un meilleur homme que celui qui la cherche.

Mais quand elle m'offre sa carte de virginité, la dernière chose qu'elle a en échange de sa protection, je ne peux pas refuser une offre aussi tentante.

Elle est tout ce que je veux, et rien que je puisse avoir.

Quand mon frère découvre qu'elle est sous ma protection, que je l'ai cachée sous son nez tout ce temps, il me donne un ultimatum...

L’épouser ou la tuer... et comme il est hors de question que je le laisse la tuer, je décide de la faire mienne... pour toujours.

CHAPITRE 1

Keira

Je fixe le corps sans vie de mon frère sur le sol de mon appartement. Je sais ce que je dois faire ensuite, mais je ne peux pas bouger. Mes pieds restent collés au sol, mes yeux bruns parcourant la scène devant moi. Il y a du sang... tellement de sang.

Je me mords la lèvre inférieure, assez fort pour me faire couler le sang. Je ne crierai pas. Je ne peux pas. Léo m'a dit que si quelqu'un venait pour lui, je devais aller voir un homme, un de ses amis, et qu'il me protégerait, mais je ne me souviens pas de son nom.

Mon estomac se retourne, la bile monte dans ma gorge. Je place une main sur ma bouche pour arrêter le vomissement imminent.

Mon frère est mort.

Ma poitrine se serre ; mes mains se crispent sur mes côtés. Mon frère est mort. Vraiment mort. Nous avons plaisanté sur ce moment de nombreuses fois, mais en regardant son corps sans vie, son regard vide, je sais que ce n'est pas une blague.

Commence à bouger, dit une petite voix dans ma tête.

Je regarde le message que ces salauds ont laissé sur mon frigo. Le papier collant tremble dans mes mains alors que je lis les mots encore et encore.

Je reviendrai pour vous.

Je frissonne involontairement. Je dois trouver l'homme que mon frère voulait que j'aille voir. J'ai le sentiment qu'il est le seul à pouvoir me protéger maintenant.

Les mains instables, je sors mon téléphone et je consulte mes informations d'urgence. J'ai créé un petit document simplement pour ça. Léo m'avait seulement donné un nom et une adresse, en disant que ce serait suffisant.

Mais comment puis-je me présenter sur le pas de la porte de quelqu'un avec ce genre de chose ? Léo disait que la personne comprendrait, qu'elle saurait pourquoi j'étais là, mais je n'y croyais pas... pas du tout. Trop effrayée pour aller dans ma chambre ou même rester dans la cuisine une minute de plus, je suis sortie par la porte, la fermant discrètement derrière moi.

Des larmes coulent de mes yeux, tachant mes joues. Je n'ai jamais ressenti autant de douleur et de confusion à la fois. Mes poumons semblent se dégonfler, refusant de se remplir, peu importe le nombre de respirations que je fais.

J'ai descendu deux marches de l'escalier quand j'entends des voix venant du niveau inférieur. Je repère deux types qui parlent, tous deux avec un accent, russe peut-être. Je ne suis pas inquiet jusqu'à ce que les mots rencontrent mes oreilles.

« Le patron a dit qu'il voulait la sœur pour lui, alors ne la bousille pas trop. » Les hommes sont grands et costauds, bien plus grands que moi, et certainement plus forts. S'ils mettent la main sur moi, c'est comme si j'étais mort.

Bouge, Kiera ! La voix de mon frère remplit ma tête alors que j'essaie d'arrêter la crispation de mes muscles. Je dois sortir d'ici. S'ils m'attrapent... Je chasse cette pensée avant qu'elle ne prenne racine.

Aussi doucement que mes pieds le permettent, je recule sur la pointe des pieds, en m'éloignant de l'escalier. J'enlève mes chaussures et commence à monter l'escalier avec mes chaussettes. En restant près de l'extérieur, je m'assure qu'ils ne peuvent pas me voir s'ils décident de regarder au milieu de l'escalier.

La lèvre coincée entre mes dents, je retiens le cri qui veut s'échapper de ma gorge. La peur me consume, mes muscles restent rigides, mais je continue à avancer. Je marche jusqu'au dernier étage et emprunte l'escalier de secours pour descendre.

Je serai en sécurité, caché de leurs regards — un secret qui passe. Mon corps tout entier tremble alors que je franchis les marches deux par deux, mes yeux passant par-dessus mon épaule toutes les quelques secondes, ce qui me fait trébucher. J'atterris contre la balustrade, qui s'enfonce dans mes côtes. Je dois faire plus attention ou je vais me faire prendre.

Je soupire de soulagement quand j'arrive à descendre les escaliers. Je ne suis qu'en première année de lycée. Je suis censée faire la fête, traîner avec d'autres personnes de mon âge, et non pas découvrir le corps de mon frère mort, ou fuir deux monstres qui veulent me traîner jusqu'à leur patron. L'image d'être attaqué par l'un d'eux vacille dans mon esprit.

Non. Je me force à me calmer. Je suis juste là, à deux doigts de perdre le contrôle. J'ai envie de pleurer, de crier, de hurler, mais je sais que rien de tout cela n'arrivera. Poussant les portes arrière du complexe d'appartements, je cours dans la rue, mon sac à dos reposant toujours lourdement sur mon dos.

Je sprinte dans la rue et me cache derrière un groupe d'arbres avant de décider de m'arrêter pour reprendre mon souffle. Mes petites jambes ne m'aident en rien lorsqu'il s'agit de courir. Je sors mon téléphone portable et entre l'adresse dans la carte.

Une petite icône apparaît sur l'écran, confirmant qu'il fonctionne. Je m'affale contre l'arbre, attendant qu'il se charge.

Pisteraient-ils mon téléphone ? Qui sont-ils pour mon frère ? Des dizaines de questions fusent dans ma tête. Je ne lui ai même pas dit au revoir. Mon regard se baisse sur mon téléphone. La carte s'est finalement chargée.

La peur coule dans mes veines. J'espère que la personne que je vais voir en saura plus que moi. Sinon, je suis foutue.

L'idée d'être attrapée par ces hommes sinistres me fait avancer plus vite. Ma carte indique que le lieu se trouve dans un endroit appelé « Night Shift ».

Après avoir marché pendant ce qui me semble être une éternité, j'arrive au bâtiment, mes yeux le survolant. Je serre la mâchoire de colère.

C'est un club de strip-tease.

Il y a un panneau collé sur la fenêtre de devant.

NOUS EMBAUCHONS : LES MEILLEURES STRIP-TEASEUSES DE LA RÉGION.

Ma bouche devient sèche. Pourquoi mon frère m'a-t-il envoyé dans un club de strip-tease ? Ce doit être une sorte de blague de mauvais goût... une chance pour lui de se venger de moi après la mort ? Je frissonne et l'idée d'entrer me fait peur. Qui est-ce que je demande, et si on me dit de partir ? J'enroule mes bras autour de moi tandis qu'une brise froide me traverse.

Rentre, demande la même voix que tout à l'heure. Je sais que je suis légèrement déséquilibré, d'autant plus que j'entends des choses dans ma tête, mais c'est l'avertissement de mon corps — la façon dont mon corps me fait faire quelque chose que je ne veux pas faire parce que j'ai trop peur.

Traînant mes pieds sur le béton, je m'agrippe à la porte métallique, dont le froid fait disparaître toute la chaleur en moi.

J'ouvre la première porte, puis une deuxième, mes pieds bougeant tout seuls. Je tremble comme une feuille dans le vent. Je veux rembobiner le temps et revenir à ce matin où mon frère était vivant et plaisantait avec moi.

Quand mes pieds cessent de bouger, je réalise que je suis au bar. L'intérieur n'est pas aussi mauvais que je le pensais. Il y a une énorme scène avec une grande zone de sièges centrée autour d'elle sur le côté opposé de la salle, et un long couloir sur la gauche.

« Si tu cherches le patron, il est dans son bureau. »

Je me lèche les lèvres nerveusement, en ravalant un peu de ma peur.

« Quelle direction ? » J'ai du mal à sortir les mots. La femme en face de moi me regarde curieusement, ses yeux noisette transperçant les miens. Elle a l'air d'avoir dix ans de plus que moi, son visage est maquillé. Son corps aux formes arrondies n'a presque pas de vêtements. Ses seins tombent de son haut, et la chemise — si on peut l'appeler ainsi — ne couvre que la moitié de son ventre.

Si elle portait un maillot de bain, il aurait couvert plus de peau.

« Au bout du couloir, par là. » Elle fait un crochet du pouce dans la direction du couloir sur la gauche. « Suis-le jusqu'au bout et tourne à gauche. Tu verras un grand homme debout devant son bureau, c'est comme ça que tu sauras que tu auras réussi. » La femme mystérieuse sourit chaleureusement.

Mes jambes tremblent alors que je m'élance, la peur de l'inconnu se glissant le long de ma colonne vertébrale. Je ne sais pas dans quoi je m'aventure. D'après l'apparence de l'endroit, les femmes ne sont rien de plus que des objets, et je ne veux pas être un objet, pour personne. Je ne veux même pas qu'on me regarde, encore moins qu'on me touche.

Encore une fois, je me demande pourquoi mon frère m'a envoyé ici.

En marchant dans le hall faiblement éclairé, je passe de nombreuses portes en bois. Quelques gémissements et cris me font courir plus vite, mes pieds glissant sur le sol. Quand j'arrive au bout du couloir, je tourne à gauche et je m'arrête. Il y a une porte juste en face de moi, mais aucun homme ne se tient à l'extérieur.

Suis-je au bon endroit ?

Je trace les lettres gravées sur la porte.

DAMON ROSSI.

Je cligne lentement des yeux. Sous son nom, il y a un seul mot :

PATRON.

Mon estomac se retourne, et je presse ma main contre la porte plus fermement pour me retenir. Je vais m'évanouir. Je le sais. Cette journée m'a poussé au-delà de mes limites. Je suis terrifiée, et je n'ai nulle part où aller. Je suppose que je pourrais rentrer chez moi et me faire tuer, ou pire, me faire attraper par ces salauds. Ou... je pourrais me ressaisir, entrer dans le bureau et découvrir qui est Damon Rossi pour mon frère. Prenant une inspiration apaisante, je saisis la poignée en laiton et la tourne lentement, puis je retiens ma respiration en poussant la porte. Un faible grincement s'échappe de cette foutue chose. J'expire un moment plus tard et passe la tête à l'intérieur.

Je ne peux pas m'empêcher de me sentir comme un lapin pris dans un piège. Comme si quelque chose de mauvais était sur le point d'arriver.

Mon cœur s'emballe et mes mains sont moites. C'est comme si j'étais une intruse, mais je me force à rester sur place. Mon frère ne m'aurait pas envoyé ici s'il ne pensait pas que je serais en sécurité, non ? Le fait de devoir découvrir qui est Damon me pousse à continuer. Je laisse mon sac à dos glisser de mon épaule, et le dépose sur la chaise devant le bureau.

Mes doigts traînent contre le bois d'acajou, et je fais le tour de la pièce. Il y a une certaine virilité dans cet endroit.

C'est sombre et sinistre, et ça sent le tabac et le whisky. Des dossiers sont posés sur son bureau, avec des noms de filles écrits sur le devant de chaque dossier. J'en ouvre un par pure curiosité, et je sursaute, le refermant rapidement quand je vois la photo d'une femme nue dans une position très provocante.

Mon regard se pose sur un tiroir sous le bureau. Je sais que je ne devrais pas fouiner, et je ne sais pas vraiment ce que je cherche, mais je ressens le besoin de chercher... quelque chose... n'importe quoi. J'attrape la poignée, mais quand j'essaie de l'ouvrir, je réalise qu'elle est verrouillée.

En regardant la pièce avec déception, je réalise qu'il n'y a rien d'autre à trouver ici. Faisant le tour du bureau, je suis sur le point de m'asseoir sur le canapé quand je sens l'air se déplacer autour de moi.

Une chaleur remplit l'air... la lumière mélangée à l'obscurité.

Mon cœur bat à des millions de kilomètres par minute, et les poils de ma nuque se dressent. J'ai échappé à un monstre pour être piégée par un autre.

Je suis figée, trop terrifiée pour bouger, quand j'entends quelqu'un derrière moi. J'aspire une forte respiration. Cela blesse mes poumons, mais aide à construire le cri strident sur le point de sortir de ma gorge. Je sens des mains sur moi, et ce sont celles d'un homme. La rudesse de son toucher est impitoyable, comme s'il était en colère et voulait me punir.

Avant que mon cri n'apparaisse, je suis poussée sur le canapé, la tête la première. Je suis en mode panique totale maintenant. J'essaie de me lever, mais il appuie son grand corps sur le mien, ce qui m'empêche de bouger. Sa poigne est implacable, et quand je sens quelque chose de dur contre mes fesses, je sursaute.

Non. Non. Non.

« D'habitude, je ne baise pas les femmes ici, mais puisque tu sembles si intéressée par mon bureau, je suppose que je devrais te faire visiter pendant que tu chevauches ma queue. »

Mes yeux se ferment, et mon corps se fige. Mon frère m'a envoyé me faire violer. Les larmes me piquent les yeux. Mon pantalon de yoga est déchiré le long de mes jambes, et je commence à trembler en m'enfonçant plus profondément dans le coussin. Je veux que ce moment soit terminé. Je me mords l'intérieur de mes joues. Le goût cuivré du sang remplit ma bouche, et je me concentre sur son amertume.

« Si tu veux le boulot, tu ne dois pas être si tendue. Personne ne veut baiser un morceau de planche. » Murmura une voix sombre contre mes cheveux.

Un frisson parcourt tout mon corps. Je ne suis pas sûr de pouvoir me sortir sa voix grave et profonde de la tête...

CHAPITRE 2

Damon

POURQUOI CETTE SALOPE est-elle si tendue ?

Je ne peux pas faire travailler une fille dans mon club de strip-tease si elle est aussi coincée. Son dos n'est même pas courbé, et elle a l'air mal à l'aise. Pourtant, ce serait une honte de renvoyer celle-ci.

Peut-être qu'elle se fait désirer. J'ai un sourire en coin. J'aime quand elles jouent les difficiles. Plus c'est dur, mieux c'est.

J'attrape la ceinture de son pantalon de yoga extensible et le baisse brutalement. Elle gémit sous moi, et encore une fois, je me demande si c'est un acte. C'est forcément de la comédie. Personne ne vient ici, surtout une femme, sans s'attendre à être baisée. Je frotte ma bite dure comme de la pierre entre ses fesses, en lui faisant comprendre clairement ce que je veux.

Elle a un beau corps, un cul bien rebondi, et assez de viande sur ses hanches pour que je puisse m'y accrocher quand je la pénètre.

« Tu sais, pour une personne qui s'est faufilée dans mon bureau et m'a attendue... tu es vraiment difficile à avoir. C'est comme ça que tu l'aimes ? » Je passe mes doigts dans ses cheveux et mordille son oreille, en grommelant les mots. Je commence à être sérieusement frustré.

Je fais le tour de son corps et glisse une main dans l'avant de sa culotte. Je m'attendais à trouver sa chatte humide et prête à l'emploi, mais je suis surpris de trouver son clito doux et chaud, sec. Elle n'est pas là pour me baiser. Putain de pitié. Avec un peu de chance, je n'aurai pas à la tuer.

Je retire ma main de sa chatte et je relâche ma prise sur ses cheveux, mais je ne la lâche pas encore. Elle ne va pas s'éloigner de moi si facilement.

« Putain, qui es-tu ? » Grognai-je, mes doigts glissant à l'arrière de mon jeans, se posant contre mon arme. Si elle n'est pas là pour le boulot ou pour se faire baiser, alors qu'est-ce qu'elle veut, bordel ?

« M-M-Mon frère... m'a envoyée. » Elle trébucha sur ses propres mots, et mon regard ratisse son corps. Son cul nu tremble... son corps entier...

« Il est mort... »

Je la retourne sur le dos pour pouvoir voir son visage.

Elle ne me dit rien, et je me souviendrais certainement d'un joli visage comme le sien. De beaux yeux bruns presque trop grands pour son visage en forme de cœur, et ces lèvres... elles sont dodues, baisables. Je les veux autour de ma bite, de préférence tout de suite, mais je doute que ça arrive ce soir.

Elle me regarde avec la peur dans les yeux, son corps tremble. Cela me dérange, mais pas assez pour que je m'empêche de sortir mon arme. Je n'aime pas tuer des femmes, mais je fais ce qui doit être fait.

« Putain, c'est qui ton frère ? » Grognai-je. Mon corps est toujours incroyablement proche du sien. Si elle essaie de s'échapper, je placerais ma main autour de sa gorge en une seconde.

Je regarde son visage. Ses lèvres frémissent. Il est impossible qu'elle soit la sœur d'un de mes hommes. Personne qui est affiliée à nous n'est aussi terrifié pour une simple question. Mais là encore, j'ai vu des hommes adultes pisser dans leur pantalon face à moi.

« Es-tu sourde ou quoi, putain ? » J'enfonçai le canon de l'arme dans son côté, juste entre ses côtes. Si j'appuie sur la gâchette, elle va mourir. Il n'y a pas d'autre moyen.

« Puh... puh... s'il te plaît, non. » Des larmes tachent ses joues.

Je me penche pour sentir sa peur, mais en dessous, je sens une odeur de fraise. C'est faible, à peine présent, mais ça me met l'eau à la bouche. J'ai soudainement l'envie ridicule de l'embrasser.

C'est quoi ce bordel ?

Je n'embrasse pas. Je ne fais pas de câlins. Je n'ai pas de rendez-vous. Je ne fais rien qui puisse amener quelqu'un à penser que j'aime une fille pour autre chose que le trou entre ses jambes.

Mais cette fille... elle m'intrigue. Elle est différente des filles que j'ai habituellement à ma merci.

Elle ne m'a toujours pas dit qui est son putain de frère, et ça me fait chier. Je pose une question, j'ai une putain de réponse.

« Je n'ai pas l'habitude de demander deux fois alors tu ferais mieux de me donner une putain de réponse maintenant avant que j'explose ta cervelle dans tout mon bureau. »

« Lé... Lé... Léo est... était... était mon frère. Il... il est mort. »

Putain ! Putain ! Putain !

Léo m'a parlé de sa petite sœur il y a quelque temps. Je ne sais pas grand-chose d'elle, mais je sais qu'elle ne sait rien de la merde dans laquelle son frère a été pris. Il m'a demandé de veiller sur elle au cas où quelque chose de mal arriverait. Et lui promettre de veiller sur elle était le seul moyen de lui faire faire les sauts les plus risqués. Je ne pensais pas que cette promesse se retrouverait un jour dans mon bureau.

Qu'est-ce que je suis censé faire d'elle ? Elle n'est pas sous ma responsabilité. Et même si je lui ai dit que je m'occuperais d'elle. Ce n'est pas comme si son frère allait revenir à la vie pour voir si j'ai tenu ma promesse.

Je me dirige vers mon bureau. Je m'enfonce dans le fauteuil en cuir, je pose mes pieds sur le bord et je commande : « Remonte ton pantalon. » Je ne peux pas avoir une fille à moitié nue dans mon bureau et ne pas la baiser. Je vais déjà avoir les couilles bleues comme ça. Peut-être que je vais prendre cette nouvelle strip-teaseuse pour un tour d'essai... quel est son nom ? Amanda ? Anna ?

Mon attention se porte à nouveau sur le présent. Kiera... ou Kilie, je crois que c'est son nom. Elle reste assise sans bouger pendant un long moment, et j'ai peur qu'elle ne m'ait pas entendu. Elle ne va pas tenir un seul putain de jour ici si elle n'apprend pas à faire ce qu'on lui dit quand on lui dit.

Je me mords la langue, m'empêchant de dire autre chose. Ce n'est pas quelque chose que je fais souvent, et je ne sais pas vraiment pourquoi je le fais pour elle. La fille se précipite enfin pour remettre son pantalon, puis attrape son sac à dos sur la chaise et se dirige vers la porte.

J'ai failli craquer. Dieu, elle est une douleur dans le cul.

« Je ne me souviens pas avoir dit que tu pouvais partir. » Elle s'arrête net, et je souris. C'est amusant de savoir que j'ai un certain type de contrôle sur elle.

« Pose ton cul par terre. On aura fini quand je dirai qu'on a fini. » Je peux voir ses jambes trembler de l'autre côté de la pièce, et je ne serais pas surpris qu'elles cèdent, envoyant son cul dodu sur le sol.

Elle porte ses émotions sur son visage. Elle est faible. Remplie à ras bord de peur, et pourquoi ? J'ai vu beaucoup de mes hommes mourir, j'ai tué des gens qui ne le méritaient pas vraiment, et je n'ai jamais ressenti une seule goutte de remords.

Alors pourquoi suis-je désolé pour elle ?

« Comment sais-tu qu'il est mort ? » Mon regard se transforme en fente.

« Je l'ai trouvé », dit-elle, la voix tremblante. Ses yeux bruns refusent de rencontrer les miens, et c'est exaspérant. Les yeux d'une personne sont le portail de son âme. Comment puis-je être sûr qu'elle me dit la vérité si elle refuse de me regarder dans les yeux ?

« Je l'ai trouvé dans mon appartement », finit-elle, en déglutissant visiblement.

« As-tu appelé les flics ? » Demandai-je, et cette fois, quand elle me regarde, ses yeux bruns s'écarquillent et elle secoue la tête. Au moins elle n'était pas assez stupide pour les appeler. « Écris ton adresse. » Je lui lance un stylo et un bout de papier et je la regarde griffonner quelque chose. Quand elle a fini, elle se lève pour me tendre les objets, mais ses mains tremblent tellement qu'elle laisse tomber le stylo.

Elle se met à quatre pattes à côté de mon bureau pour le chercher. Comme si ma bite ne se pressait pas déjà inconfortablement contre ma fermeture Éclair.

Baise cette fille.

Une seconde plus tard, sa tête se lève et elle pose les deux objets devant moi, avant de se lever du sol. J'aimerais bien voir sa tête quand je lui dirai combien de sang a coulé sur ce sol.

« Pourquoi... pourquoi as-tu besoin de mon adresse ? »

« Eh bien, j'ai besoin d'envoyer une équipe de nettoyage d'abord, et ensuite je dois trouver dans quelle merde était ton frère pour qu'il se fasse tuer. » Elle grimaça à la mention de son frère, mais je n'ai ni le temps ni la patience de tourner autour de ses sentiments. « As-tu un téléphone ? »

« O-oui. »

« Donne-le-moi. »

Elle fouille dans son sac à dos de fille et me tend le téléphone. Je l'écrase sur le sol, puis je le piétine pour faire bonne mesure. Je ne peux pas la laisser appeler des gens ou prendre des photos depuis mon bureau. Elle me regarde fixement, mais ne dit rien. Merci. Dieu. Putain.

« Reste ici, ne bouge pas, et ne touche à rien, putain. »

En me levant, ma chaise se déplace sur le sol en bois dur. Même ce simple bruit la fait tressaillir. Putain, qu'est-ce qui ne va pas chez elle ? A-t-elle été maltraitée ? Attaquée ?

Je repense à la façon dont je l'ai traitée il y a quelques minutes. La culpabilité pique ma conscience. J'en ai marre. Au moins, elle n'est pas comme toutes les autres femmes qui ne veulent que se jeter sur moi.

Secouant la tête, je sors de la pièce en fermant la porte derrière moi. Je sors ma clé de ma poche et verrouille la porte.

Maintenant qu'elle est là, elle est un handicap. Une fin perdue. Et je ne peux pas risquer de la voir foutre en l'air ma vie entière parce qu'elle ne comprend pas à quel point ce monde est sombre et dangereux.

Je trouve Toni dans une des pièces du fond et lui donne l'adresse sur le papier.

« Envoie une équipe de nettoyage là-bas tout de suite. Si quelqu'un te pose problème, contacte Shane. »

« Bien sûr, patron. » Il prend le papier et se lève du canapé en cuir. Voilà comment c'est censé se passer. Je donne un ordre et la merde est faite. Pas de questions, pas de commentaires, pas de gémissements. Maintenant, je dois trouver comment faire en sorte que la nana de mon bureau fasse de même.

Je me frotte la mâchoire. Ça fait un moment que Léo n'a pas travaillé pour moi. Il faudrait que j'attende le retour de l'équipe de nettoyage pour voir qui est éventuellement responsable de cette merde. Chaque gang a sa propre façon de tuer les gens. Certains le font pendant des heures, torturant, découpant et détruisant. D'autres placent simplement un pistolet sur la tête de quelqu'un et appuient sur la gâchette. D'après le regard de Kiera, je suppose que ce n'était pas une balle qui a tué son frère.

Bon sang, j'ai besoin d'un verre… et d'une pipe.

J'emmerde le baby-sitting.

Je ne garde pas cette fille.

Non. Putain. Pas question.

CHAPITRE 3

Kiera

Il m'a enfermée ici ?

Je ne peux pas empêcher mes stupides mains de trembler, ni le reste de mon corps, d'ailleurs. Je ne veux pas être ici, dans cette pièce... ou n'importe où près de Damon Rossi. J'aurais dû savoir que venir ici était une mauvaise idée. Pourquoi diable Léo m'aurait-il envoyé vers ce type ? Mieux encore, qu'est-ce que mon frère avait bien pu faire pour se faire tuer ?

Je réfléchis à cette idée pendant un long moment, restant là, sans vouloir m'asseoir. Mon regard se porte sur la porte en bois qui me retient dans cette pièce.

Même si je sais qu'il a verrouillé la porte en partant, je vais quand même vérifier. Mes doigts se referment sur la poignée en laiton froid. Quand j'essaie de la tourner, ce n'est pas une surprise qu'elle soit fermée.

Je retourne à l'endroit où je me tenais avant, mon regard se portant sur le canapé. Le canapé où il m'a plaqué au sol...

Des frissons parcourent mon corps. Je me sentais violée, terrifiée, mais malgré cela, la sensation de ses mains sur moi était enivrante — quelque chose dont je ne veux plus jamais.

Je ne sais pas depuis combien de temps je suis dans cette pièce, mais j'ai l'impression que ça fait une éternité. À en juger par la musique forte et les bavardages derrière la porte du bureau, le club doit être ouvert maintenant. J'envisage de frapper à la porte et de crier à l'aide, mais quelque chose me dit que les gens qui viennent ici et travaillent pour Damon ne feraient pas la moindre chose pour m'aider. Si quoi que ce soit, ils l'aideraient lui.

Plus je reste assise dans cette pièce toute seule, plus je suis terrifiée par l'inconnu. Quand va-t-il revenir ? Que va-t-il m'arriver ? Va-t-il me tuer ? Je me souviens du regard dans ses yeux bruns quand il a appuyé le pistolet sur ma cage thoracique. Il n'y avait aucun remords... aucune gentillesse. Mes pensées continuent de se déchaîner, augmentant mon anxiété. Le cliquetis d'une clé et le bruit de la porte que l'on déverrouille me tirent de l'abîme, et je me lève.

La porte s'ouvre doucement, et la même dame que ce matin passe sa tête dans la pièce. « Hey, rayon de soleil, tu as faim ? »

Je suis affamée, en fait. Je n'ai pas mangé de la journée. « Je pourrais manger quelque chose. »

Je la regarde d'un air las. La porte s'ouvre plus loin, et elle entre en tenant une assiette avec une variété de nourriture dessus.

« Merci », lui dis-je quand elle me le tend, ainsi qu'une bouteille de Coca qu'elle a sous le bras. Elle acquiesce et tourne les talons pour partir.

« Hey, je peux te demander quelque chose ? » Je garde ma voix calme. Je n'ai aucune raison d'avoir peur d'elle, non ?

En regardant par-dessus son épaule, elle hausse les sourcils. « Ça dépend du genre de question que tu poses. »

Je me mordille la lèvre inférieure pendant un moment. « Quel genre de travail font les gens ici pour Damon ? »

Je ne pense pas que Damon me dirait ce que mon frère a fait pour lui, même si j'avais le courage de lui demander. C'est peut-être la seule chance que j'ai de trouver une réponse.

« La plupart des filles ne font que du strip-tease, mais certaines en font plus pour de l'argent supplémentaire. »

« Oh... Et les gars qui travaillent pour lui ? » Ses sourcils se rapprochent soudainement, comme si ma question la mettait en colère.

« Ne demande pas ce genre de choses par ici. Ça ne fera que t'attirer des ennuis. Si tu veux savoir comment travailler ici en tant que strip-teaseuse ou prostituée, je te donnerai toutes les informations dont tu auras besoin avant d'accepter le travail. Sinon, ne pose pas de questions auxquelles tu ne veux pas de réponses. »

Ses mots me font froid dans le dos.

Ne pose pas de questions auxquelles tu ne veux pas de réponses.

« Désolée », murmurai-je. Il est clair que je m'égare avec certaines de mes questions, mais je suis curieuse d'en savoir plus sur les femmes qui travaillent ici.

« Pourquoi les filles travaillent-elles ici ? » Je ne comprends pas comment quelqu'un pourrait travailler dans un endroit comme celui-ci... pour un homme comme Damon.

Elle hausse les épaules. « L'argent est bon, et Damon laisse les filles garder une bonne partie de ce qu'elles gagnent. Il ne les prostitue pas non plus, sauf si elles veulent être prostituées. »

Il y a un moment de silence qui s'installe entre nous, puis elle continue. « Il ne force aucune d'entre elles à se prostituer. C'est un meilleur traitement que celui que tu obtiendras dans les autres clubs du coin. »

Je hoche la tête comme si je comprenais, mais ce n'est pas le cas. Je ne comprends rien de tout ça. Comment une femme peut-elle se vendre à un homme pour être utilisée... pour le plaisir ?

Si la façon dont Damon m'a traitée tout à l'heure sur le canapé est un exemple de la façon dont ses hommes traitent les femmes, alors je veux partir d'ici le plus vite possible.

« C'est bon. Tu n'es pas obligée de travailler ici si tu ne le veux pas. Damon ne te forcera pas à faire quelque chose que tu ne veux pas. »

Le malaise s'infiltre dans mes veines. Manifestement, elle ne connaît pas le Damon qui s'est présenté à moi il y a quelques heures. Si c'était le cas, elle penserait probablement différemment... ou peut-être qu'elle ne le ferait pas parce qu'elle est tellement habituée à ce comportement.

« Ne le prends pas mal, mais je ne veux pas travailler ici. Je ne veux pas qu'on me touche, ni même qu'on me regarde. Cet endroit et ces gens me terrifient. »

Elle acquiesce et sourit. Son expression me fait chaud au cœur.

« Je ne t'en veux pas, chérie. Mange, détends-toi, et je reviendrai plus tard pour voir si tu as besoin de quelque chose, d'accord ? »

Je hoche la tête, mon regard se portant sur l'assiette que je tiens dans mes mains. La femme se retourne et sort de la pièce, refermant doucement la porte derrière elle.

J'écoute pour voir si le verrou se remet en place. Comme je n'entends rien, je me précipite sur le sol, mon cœur battant fort dans mes oreilles.

Puis-je vraiment m'échapper ? Je ne sais pas où je vais aller, ni même ce que je vais faire. Avec mon frère parti, je n'ai nulle part où vivre, et aucun moyen de payer mes factures. Sans parler des hommes qui me cherchent, ceux qui ont laissé ce mot effrayant sur mon frigo. J'ai oublié de parler à Damon de la note et des hommes que j'ai vus dans la cage d'escalier de mon appartement.

Est-ce que ça serait vraiment important si je lui disais ?

Une partie de moi dit non. Il est sans cœur, dangereux, et suinte l'arrogance. Je suis naïve... je le sais. Mon frère me le rappelait souvent, mais même moi, je ne suis pas assez bête pour m'associer à Damon.

Je veux m'enfuir — non, je suis presque certaine que je dois m'enfuir. La peur de ce qui pourrait m'arriver si je reste contrôle mes mouvements. En présence de Damon, je suis faible et j'ai peur. Tout cela — ces gens et cet endroit — me fait peur.

Je ne peux pas rester.

Je ne le ferai pas.

Après avoir attendu quelques minutes de plus pour m'assurer qu'elle est partie, j'ouvre la porte suffisamment pour passer la tête. Comme je ne vois ou n'entends personne, je l'ouvre complètement et je m'enfuis.

Je force l'air à entrer et sortir de mes poumons alors que mon pouls bat dans mes oreilles, et je ne pense même pas à ce qui pourrait m'arriver si je me faisais prendre.

Je marche rapidement dans le couloir et au coin de la rue. Je suis si près… si près… et c'est exactement la distance que j'atteins avant de me heurter à un mur de muscles.

Mes mains s'envolent par instinct, mes paumes se posent sur sa poitrine. Je fais un bond en arrière et rétracte mes mains, comme si toucher Damon me brûlait la peau.

« Putain, je ne t'ai pas dit de rester dans mon bureau ? » Il est furieux. Le regard dans ses yeux est mortel, et j'ai tellement peur que je crois que je vais vomir. Tout chez Damon déclenche mes instincts de combat ou de fuite.

« Si tu ne commences pas à écouter ce que je dis, tu vas finir comme ton stupide frère. »

Toute ma peur se transforme en fureur, et dans ce moment de folie, je gifle Damon en plein visage.

La douleur traverse ma main, brûlant profondément dans ma peau.

Les gens au bout du couloir arrêtent leur conversation et sont bouche bée, leurs yeux se déplaçant vers l'endroit où nous nous tenons. Je tente ma chance et lève les yeux vers le regard sombre de Damon. La surprise scintille dans son regard, mais elle s'évapore rapidement, ne laissant que de la fureur.

Il lève la main comme s'il allait me frapper, et j'essaie instantanément de m'éloigner. Mes jambes trébuchent en arrière, et comme l'empotée que je suis, j'arrive à trébucher sur mes deux pieds, atterrissant sur le sol impitoyable. La douleur irradie dans ma colonne vertébrale dès que mes fesses touchent le sol. Je gémis, et juste au moment où je pense que le pire de ma chute est passé, une douleur se développe à l'arrière de ma tête.

La douleur me transperce le corps. Je savais que venir ici était une mauvaise idée.

« Tu es une emmerdeuse. Une emmerdeuse pour laquelle je n'ai ni temps ni patience. Et maintenant tu t'es moquée de moi devant mon propre peuple. Tu m'as giflé. Tu m'as vraiment giflé, putain. » Le regard de Damon est sauvage, et ma vision se trouble alors que j'essaie de faire marche arrière, mais il n'y a nulle part où aller.

Avec le mur directement derrière moi, je suis à sa merci.

Sans un mot de plus, il m'attrape par le bras. Sa prise est brutale, et je sais que je vais avoir des bleus, mais il ne semble pas s'en soucier. Il ne me laisse pas non plus l'occasion de me relever. Il se met à marcher, me traînant vers son bureau. J'ai des élancements dans la tête, et un martèlement commence à se faire sentir derrière mes yeux.

« Apparemment, tu as du mal à suivre les instructions. Je suppose que je vais devoir te montrer exactement ce qui arrive à ceux qui ne suivent pas mes ordres. »

Son ton est court, et lorsque nous entrons à nouveau dans le bureau, il me relâche, et mon corps s'affaisse contre le sol. J'essaie de me relever, mais je suis trop étourdie et j'ai les genoux fragiles. Je lève les yeux vers lui alors qu'il me domine comme un seigneur.

« Ne me regarde pas comme ça », grogna-t-il. Ses yeux sont aussi noirs que le ciel de minuit, et je suis figé sur place par la peur. « Quand je te dis de faire quelque chose, tu le fais. »

Je me glisse à nouveau sur le sol, essayant de mettre de la distance entre nous, mais il ne veut pas de distance — non, il veut prouver qu'il a le contrôle.

Il attrape sa ceinture, et mes entrailles se tordent.

« Tu m'appartiens maintenant, et tu feras ce que je dis quand je le dis. Tu feras tout ce que je te dis simplement parce que je t'ai dit de le faire, putain. Ta protection n'est pas garantie, et là, j'envisage de te tuer moi-même. »

Mais de quoi parle-t-il ? Je lui appartiens maintenant ? J'ai trop peur de demander... bon sang, j'ai trop peur de faire quoi que ce soit en ce moment. Juste au moment où je pense que la situation ne peut pas empirer, il fait glisser sa ceinture de ses boucles, ce qui me plonge dans une véritable crise de panique.

Je ferme les yeux, en faisant de mon mieux pour contrôler ma respiration, mais l'air ne pénètre pas dans mes poumons. La peur me paralyse. Je ne sais pas pourquoi j'ai si peur.

En fait... je le fais.

Damon.

Ma tête tourne déjà à cause de la chute, et avant même de m'en rendre compte, j'ai retenu ma respiration trop longtemps. Mes poumons brûlent, et l'obscurité se referme sur moi, m'entraînant de plus en plus profondément dans un abîme.

CHAPITRE 4

Damon

C'EST quoi le problème de cette nana, putain ? Je m'agenouille devant son corps en miettes et l'examine. Avec mes mains, je soulève sa tête et je cherche une blessure. Mes doigts passent au peigne fin ses cheveux. Les mèches sont lisses, si lisses que je m'imagine les tirer en la baisant par-derrière. Je cligne des yeux, chassant cette pensée.

Non, tu ne veux pas la baiser. Tu. Ne. Veux. Pas.

Je note le gros nœud à l'arrière de sa tête, puis j'inspecte son visage. Maintenant, je peux voir à quel point elle est jolie sans l'expression de peur sur son visage. Pourquoi diable a-t-elle si peur de moi ?

Je ne peux pas la laisser sur le sol. Je glisse un bras sous ses épaules, et l'autre sous ses genoux, puis je la tire dans mon corps, la plaçant contre ma poitrine.

Elle est parfaite dans mes bras, son poids reposant contre moi. Sa tête roule vers moi, et son visage se presse contre mon épaule. À travers le tissu de ma chemise, je peux sentir son souffle sur ma peau. Cela me donne un frisson dans le dos.

Je suis sur le point de la coucher sur le canapé, mais je m'arrête. J'aime la tenir dans mes bras, et je décide de le faire encore quelques minutes.

Pourquoi ? Je ne sais pas, putain.

Elle a l'air si paisible. Pas d'air renfrogné, pas de peur, pas de terreur. Les femmes ont beaucoup d'aspects différents quand je les tiens, mais la paix n'a jamais fait partie de cette liste.

Ma poitrine se serre et une partie de moi, au fond, aime ça — elle aime beaucoup ça.

Ses paupières s'ouvrent, et deux gros yeux bruns me fixent. Il y a une fraction de seconde avant qu'elle ne reconnaisse qui la tient. Un moment où la tranquillité et la confiance qu'elle avait pour moi dans son sommeil sont encore apparentes.

Mais cela passe, et la peur revient dans ses beaux yeux couleur chocolat. J'aimerais que le temps entre nous ne se termine pas, mais lorsque son corps s'éloigne instinctivement du mien au lieu de s'appuyer sur moi pour se réconforter, je repose ses fesses sur le canapé à côté de moi, en remarquant le léger tremblement de son corps.

« Vas-tu vivre ou dois-je dire à mes gars de creuser une tombe à l'extérieur ? » Je considère le fait que peut-être l'effrayer davantage n'est pas une si bonne idée... mais bon, c'est ce que je fais de mieux. Effrayer les gens... et les tuer. Vous obtenez l'un ou l'autre.

« Je veux rentrer chez moi, mais surtout, je veux savoir ce qui est arrivé à mon frère. »

Je crois que c'est le plus grand nombre de mots qu'elle m'a dits de toute la journée. Peut-être que cette chute a libéré du courage dans sa tête, mais je ne peux pas la laisser poser des questions.

« Tu vas m'écouter, Kiera, sinon tu vas mourir. Ce monde n'est pas le même que le tien. Tu marches dans un putain de cauchemar. Un seul faux mouvement et tu seras tuée. Est-ce que tu me comprends ? »

Des larmes coulent sur ses joues blanches et crémeuses. D'abord une... puis deux... et pour une raison quelconque, elles m'étouffent.

Ils me déchirent de l'intérieur.

« Dis-moi ce qui lui est arrivé ? »

« Première règle, ne pas poser de questions. C'est exactement le genre de choses dont je parle. Les questions de ce genre te tueront. Garde ta bouche fermée et fais ce que je dis, sinon je trouverai un autre travail pour tes lèvres, et tu n'as pas vraiment l'air du genre à sucer des bites. »

Trois coups frappés contre la porte, et je sais qui c'est. Quand je vois Héro entrer dans la pièce, je soupire.

« As-tu changé d'avis sur la fille que j'ai proposée ? »

« Non, je suis venu te demander de me ramener chez moi », annonça-t-il, manifestement ivre mort vu la façon dont il s'écroule sur la chaise devant mon bureau. Je pense à ce qu'il m'a dit plus tôt, à propos d'Élyse, et comment il l'aimait. Cette pensée me semble étrangère.

L'amour n'existe pas dans mon monde. Il ne peut pas. C'est une faiblesse qu'on ne peut pas se permettre. Parce que quand tu aimes quelqu'un, il devient ton talon d'Achille. Et tes ennemis... ils les utiliseront contre toi n'importe quand.

« Crois-tu que rentrer chez toi avec ta copine comme ça est une bonne idée ? »

« Non, mais toute autre idée est merdique aussi. Peu importe quand je rentre chez moi, mon cul va toujours être mâché. » J'ai failli rire. Déjà des problèmes au paradis.

« Et si tu venais dormir chez moi ce soir ? J'ai quelque chose à la maison qui te calmera un peu sans te faire vomir tes tripes au matin. » J'ai eu envie de fumer de l'herbe toute la journée, et Héro a l'air d'en avoir autant besoin que moi.

« Bien sûr, allons-y alors. Je ne sais pas combien de temps mes jambes vont encore fonctionner. » Elles ont intérêt à marcher jusqu'à ce qu'il arrive sur mon canapé parce que je ne vais pas porter son cul.

« Allons-y, Kiera. Prends tes affaires, tu viens avec moi. »

Elle hésite un moment, évaluant ses options. Elle jette un coup d'œil à la porte, comme si elle allait encore s'enfuir. Au lieu de cela, elle attrape son sac à dos et se lève, les jambes encore instables. Elle ferait mieux de ne pas s'évanouir à nouveau. Bien que, si c'est le cas, je la porterai.

Je passe la porte devant, les deux me suivent comme des moutons perdus.

« À quel point suis-je bourré ? » Héro demande quand on monte dans ma voiture.

J'aimerais qu'il la ferme et qu'il profite du voyage.

« Plutôt bourré », je serre les dents. En regardant dans le rétroviseur, je vois Kiera assise à l'arrière. Elle a l'air de penser que je la conduis à son exécution. Putain, qu'est-ce que je vais faire avec cette fille chez moi ?

« OK, bien. Parce que j'aurais juré qu'il y avait une nana sur la banquette arrière de ta voiture. »

Je souris presque au commentaire d'Héro. Presque.

« VA dans la chambre d'amis et verrouille la porte derrière toi », ordonnai-je à Kiera en lui indiquant la direction à prendre. Elle s'enfuit, disparaissant dans le couloir comme si elle ne pouvait pas s'enfuir assez vite.

Héro me suit dans le salon et se jette sur le canapé en cuir. Je fouille dans un compartiment secret de la table d'appoint et en retire un petit étui métallique. En l'ouvrant, je sors un des joints préroulés et le mets entre mes lèvres.

Assis à côté d'Héro, je sors un briquet de mon autre poche et allume l'extrémité du joint. J'aspire la fumée douce et apaisante, remplissant mes poumons autant que je peux, pour la rejeter aussitôt. Il faut environ trois tirages pour que mon corps et mon esprit se détendent, et je tends le joint à Héro.

« Alors, tu es vraiment amoureux de cette fille. » Je n'arrive pas à croire que je pose cette question. Ça doit être l'herbe. J'espère qu'Héro est assez dérangée pour oublier qu'on a eu cette conversation tactile.

« Putain, ça fait tellement mal. Je continue à faire des conneries, mais je ne peux pas m'en empêcher. Elle appuie sur tous mes boutons, bons et mauvais. Ça me rend fou. »

Je hoche la tête à son explication. Je sais ce que c'est que d'avoir quelqu'un qui me pousse à bout. Elle est assise dans la chambre au bout du couloir.

À la moitié du joint, Héro s'est évanoui, et j'ai dû finir ce mauvais garçon moi-même. Oh bien...

Dès que j'ai atteint un buzz agréable et que j'arrête de penser à tout ce qui m'a ennuyé aujourd'hui, mon téléphone vibre dans ma poche.

Bien sûr, je commence à me détendre et tout part en vrille.

« Quoi ? » Répondis-je sans regarder l'écran.

La voix de Toni passe sur la ligne. « Hé, patron, désolé d'appeler si tard, mais j'ai pensé que vous voudriez être informé tout de suite. » J'ai le sentiment que je ne veux absolument pas entendre ce qu'il va me dire.

Quand je ne dis rien, il continue. « L'équipe de nettoyage m'a rappelé. Ils ont trouvé des trucs sur place. On dirait que Léo travaillait pour Xander avant qu'ils ne le tuent. La façon dont ils l'ont tué prouve que c'était son équipe. »

J'emmerde ma vie.

« Aussi, il y avait une note sur le frigo. Je vous envoie une photo maintenant. »

« OK. Je m'occuperai de ça demain matin. » Je raccroche le téléphone et regarde l'écran, attendant que l'image arrive. Quelques secondes plus tard, c'est le cas. Les mots *Nous reviendrons te chercher* sont écrits d'une écriture familière sur une note autocollante. Tout à coup, tout a pris une tournure horrible.

De tous les gens dans le monde, il fallait que ce soit mon stupide frère qui en ait après Keira ? Maintenant, je me sens mal pour elle.

Je me penche en avant et tiens ma tête entre mes mains. Les doux ronflements d'Héro me remplissent les oreilles. Si mon frère met la main sur elle... je ne veux même pas y penser.

Il la briserait. La détruirait. Elle a peut-être peur de moi, mais elle n'a jamais rencontré Xander, et il est bien pire.

J'ai toujours détesté Xander, même quand nous étions enfants. Probablement parce que notre père nous a fait nous détester. Je suis peut-être un con, mais Xander me fait honte à cent pour cent. C'est un psychopathe sans la moindre once de compassion dans son corps. Me souvenir de mon enfance et de mon frère cinglé n'est pas ce que j'ai besoin de faire en ce moment. Je peux faire face à toute cette merde demain.

En me levant du canapé, je me dirige vers l'armoire à alcool et je la fouille. Vodka ou Whisky ? Je contemple le choix comme si c'était la seule chose qui devait me préoccuper en ce moment.

Mes doigts s'enroulent autour du goulot de la bouteille de whisky, puis je tourne le bouchon et me verse un verre plein. Je ne peux même pas faire tourner le liquide ambré comme je le fais d'habitude parce que je l'ai rempli jusqu'au bord.

Je porte le verre à mon nez, et j'inhale. La fumée et le bois emplissent mes narines, ainsi qu'un soupçon de vanille. Je porte le verre à mes lèvres et en avale la moitié en une seule fois, appréciant la façon dont il enrobe ma gorge de flammes de feu, puis s'installe profondément dans mon estomac, réchauffant tout mon corps.

Je remplis le verre de cristal et prends une autre grande gorgée, puis une autre. En m'essuyant la bouche avec le dos de ma main, je me demande quel genre de merde Léo faisait pour mon frère. Mes pensées se tournent à nouveau vers Keira.

Elle doit se demander pourquoi son frère l'a envoyée à un connard comme moi. Ce qu'elle ne sait pas, c'est que je suis bien moins con que le connard qui lui court après. Et son frère — eh bien, il a eu raison de l'envoyer vers moi simplement parce que je suis le seul à pouvoir la protéger de mon frère.

J'avale le reste de l'alcool et me dirige vers ma chambre. Le couloir est complètement noir, à l'exception d'une faible lumière qui s'échappe de sous la porte de la chambre d'amis. J'ai failli passer devant, mais une force invisible me pousse à m'arrêter.

Mon esprit commence à vagabonder...

Qu'est-ce qu'elle fait en ce moment ? Est-ce qu'elle dort ? Est-elle nue ? Ma bite durcit dans mon pantalon. Je me lèche les lèvres en pensant à toutes les choses différentes que je veux lui faire.

Euh... putain oui. Elle est probablement nue dans le lit.

Peut-être que je peux me faufiler et jeter un coup d'œil.

Je sais que ce que je fais est mal. Je le sais, mais je n'en ai rien à foutre. Je n'ai jamais dit que j'étais un gentleman... ou un homme bon, d'ailleurs.

Ce n'est que lorsque la poignée tourne dans ma main et que la porte s'ouvre que je me souviens que je lui ai dit de la verrouiller.

Je serre la mâchoire de colère.

Cette fille écoute-t-elle ce que je dis ?

Je pousse la porte jusqu'au bout et la trouve assise sur le lit, toute habillée.

C'est dommage.

Je détourne mes yeux, refusant de la regarder. Elle est belle, trop belle, et je ne veux pas voir son regard terrifié.

« Tu sais, pour quelqu'un qui a l'air si effrayé tout le temps, tu devrais vraiment améliorer tes capacités d'écoute. Tu pourrais t'en sortir vivant si tu m'écoutais. »

Je m'approche du lit, et elle se recule pour s'asseoir à la tête de lit, les jambes ramenées sur la poitrine, ce qui la fait paraître encore plus petite qu'elle ne l'est. La seule chose qu'elle a enlevée jusqu'à présent, ce sont ses chaussures. Et comme le bâtard malade que je suis, je me demande ce que je devrais faire pour lui faire perdre ses vêtements. Ma bite devient plus dure en pensant à la peau nue et crémeuse qui se cache sous tout ce tissu. Je parierais de l'argent qu'elle est douce de partout... vraiment douce, putain.

« Tu vas faire quelque chose pour moi, et tu vas le faire parce que je te l'ai dit. »

Ses yeux brillent de peur. « Et qu'est-ce que c'est ? »

« Suce ma bite. »

En serrant ses jambes plus fort, elle murmure : « Non. »

Je fais un pas en arrière, surpris. « Non ? Tu crois que je vais te laisser rester ici... chez moi... te protéger... gratuitement ? Ça ne marche pas comme ça, bébé. »

« Je peux partir. » Sa voix est douce et fragile, comme tout le reste chez elle. Je veux l'attraper par les épaules, la secouer, et crier. Je veux lui dire d'avaler ses peurs et d'arrêter d'être aussi faible, putain.

« Non, tu ne peux pas, et tu ne le feras pas. La personne qui est après toi, c'est un vrai connard. S'il met la main sur toi, il ne sera pas aussi gentil que je l'ai été. » Je garde ma voix égale et continue. « Il va t'enfoncer sa bite dans la gorge et t'étouffer avec avant de te battre à mort. Il ne t'offrira pas d'endroit où vivre, ni de protection, et il ne te laissera certainement pas lui dire non — même si ça n'avait aucune importance que tu dises non. Un trou est un trou. »

Je fais une courte pause, jaugeant le visage en forme de cœur de Kiera. Elle a l'air inquiète, son tout petit corps tremble contre la tête de lit, ce qui me laisse imaginer un million et une autres façons de la faire trembler.

« Donc, si tu veux ma protection, si tu veux que je te protège de lui, tu vas ramener ton joli petit cul ici et me sucer. Après ça, tu vas être une gentille petite fille et tu vas m'écouter, parce que je suis vraiment très près de perdre patience avec toi. »

Je dis les mots, mais je ne suis pas sûr de les penser. Je ne peux pas la forcer à faire ce qu'elle ne veut pas faire. Je peux l'effrayer. Je peux la tromper, mais il est hors de question que je prenne à Keira quelque chose qu'elle ne veut pas offrir.

CHAPITRE 5

Keira

Damon est debout devant le lit, se balançant sur ses pieds. Il déboucle son pantalon, et tout ce que je peux penser c'est les mots de la femme plus tôt dans la journée. *« Damon ne te forcera pas à faire quelque chose que tu ne veux pas. »*

Soit elle ne sait pas pour qui elle travaille, soit je n'ai pas été assez claire. Rassemblant chaque once de courage que je peux, je lève le menton et répète le mot un peu plus fermement cette fois. « Non. »

Les yeux de Damon s'assombrissent, deviennent très larges, et à la façon dont il me regarde, je sais qu'il veut dire quelque chose. Il y a une réponse sur le bout de sa langue, et je ne suis pas sûre de vouloir la connaître. Heureusement, il ne dit rien, et laisse ses mains tomber sur ses côtés.

« Comme tu voudras », glissa-t-il avant de tourner les talons et de sortir de la chambre, plein de fureur. Il claque la porte si fort que l'abat-jour de la table de chevet tremble.

J'écoute ses pas qui disparaissent dans le couloir, puis le bruit d'une autre porte qui claque quelque part au loin me fait vibrer.

Quand il est complètement hors de portée de voix, je laisse aller la douleur et la tristesse. Toutes les larmes que j'ai retenues aujourd'hui sortent d'un seul coup. En pleurant à chaudes larmes, je me mets en position fœtale sur le lit.

Les sanglots se succèdent sur mon corps, ma poitrine se soulève sous l'effet d'une respiration instable. Ma tête commence à palpiter. J'ai tellement mal que j'ai l'impression que je vais vomir. Je reste ainsi pendant un long moment, mon cœur se brisant encore et encore. Je pleure la perte de mon frère et la vie que je n'aurai jamais.

Après ce qui me semble être une éternité, je pleure enfin dans un sommeil agité, espérant échapper à cette journée, et que peut-être, lorsque je me réveillerai, tout ceci n'aura été qu'un cauchemar.

~

MES YEUX s'ouvrent brusquement et je cherche à respirer, essayant désespérément de remplir mes poumons. Mon cœur bat si vite qu'il est sur le point de sortir de ma poitrine. J'essuie la sueur de mon front, en essayant de me calmer et de chasser de ma tête les images d'hommes masqués qui *nous* tuent, mon frère *et moi*. Je me précipite sur le matelas inconnu. Il me faut une minute pour trouver mes repères, mais je finis par me reposer sur le bord, la tête entre les mains.

Je ne suis pas étrangère aux terreurs nocturnes, mais celle-ci était si réelle, si intense. Je ne peux pas continuer longtemps comme ça. Cela ne peut pas devenir ma vie. Avoir peur chaque seconde de la journée, pour ensuite fermer les yeux la nuit et faire face à mes cauchemars alors que je devrais pouvoir m'échapper de ce monde, au moins pour un court instant. Je ne peux pas vivre comme ça.

Damon ne me forcera peut-être pas, mais il ne me protégera pas non plus si je ne lui donne pas ce qu'il veut.

Je balance mes jambes hors du lit et me glisse dans le couloir. C'est sombre, sombre comme minuit. Mes mains tâtent le mur jusqu'à ce que je trouve un interrupteur. Mes yeux se ferment à cause de la luminosité qui remplit l'espace. Mon regard parcourt le couloir de haut en bas. Il y a quatre portes, deux à droite et deux à gauche, et de toutes, il n'y en a qu'une qui est fermée.

Je me sens anxieuse rien qu'en traversant le couloir vers elle. Ce doit être celui de Damon, mais je suppose que ça pourrait être celui de l'autre homme ?

Retenant mon souffle, je tourne la poignée, ouvrant la porte aussi silencieusement que possible. Je me faufile dans la pièce avec des larmes perfides sur les joues. Pleurer est une faiblesse pour Damon, je le sais, mais je ne peux pas arrêter les montagnes russes émotionnelles sur lesquelles je suis. Je renifle dans mon bras et essuie mes larmes. Puis, je lève les yeux et je regarde chaque centimètre de Damon Rossi.

Il est d'une beauté à couper le souffle, d'une manière sombre et tourmentée. Ses cheveux presque noirs sont ébouriffés. Son corps est détendu — et bon sang qu'il a un corps. On dirait qu'il a été ciselé dans la pierre — chaque muscle et chaque crevasse m'attirent. Ses yeux sont fermés, sa poitrine se soulève et s'abaisse en un rythme régulier.

Alors que je me dirige sur la pointe des pieds vers son lit, j'envisage de faire demi-tour et de repartir en courant. La peur de ce qui pourrait m'arriver sans sa protection me retient. Je dois lui parler... et essayer de le raisonner. C'est le seul moyen pour moi de m'en sortir vivant. J'expire, laissant sortir toute l'anxiété. Mes yeux dérivent sur le corps endormi de Damon une dernière fois, mais une fois que j'ai atteint son visage, je réalise qu'il ne dort plus.

« Putain, qu'est-ce que tu fais ? » Sa voix est rauque, et pleine de sommeil.

« Je ferai tout ce que tu veux. » Ma voix sort fendue et brute. « Je te ferai une pipe ou ce que tu veux, mais je veux quelque chose en retour. Je veux que tu promettes de me protéger. »

Les yeux de Damon sont dans les miens. Ils sont plus sombres que d'habitude dans la lumière tamisée. Je frissonne, de peur ou de froid, je ne sais pas.

Le temps s'est arrêté entre nous. Damon ne dit rien tout de suite. Il se contente de me regarder comme s'il essayait de savoir si je suis vraiment à son chevet ou non.

Je mordille ma lèvre inférieure. Je ne suis pas vraiment sûre de ce qu'il faut faire maintenant. Est-ce qu'il attend que je fasse le premier pas ?

J'ai les nerfs à vif. Je n'ai jamais fait quelque chose comme ça avant. J'ai un peu plus de dix-huit ans, et mon frère a fait en sorte que personne n'ait jamais la chance de sortir avec moi ou de m'embrasser. J'essaie de me rappeler des images d'un porno que j'ai regardé un jour par curiosité.

Je grimpe sur le lit, saisissant le haut de la couette noire. Je commence à tirer la lourde couverture de lui, mais il m'attrape le poignet.

« Non... pas de pipe. Je ne veux pas te forcer à faire quelque chose. »

Pendant un moment, je panique. *Non ?* Cela signifie-t-il qu'il rétracte son offre ? Il ne va plus me protéger ? S'il ne veut pas ça, alors qu'est-ce qu'il veut ? Je suis à deux doigts de le supplier pour son aide, de lui offrir tout ce à quoi je pense.

Même ma virginité... La toute dernière chose que je possède.

Il ne me laisse pas la chance de plaider ou de supplier pour sa protection. Au lieu de cela, il fait quelque chose qui semble très différent du Damon que j'ai appris à connaître. Libérant mes poignets de sa prise d'acier, il me tire sur lui. Je peux sentir son souffle chaud contre mes lèvres, et je me demande s'il va m'embrasser.

Et puis il le fait.

Ses lèvres pleines fouillent les miennes.

Je n'arrive pas à penser. Je ne peux pas respirer. La peur remonte le long de ma colonne vertébrale.

J'embrasse Damon. Je l'embrasse. Ou peut-être que c'est lui qui m'embrasse.

Je me raidis contre lui. Ma première pensée est de le repousser, mais ensuite je sens ses lèvres douces et chaudes se rapprocher des miennes. C'est un embrasseur... et mon corps commence à être affecté par ces vrais baisers, me brûlant de l'intérieur.

Une émotion si profonde, que je n'avais jamais ressentie auparavant, remonte à la surface et devient incontrôlable en moi. Mon corps s'adoucit dans son emprise tandis que mes lèvres se moulent aux siennes. Mes lèvres sont faites pour embrasser les siennes. Il a le goût du bourbon, et il y a une légère odeur de fumée sur sa peau. C'est une combinaison exotique, mais je ne fais pas la moitié. Toutes ces choses accentuent notre baiser. Mes doigts s'étalent sur sa poitrine nue et ciselée, comme si m'accrocher à lui pouvait empêcher mon corps de fondre en bouillie.

Je le sens s'éloigner lentement, ses lèvres se posent légèrement sur les miennes jusqu'à ce qu'il soit complètement parti. Et comme la chaleur du soleil manque à une fleur la nuit, les lèvres de Damon contre les miennes me manquent. Sa chaleur s'infiltre en moi, me montrant une facette de lui dont j'étais certaine qu'elle n'existait pas. Mes yeux bruns se fondent dans ses yeux somnolents couleur café. Son regard ne quitte jamais le mien, et je vois quelque chose nager dans ses yeux — une émotion indéchiffrable. Au fond de moi, je sais que je vais m'en sortir. Je ne sais pas comment ni pourquoi, mais je peux le sentir dans le regard de Damon, comme une couverture protectrice qui recouvre mon corps.

Le moment se termine, et avec un petit effort, Damon me tire contre sa poitrine. Je pose ma tête contre sa peau chaude. Le son des battements de son cœur emplit mes oreilles, son rythme régulier m'apaise. Lorsque ses mains glissent le long de mes bras, la chair de poule recouvre ma peau.

Après aujourd'hui, j'étais certaine que je ne le laisserais plus jamais me toucher, mais maintenant je n'en suis plus si sûre.

Son emprise sur moi se resserre, instinctivement, comme s'il voulait s'assurer que je n'aille nulle part. Le choc se produit au plus profond de moi lorsqu'il porte son autre main à ma tête, enfouissant ses doigts épais dans ma crinière brune. Lorsqu'il commence à jouer avec les boucles naturelles à l'extrémité de chaque mèche, je gémis presque.

Son contact me détend, m'apaise. Je ne veux pas que ce moment entre nous se termine.

« N'aie pas peur. Tu n'as aucune raison d'avoir peur de moi. » Il se lèche les lèvres avant de me sourire. « Je suis un salaud, un tueur, et le pire homme en ta présence, mais je ferai tout ce que je peux pour te protéger », murmura-t-il avant que sa main ne se fixe dans mes cheveux, berçant ma tête contre son corps.

Son toucher est doux, ses yeux sont gentils. C'est l'homme que j'aurais aimé rencontrer plus tôt dans la journée. Pas le diable déguisé.

« Le penses-tu vraiment ? »

« Oui, je le pense. »

On dirait qu'il est sur le point de se rendormir. Ayant peur de bouger, de le réveiller, je me blottis contre sa poitrine chaude, le laissant me réconforter, en partie parce que ça fait du bien, et en partie parce que je sais qu'il est le seul à pouvoir le faire maintenant.

Mes yeux deviennent lourds et je m'assoupis par intermittence, mais je ne me rendors jamais complètement.

Quand je remarque le soleil qui se lève, les premiers rayons du matin qui brillent à travers la fenêtre, je décide de prendre une douche. La seule raison pour laquelle je n'ai pas pris de douche la nuit dernière est que j'avais peur d'enlever mes vêtements, même pour une seconde, avec un gars comme Damon sous le même toit que moi. Maintenant que je me sens un peu mieux, et après le baiser qui a eu lieu entre nous, je suis sûre que personne ne va me sauter dessus dans la salle de bains.

Encore moins Damon.

Je me détache lentement de lui. Ma joue est chaude à l'endroit où sa poitrine a touché ma peau, et je passe mes doigts contre elle pour en retirer un peu de chaleur. Dès que je suis debout et hors du lit, il me manque immédiatement. Il me manque, la chaleur, et le son des battements de son cœur sous ma joue. C'est une étrange émotion que de ressentir envers un homme qui a menacé de me tuer il y a à peine vingt-quatre heures.

Mais après tout ce que j'ai enduré, rien ne peut vraiment me choquer. Pas maintenant. Avec un dernier regard fugace, je me faufile dans la chambre d'amis, attrape mon sac à dos et entre dans la salle de bain attenante.

Après m'être douchée et habillée, j'entends un grand vacarme devant ma porte. Le type d'hier — Héro, je crois — sort de la chambre de Damon en courant comme un fou. Son épaule heurte la mienne. Heureusement, je suis près du mur, sinon je serais étalée sur le sol à cause de la force.

Damon sort de sa chambre un instant plus tard, tout habillé, un air contrarié sur le visage.

Où vont-ils, bon sang ?

« Reste ici, ne touche à rien, et n'essaie pas de partir. Si tu le fais, je te retrouverai, et si tu pensais que j'étais mauvais hier, tu n'as rien vu, ma chérie. »

Je ravale ma peur, essayant de cacher les sentiments qu'il fait naître en moi. C'est le type que j'ai rencontré au club, pas celui que j'ai vu hier soir dans sa chambre. Pourquoi agit-il de cette façon ? Pourquoi fait-il semblant d'être quelqu'un qu'il n'est clairement pas ?

Son masque bien en place, il s'en va, me laissant dans l'incompréhension et la confusion. Je décide alors que Damon a peut-être trompé tous les autres, mais après avoir eu un aperçu de lui — le vrai lui — je ne suis pas sûre de pouvoir le voir de nouveau de la même façon.

CHAPITRE 6

Damon

QUAND JE ME suis couché hier soir, je pensais avoir eu l'équivalent d'une journée de merde. Mais putain de merde, aujourd'hui a été bien pire. Pendant toutes les années où j'ai vendu de la drogue, dirigé l'équipe de nuit et prostitué des filles, je n'ai jamais vu autant de douleur qu'aujourd'hui.

Héro est un ami, un sacré bon ami, mais le voir trouver Élyse de cette façon l'angoisse dans ses yeux, le désespoir... ça m'a poignardé dans mon cœur inexistant. J'ai vu ma part de violence... bon sang, j'ai commis la plupart des meurtres, mais ce que j'ai vécu aujourd'hui... je ne pense pas qu'il y ait de réplique avant un moment.

En m'engageant dans l'allée de ma maison, je me rends compte que Keira est toujours là, et qu'elle a passé toute la matinée et l'après-midi seule.

Putain ! Elle a peut-être fui. La peur coule dans ses veines tout le temps. Je ne serais pas surpris si je la trouvais partie.

Mes pensées changent, je me souviens de son regard la nuit dernière quand elle m'a laissé la prendre dans mes bras. Elle était effrayée, terrifiée, effrayée par quelque chose. Je ne sais pas, je n'ai pas pris la peine de demander, mais je pouvais le voir dans ses yeux.

Elle voulait ma protection, elle est pratiquement venue me supplier, et je lui ai promis de la lui donner sans la blesser ni exiger une foutue pipe.

Pourquoi l'ai-je repoussée ? Je grince des dents, comme si cela pouvait m'apporter une réponse. Je ne sais pas pourquoi, putain. Peut-être que c'était l'herbe ou l'alcool ou une combinaison des deux qui a fait fonctionner le truc dans ma poitrine comme je lui avais dit de ne pas le faire — ou peut-être que je ne voulais plus voir son beau visage plein de peur et taché de larmes.

Je roule les yeux.

Stupide moi. Stupide cœur.

Parfois, j'aimerais que cet enfoiré s'arrête de battre. Quand ton cœur est impliqué, il te mène sur des chemins que tu ne prends normalement pas. Je pouvais facilement voir Keira et son petit corps chaud comme la braise me guider sur un chemin que je n'avais pas besoin de prendre.

Je coupe le moteur de ma Cadillac et je sors en claquant la porte. Je dois encore retourner au club, ce qui veut dire que je dois entrer, enfermer Keira, puis traverser toute la ville avec elle en remorque. Et après la nuit dernière, je sais que je vais me faire engueuler. Je dois m'assurer qu'une merde comme celle d'hier soir ne se reproduira jamais.

Je ne peux pas être considéré comme faible, surtout pas par elle.

En montant les marches de l'entrée, je déverrouille la porte et la pousse.

Mon regard se promène dans l'entrée ouverte. Une partie de moi espère qu'elle est partie — moins de travail à faire — tandis que l'autre partie a une peur bleue de cette idée. Si mon frère met ses sales pattes sur elle, c'est comme si elle était morte. Pourtant, savoir que je veux qu'elle soit là plus que je ne veux qu'elle parte m'irrite au plus haut point.

Elle m'irrite au plus haut point.

Sa présence, et le fait qu'elle me fasse ressentir plus d'émotions en un jour que je n'en ai ressenties dans toute ma vie.

En m'enfonçant dans la maison, je la cherche. Un silence complet s'installe dans chaque pièce. Pas de télévision ou de radio allumées. Pas d'eau courante, de pas, ou tout autre son qui pourrait indiquer qu'elle est là.

Je serre les poings sur le côté. Je déteste à quel point je suis déçu qu'elle soit partie, et je déteste encore plus le fait que je fasse déjà des plans pour la retrouver.

Je retourne dans le salon et réalise que j'ai laissé le joint d'hier soir sur la table basse. Je me penche pour le prendre, et c'est alors que je la vois, son petit corps allongé dans le fauteuil. Elle est enroulée dans une couverture, les yeux fermés et le visage détendu, ce qui rend ses traits encore plus beaux. Ses lèvres sont légèrement entrouvertes, et je me souviens du baiser que nous avons partagé.

Je ne sais toujours pas ce qui m'a pris quand je l'ai embrassée. Tout ce que je sais, c'est que je voulais le faire à ce moment-là, et que je veux le refaire maintenant.

Comme le sale type que je suis, je reste là, à quelques mètres, et je la regarde dormir. Elle est tellement en paix, tellement parfaite, c'est fou. Je me demande pendant une demi-seconde ce que ça ferait de l'avoir pour moi. Dès que cette pensée me vient à l'esprit, je la ferme.

Je suis Damon Rossi. Je ne fais pas d'amour. Je ne fais pas *la mienne*. Rien ne dure éternellement dans le monde dans lequel je vis, et Keira est trop faible pour y survivre.

Mais elle est sacrément agréable à regarder. Je ne sais pas combien de temps je reste là, à la fixer, à regarder chaque souffle qui remplit ses poumons. La sonnerie soudaine de mon téléphone détourne mon attention de Keira, et je jure que cette foutue sonnerie n'a jamais été aussi forte. Kiera a pratiquement sauté du fauteuil, la couverture qui la recouvrait il y a quelques instants ayant touché le sol. Ses mouvements me font sursauter un peu aussi.

Je ne vérifie même pas l'identité de l'appelant. Je clique sur « ignorer » et remets le téléphone dans ma poche. Qui que ce soit, ça peut attendre. J'ai des choses plus importantes à évaluer pour le moment.

« J'ai des affaires à régler au club. Allons-y. »

Keira me regarde avec précaution, comme si j'étais un animal enragé qui pourrait attaquer à tout moment.

« Pourquoi dois-je y aller ? Je n'aime pas cet endroit. » Elle fronce les sourcils, la respiration encore lourde d'avoir été effrayée par ma sonnerie.

« Encore cette merde ? » Je roule les yeux. « Combien de fois dois-je te dire comment ça fonctionne ? Je t'ordonne de faire quelque chose, et tu le fais, putain ! Pas de questions, pas de commentaires, pas de pleurnicheries — tout ce qui compte, c'est de faire ce que je te dis. » Le feu brûle dans mes veines. Je ne suis pas habitué à cette merde, aux gens qui ne font pas ce qu'on leur dit, quand on leur dit, putain.

Je fais un pas vers elle. Cette fois, elle ne s'enfuit pas. « Je me fous de ce que tu aimes ou n'aimes pas, Keira. Si tu veux que je te protège ne serait-ce qu'un peu, tu vas commencer à m'écouter. Maintenant, mets tes putains de chaussures avant que je ne te traîne pieds nus hors d'ici. » Elle déglutit visiblement, mais ne dit rien. En fait, pour une putain de fois, elle écoute.

Nous rentrons au club en silence. Je la regarde du coin de l'œil et je peux dire qu'elle est nerveuse à la façon dont elle remue les mains sur ses genoux.

Un petit sourire en coin se dessine sur mes lèvres. Au moins, elle n'est pas aussi terrifiée qu'hier. Je me demande si c'est une bonne ou une mauvaise chose. Une partie de moi sait qu'elle ferait mieux d'avoir peur de moi, comme le reste des gens dans ma vie.

Les lettres au néon de l'enseigne *Night Shift* sont visibles, et je me dis que je dois laisser toutes mes affaires personnelles à la porte. C'est mon lieu de travail, et c'est tout ce qu'il peut être. Les gens doivent me voir comme le patron et rien d'autre. La faiblesse n'est pas une émotion que je peux me permettre de montrer, pour personne.

« Pourquoi un club de strip-tease ? » demanda-t-elle, rompant le silence alors que je me gare. Quelle question stupide. Pourquoi pas un club de strip-tease ? Qu'est-ce que je pourrais ouvrir d'autre ? Une putain de boulangerie ? J'ignore sa question et je coupe le moteur.

« Écoute bien, poupée. On va entrer là-dedans, et tu vas me suivre comme si j'avais une putain de laisse autour de ton cou. Si tu ne le fais pas, je pourrais t'en mettre une. Tu ne dois parler à personne. Ne regarde personne dans les yeux trop longtemps. Ensuite, tu vas t'asseoir sur le canapé dans mon bureau et te faire belle. Ne me parle pas, et ne parle pas à ceux qui viennent faire des affaires avec moi. As-tu tout compris ? »

Ses orbes bruns s'enflamment de feu.

Sa colère rend ma bite dure. Je veux la voir plus en colère.

Elle ouvre sa bouche parfaite pour dire quelque chose, mais s'arrête quand je porte mon doigt à ses lèvres pulpeuses. « Je donne un ordre... tu le fais ! Hoche la tête si tu as compris. »

Elle acquiesce légèrement, ses lèvres tremblent. Il y a toujours de la chaleur qui couve dans ses yeux, mais elle a considérablement diminué.

Je me retourne, la congédie et sors de la voiture, attendant qu'elle descende pour que je puisse la verrouiller. Sans me retourner, je passe par la porte arrière et fais mon tour habituel du club. Je sais que Keira est juste derrière moi, elle me suit comme un chiot perdu. Je peux sentir les gens nous fixer. Ils se demandent probablement qui elle est et pourquoi elle me suit partout.

Quand ils auront trouvé, ils pourront peut-être me le faire savoir. Je ne sais même pas pourquoi je l'ai encore ici avec moi.

Quand nous arrivons enfin à mon bureau, elle s'affale sur le canapé et me regarde avec ses beaux yeux bruns.

Elle est un peu pâle. Ses yeux sont fatigués, et la façon dont elle est allongée contre le canapé en cuir, elle semble épuisée. Soudain, je me demande si elle a mangé quelque chose de toute la journée.

« As-tu mangé ? » Je m'énerve. Je n'ai toujours pas l'habitude de m'occuper de quelqu'un d'autre que moi, alors il me semble étrange de poser une telle question.

« Tu m'as dit de ne rien toucher. »

Mon visage s'effondre, et se remplit de choc. « Tu te fous de moi. »

Je décroche le téléphone et appelle le bar. Candy répond à la deuxième sonnerie, sa voix sensuelle emplit le récepteur : « Équipe de nuit. »

« Candy, apporte-nous de la nourriture... quoi que ce soit de spécial, et une bière. J'ai besoin d'une putain de bière. » Je lève les yeux vers Keira. « Apporte peut-être un verre à Kiera aussi. Tout ce que les filles boivent, putain. » Je claque le téléphone, mettant fin à l'appel avant qu'elle ne puisse répondre.

Mes yeux trouvent ceux de Keira. Voir sa peau pâle me met tellement en colère. Pourquoi ne veut-elle pas manger ? Pourquoi attendre qu'elle soit malade ?

Je chasse ces pensées avant d'exploser et je m'occupe de regarder des photos de nouvelles filles potentielles, mais mes yeux reviennent sans cesse sur Keira, assise sur le canapé comme si elle était chez le dentiste et attendait d'être vue. Vêtue d'un pantalon de yoga, de baskets et d'une chemise blanche ample, elle n'a pas l'air à sa place, mais elle est toujours aussi sexy.

Je ne comprends pas mon engouement pour elle. Elle me fait bouillir le sang. Son incapacité à écouter m'excite plus que je ne veux l'admettre.

On frappe à la porte, et un instant plus tard, Candy entre, nous apportant notre nourriture. Elle pose une bouteille de ma bière préférée devant moi et tend à Keira une boisson de couleur rose pâle avec un petit parasol sur le bord.

« Je n'ai pas l'âge de boire », dit Keira après le départ de Candy. Cela me rappelle que je ne sais rien d'elle, et encore moins de son âge.

« Quel âge as-tu ? »

« Je viens d'avoir 18 ans », au moins, elle est majeure. « Quel âge as-tu ? » Sa question me prend par surprise. Je ne me souviens pas de la dernière fois que quelqu'un m'a posé une question aussi banale.

« Vingt-deux. » Je sais que je n'aurais pas dû répondre. La lueur qui apparaît dans ses yeux me dit qu'elle est impatiente d'en savoir plus sur moi, et je ne veux pas qu'elle pose d'autres questions indiscrètes.

« Depuis combien de temps possèdes-tu cet endroit ? »

Exactement ce que je ne voulais pas qu'il arrive. Plus de questions. Je ne veux pas qu'elle en sache plus sur moi qu'elle ne le doit.

« Assez de questions. Mange. En silence. »

Candy revient quelques minutes plus tard pour prendre nos assiettes, et remplace ma bouteille de bière vide par une autre.

Keira n'a pas touché à sa boisson, mais ses mains sont enroulées autour du verre comme si elle y réfléchissait.

« Dave est au bar et attend que vous l'appeliez », annonça Candy, un air incertain sur le visage.

« Fais-le entrer. »

Candy acquiesce et quitte le bureau.

Mon regard se tourne vers Keira. « Souviens-toi de ce que j'ai dit. Garde ta bouche fermée », je l'avertis et la regarde prendre sa première gorgée de la boisson rose.

On frappe à la porte, et je lui demande d'entrer. Dave entre, ses yeux se posent directement sur Keira.

« Oooh, qui est-ce ? La nouvelle ? » Le sourire qu'il affiche me dit qu'il est plus qu'intéressé, et je n'aime pas ça, pas du tout. Ses yeux parcourent son corps de haut en bas, et des images de moi lui tapant la tête contre le côté de mon bureau me viennent immédiatement à l'esprit.

« Ne fais pas attention à elle. C'est ma nouvelle secrétaire. Je vais bientôt lui trouver un tout petit bureau pour le coin », marmonnai-je en serrant les dents.

Quand ses yeux continuent de s'attarder sur sa petite taille et son visage en forme de cœur, je manque de perdre la tête. « Pose ton cul et arrête de la regarder. Tu es venu ici pour le travail, pas pour mater ma secrétaire. »

Dave pâlit devant mon emportement soudain et s'assied sur la chaise en face de mon bureau sans lui adresser un autre regard.

« Parle-moi des affaires. » Je pose mes pieds sur le bord du bureau et je l'écoute me raconter combien il a vendu, dans quelles régions, les nouveaux gars qu'il a embauchés, et comment les flics ont mis un de nos gars en garde à vue, mais il ne parle pas.

Pendant tout le temps qu'il parle, mes yeux se promènent vers Keira. Elle boit silencieusement de petites gorgées de sa boisson de fille, ses lèvres pulpeuses se plissant autour de la paille. Ma bite est plus dure que l'enfer.

« Très bien, ce sera tout », l'interrompis-je. J'ai arrêté d'écouter il y a quelques minutes, trop fasciné par les lèvres de Keira autour de cette putain de paille. Est-ce qu'elle réalise au moins ce qu'elle fait ? Probablement pas, mais je m'en fiche. Elle peut jouer les innocentes autant qu'elle veut. C'est à moi de juger si elle est vraiment innocente.

« Dehors ! » Criai-je quand Dave ne bougea pas assez vite. Il se précipite hors de mon bureau et je regarde Keira boire la dernière gorgée de son verre. Elle pose le verre vide sur une petite table à côté du canapé et me regarde avec des yeux vitreux. Est-elle pompette après un seul verre ?

« Depuis combien de temps Dave travaille-t-il pour toi ? » Sa question stupide ne fait qu'ajouter de l'huile sur le feu — le brasier qui brûle déjà hors de contrôle à l'intérieur de moi.

Je me lève et fais le tour de mon bureau. Les yeux de Keira s'écarquillent lorsque je m'arrête devant elle et qu'elle voit la bosse dans mon pantalon.

« Lève-toi ! » L'ordonnai-je. J'en ai vraiment marre de ses questions. Elles sont intrusives et inutiles. Elle n'a pas besoin d'apprendre à me connaître. Elle doit apprendre à écouter, à se plier à ma volonté, ou je pourrais la briser.

Elle hésite à nouveau, et je l'attrape par ses cheveux bruns et soyeux, mes doigts s'enfonçant dans son cuir chevelu tandis que je la tire sur ses pieds. Ses yeux, ses lèvres, son corps, tout cela m'attire, me supplie pour des choses dont je ne suis même pas sûr qu'elle sache qu'elle les veut.

Un cri de douleur s'échappe de sa gorge, et je la fais taire avec un baiser brûlant. Ses mains se posent sur ma poitrine. Je relâche ma prise sur ses cheveux et la tire contre moi. Je suis sûr qu'elle va me repousser, mais elle me choque et s'accroche à ma chemise, me serrant contre elle pendant que je dévore ces douces lèvres.

Nos lèvres toujours collées l'une à l'autre, je réussis à la tirer vers le canapé et à l'installer sur mes genoux. Ma main saisit sa tête, la bascule en arrière, me donnant accès à son cou. Je vois son pouls palpiter, et j'y dépose un baiser. Mes lèvres se promènent sur la chair sensible, et j'utilise ma main libre pour faire bouger ses hanches, l'écrasant contre ma bite.

« Mon offre tient toujours. Fais l'amour et je te protégerai. » Murmurai-je à son oreille, relâchant ma prise sur ses cheveux pour qu'elle puisse me regarder. Ses yeux sont remplis de confusion.

« La nuit dernière... tu as dit... »

Elle essaie de se lever, mais je la retiens, poussant ses fesses sur mon corps dur, lui faisant sentir à quel point je la veux. Savoir que je pourrais l'avoir si je le voulais vraiment, mais que je ne le ferai pas me rend fou.

« La nuit dernière, j'étais ivre et défoncé. Je dis beaucoup de choses que je ne pense pas quand je suis défoncé. Maintenant, qu'est-ce que tu vas faire ? Tu vas écarter ces jolies jambes pour moi de ton plein gré, ou tu veux que quelqu'un d'autre les écarte ? »

La panique remplit ses yeux, et elle essaie de se lever à nouveau. Cette fois, je la laisse faire. Dès qu'elle est hors de mes genoux, la haine et le dégoût remplissent ses yeux. La façon dont elle me regarde en ce moment me coupe le souffle. J'ouvre la bouche pour dire quelque chose, n'importe quoi, mais elle sort en courant du bureau, claquant la porte derrière elle avant que je puisse l'atteindre. Je repousse le serrement d'une émotion que je ne comprends pas dans ma poitrine. Je ne prends pas la peine de la suivre. À quoi bon ? J'ai dit à tous mes gars de ne pas la laisser partir, et contrairement à elle, ils savent mieux que moi qu'il ne faut pas me désobéir.

Alors que je reste assis un moment de plus, ma bite palpitant de besoin, je réalise que Keira est une démangeaison que je ne peux pas gratter. Elle ne se donnera jamais à moi, jamais, et ça me dérange beaucoup. Mais si je ne peux pas l'avoir, j'aurai quelqu'un d'autre.

J'ai besoin d'une pipe tout de suite, putain. Ça pourrait m'aider. Peut-être que ça fera sortir Keira de ma tête. J'y pense une seconde de plus. En fait, j'ai plus besoin de baiser que de me faire sucer, mais je suis un peu déséquilibré en ce moment et je ne veux blesser personne, alors je suppose que je vais me contenter d'une pipe.

Je décroche à nouveau le téléphone et compose le numéro du bar. « Envoie Hayley à mon bureau *maintenant* », grognai-je dans la ligne quand Candy décroche, puis je repose le téléphone et j'attends.

Deux minutes plus tard, je m'adosse à ma chaise de bureau tandis qu'Hayley est à genoux devant moi, ses lèvres peintes en rose entourant ma queue, l'adorant comme si c'était une déesse, putain. Elle suce fort et rapidement, et je ferme les yeux, appréciant ses compétences, me demandant à quel point les lèvres de Kiera seraient plus douces enroulées autour de ma bite.

CHAPITRE 7

Keira

Je suis en colère. Contre moi-même. Contre la situation. Je pensais que Damon était meilleur que l'homme qu'il vient de prouver. Comment ai-je pu être aussi stupide ? Je savais qu'il ne me forcerait pas. Je le savais, mais ça ne rendait pas ses avances moins effrayantes.

J'erre sans but dans le club en essayant toutes les sorties devant lesquelles Damon et moi sommes passés plus tôt. Chacune d'entre elles a un videur debout devant.

Suis-je une prisonnière maintenant ?

Je remarque les regards des gens, comment ils s'attardent sur moi un peu trop longtemps. Cela laisse un sentiment de malaise au creux de mon estomac. Je ne ressemble à aucune des autres filles ici. En fait, je me démarque comme un pouce endormi. Je place quelques mèches de cheveux derrière mon oreille tout en continuant à observer le club. Le personnel me regarde curieusement, comme s'il ne comprenait pas l'obsession de Damon pour moi. J'ai envie de leur dire que je ne comprends pas non plus, mais je me tais. Je veux sortir d'ici le plus vite possible, et sans me créer d'ennuis.

Quelques strip-teaseuses me regardent d'un air narquois lorsque je passe devant les vestiaires, mais elles ne disent rien — ce dont je leur suis reconnaissante. Le club est ouvert maintenant, et je remarque quelques hommes assis autour de la scène centrale.

Je vois une des strip-teaseuses qui travaille à la barre. Elle ne porte qu'un string, ses seins rebondissent à chacun de ses mouvements. Mes joues s'échauffent à cette image, et je détourne les yeux. Quand l'un des gars tourne son attention vers moi, me regardant de haut en bas, je décide que j'ai assez cherché pour la journée.

Il est douloureusement évident que personne ici ne va me laisser partir, et après la façon dont ce type m'a regardée comme s'il voulait me manger vivante, il n'y a aucune chance que je reste dans cette pièce, donc je laisse ma fierté derrière moi et retourne au bureau de Damon.

C'est peut-être un monstre, mais j'ai l'impression qu'il y a des bâtards plus sombres qui se cachent dans l'ombre ici.

Je marche rapidement dans le couloir et m'arrête juste devant la porte de Damon. Je tourne la poignée, l'ouvre avec facilité, et regrette instantanément de ne pas avoir frappé. Damon est derrière son bureau, adossé à sa chaise, les yeux fermés et les bras derrière la tête. Ses traits sont pleins de plaisir. Et alors que mon regard descend, je remarque une tête aux longs cheveux blonds qui monte et descend sur ses genoux.

Oh, mon dieu, pas sur ses genoux... sa bite.

Elle lui fait une fellation.

Mes yeux se gonflent, l'air dans mes poumons se fige, et je jure que j'entends mon propre cœur battre dans mes oreilles.

Je ne sais pas qui je déteste le plus en ce moment — lui pour être un tel con, ou elle pour lui avoir fait une pipe. Ou peut-être que je devrais me détester moi-même pour être jalouse.

Les yeux de Damon s'ouvrent un instant plus tard et trouvent les miens comme un aimant. « Ahhh, Kiera... veux-tu te joindre à la fête ? Je suis sûr que Hayley pourrait te donner une leçon ou deux, t'apprendre à te débrouiller avec une bite. » L'air suffisant sur son visage rend la situation encore pire. Il renverse la tête en arrière avec plaisir, un gémissement s'échappant de ses lèvres pleines — des lèvres que j'ai embrassées, il n'y a pas longtemps. Mes mains tremblent, et la bile commence à monter dans ma gorge.

Je ne peux pas les regarder une seconde de plus.

J'ai besoin de sortir d'ici. Je dois trouver un moyen de partir.

En claquant la porte du bureau pour la deuxième fois ce soir, je me précipite dans le couloir, les larmes menaçant de s'échapper. Je fais de mon mieux pour les faire disparaître, refusant de pleurer sur Damon. Il ne se soucie pas de moi ou de ma sécurité. Ce qui l'intéresse, c'est de me faire la *sienne*, de me contrôler. Je déteste cet endroit, et peut-être même Damon.

Tout en lui me rappelle une prison, et je veux m'échapper, je dois m'échapper. Il n'a pas l'intention de me protéger, alors pourquoi suis-je encore là ?

Tu n'as nulle part où aller, idiote.

J'expire et je marche dans le couloir, ne sachant pas trop quoi faire. Je vais devoir attendre le moment idéal pour m'échapper, que l'un des videurs fasse une pause ou quelque chose comme ça — ce qui signifie en gros que je vais devoir en observer autant que possible sans trop attirer l'attention sur moi. En attendant, je vais faire le tour du bar et essayer de me fondre dans la masse. J'en ris presque. Je ne suis pas habillée avec des vêtements sexy. J'ai l'air d'appartenir à un couvent. Il n'y a aucune chance que les gens ne me remarquent pas.

Je me déplace lentement sur le sol tout en scrutant les portes de sortie. Puis je la vois enfin : ma chance, ma sortie. Un des gars de la porte latérale quitte son poste et s'approche du bar. Il commence à dire quelque chose à Candy, qui rit, mais je n'attends pas de voir ce qu'il va faire ou dire ensuite. Ça pourrait être ma seule chance.

Essayant de ne pas courir ou d'attirer l'attention sur moi, je me dirige vers la porte. Un filet de sueur nerveux recouvre mes mains. À chaque pas, je m'attends à ce que quelqu'un m'attrape par-derrière et me traîne jusqu'au bureau de Damon. Mon corps tremble lorsque j'atteins la porte. Mes mains se posent sur le métal lourd, et en la poussant, je manque de m'évanouir. Quand l'air extérieur atteint mes poumons, je soupire de soulagement. Je ne peux pas croire que j'ai réussi à sortir.

Je jette un coup d'œil par-dessus mon épaule, supposant que quelqu'un va sûrement passer cette porte à tout moment et me courir après. Après quelques instants, je réalise que personne ne semble m'avoir prêté attention. Je laisse la lourde porte métallique se refermer derrière moi et me dirige vers le parking. Ce n'est qu'à ce moment-là, avec ma liberté retrouvée qui m'entoure, que quelque chose me vient à l'esprit : Je n'ai pas de téléphone, pas d'argent, et nulle part où aller.

Que diable vais-je faire ?

« Keira ? » Je me retourne à la voix familière, et je cligne des yeux, choquée de voir la personne que je ne m'attendais pas à voir ici. Lily Baker. Ma partenaire de labo et amie proche. Elle se tient à environ un mètre cinquante et me regarde fixement, l'air complètement confus. Probablement aussi confuse que moi.

« Lily ! » Je la regarde comme si elle était un ange envoyé par Dieu — et peut-être qu'elle l'est. Je réduis la distance qui nous sépare et la prend dans une accolade féroce. « Oh, Lily, tu n'as pas idée à quel point c'est bon de te voir en ce moment. » Je me demande si elle peut dire à quel point je suis triste. Combien je suis épuisée.

« Keira, que fais-tu ici ? »

Oh, mon dieu, qu'est-ce que je vais lui dire ? Je pourrais lui demander la même chose, je suppose.

« J'ai eu quelques jours difficiles. Honnêtement, je n'ai pas envie d'en parler maintenant. Bref, qu'est-ce que tu fais ici ? »

Elle ne sourcille pas. « Je suis ici avec Gunner. » Elle pointe son pouce par-dessus son épaule, et c'est seulement à ce moment-là que je réalise qu'il y a un gars debout à quelques mètres derrière elle.

« Oh, hey. » Je lui fais un petit signe de la main, mais je ne peux même pas me résoudre à forcer un sourire amical. Tout ce que je veux, c'est partir d'ici, loin d'ici, aussi loin que possible. Je suis sûre que Damon ressentira le même soulagement d'être débarrassé de moi quand il découvrira que je suis partie.

« Es-tu ici avec quelqu'un ? » Demanda Lily doucement, ses yeux regardant dans les miens.

« Non, je suis seule. » Je m'effondre presque en larmes en réalisant à quel point cette affirmation est vraie. Je suis seule… tellement seule, putain.

« Veux-tu qu'on te dépose quelque part ? Nous étions sur le point de partir. »

Gunner grogne derrière elle, et je suis certaine qu'il ne veut pas que je les suive. Mais encore une fois, je ne comprends pas pourquoi il traîne avec Lily de toute façon. Aux dernières nouvelles, ils se détestaient.

« Bien sûr, je… en fait, je n'ai pas vraiment d'endroit où aller pour le moment. » Je fais une pause. « Je veux dire, mon frère vient de décéder, et je n'ai pas vraiment envie d'être seule en ce moment. » J'accepte la pitié de Lily, tant qu'elle m'éloigne de Damon.

« Oh, Keira… c'est pour ça… que tu es là ? » Ses yeux gris s'adoucissent et elle me regarde comme si elle venait de rassembler les pièces d'un puzzle. Elle ne pourrait pas avoir plus tort, mais je me dis que c'est plus facile que de lui dire ce que je fais réellement ici. Alors, je la laisse croire que je suis là pour me déshabiller.

Je hoche la tête, baissant les yeux vers le sol en signe de honte.

« Pourquoi ne viendrais-tu pas avec moi ce soir ? Tu peux dormir chez moi, et demain, on pourra trouver une solution. » Lily enroule un bras autour de moi et m'attire à ses côtés. Son toucher est doux, apaisant. C'est une bonne amie. Je veux lui dire qu'il n'y a pas de solution à mes problèmes, mais l'idée de m'échapper, même pour une nuit, est trop tentante.

Si je dois mentir, alors je le ferai. J'ai déjà partiellement menti, alors où est le mal dans un autre ?

« D'accord. Ce serait génial. » Je force un sourire. Je sens des yeux sur moi, et je remarque le regard sombre de Gunner. Il va devoir faire avec. Je n'ai pas peur de lui, pas autant que de l'homme dans ces murs derrière moi. Il n'y a pas moyen que je laisse passer la chance de sortir d'ici.

« Très bien. Allons-y. » Lily sourit, et pour la première fois depuis des jours, j'ai l'impression que tout va bien se passer.

CHAPITRE 8

Damon

Dès que je sors de mon bureau, je sais qu'elle est partie. Je ne sais pas comment l'expliquer, mais cette étrange sensation m'envahit. J'aurais dû être plus concentré sur elle au lieu de me faire sucer. Mais c'était soit me faire sucer, soit lui demander de le faire, et quelque chose me disait qu'elle n'allait pas le faire.

Keira est comme un chaton — si tu la retiens, elle te griffera et te mordra jusqu'à ce que te la relâches, et j'aime bien ça chez elle. Ce que je n'aime pas, c'est qu'elle ne peut pas suivre les foutues règles, même si elles sont là pour la protéger.

Je traverse le hall, jusqu'au bar et à la piste de danse bondés. La musique retentit dans les haut-parleurs tandis que les filles dansent sur la scène. L'argent vole dans les airs, et les hommes appellent les femmes, les suppliant de les baiser. Tout se déroule comme il se doit... et je suppose que c'est une chose de moins dont je dois m'inquiéter.

Je repère Candy qui travaille au bar. Je me sens calme, détendu même, alors que je me dirige vers elle — jusqu'à ce que je réalise que la petite Keira s'est encore échappée. J'en ai assez qu'elle n'obéisse pas à mes ordres. J'ai laissé passer ça trop de fois. Cette fois, je vais lui donner une leçon, qu'elle n'oubliera jamais. Je vais devoir la blesser pour prouver que j'ai raison.

En me penchant sur le bar, je fais signe à Candy de venir. Elle me regarde prudemment, presque comme si elle avait peur, et elle a raison de l'être. Elle travaille ici depuis assez longtemps pour savoir quand je suis d'humeur explosive.

« As-tu vu Kiera ? »

« Elle se promenait par ici il y a un moment, regardant autour d'elle, les portes de derrière. Je ne l'ai pas vue depuis un moment. Je pensais qu'elle était retournée à votre bureau. »

Putain de merde. Bien sûr, elle passait à travers les mailles du filet. Elle pouvait se faire remarquer, mais elle pouvait se rendre invisible si nécessaire.

« Est-ce que quelqu'un a quitté sa position, même pour un moment ? » Je fais craquer mon cou, prêt à frapper le cul de quelqu'un.

Candy ne dit rien, mais je vois ses yeux se diriger vers l'endroit où se tient Diego. Je me retourne et me dirige droit vers lui. Dès qu'il me voit arriver, son visage devient pâle. Il est grand, mais je le suis encore plus... mais ça n'a pas d'importance. Il n'osera pas riposter, pas s'il tient à sa vie.

Je ne m'arrête même pas pour poser des questions. Je me balance et le frappe en plein dans la mâchoire. Sa tête s'est retournée, mais, grâce à lui, il ne s'est pas évanoui. Ce qui est bien. J'ai toujours besoin de lui pour surveiller la porte.

« Qu'est-ce qui est plus important que de faire son travail, putain ? »

« Rien, patron. »

Serrant mon poing, je le retire avant de l'écraser sur son nez. Il grogne, mais reste debout. Le sang coule le long de son nez et sur ses lèvres, mais il n'ose pas faire un geste pour l'essuyer.

Je saisis Diego par sa chemise et je me penche sur son visage. « Mens-moi encore une fois, et je te coupe ta putain de langue. Je t'ai fait confiance pour garder cette porte. Tu connais les règles, et j'attends mieux de toi. »

Diego déglutit et hoche la tête comme s'il comprenait. Peut-être que s'il n'avait pas la tête dans les nuages, je n'aurais pas à chercher Keira.

Sans un mot de plus, je retourne à mon bureau, sentant les regards sur moi. En claquant la porte derrière moi, je sors mon ordinateur portable et je visionne les cassettes de surveillance. Alors que je passe en revue quatre écrans différents, je la repère. Ses cheveux bruns soyeux et son corps parfait. Je la regarde faire le tour de l'étage, observant les portes à la recherche d'un point faible. Diego quitte le poste, et l'ampoule dans sa tête s'allume. Elle se glisse hors de la porte et apparaît sur un autre écran, une caméra extérieure.

En regardant l'écran, je réalise qu'elle n'est pas seule.

Qui est la fille avec qui elle est ?

Elles parlent comme si elles se connaissaient, ce qui me fait me demander si Keira l'a appelée. Puis je réalise qui se tient derrière eux. Gunner.

C'est un de mes bookmakers pour le lycée, et maintenant il a quelque chose en sa possession qui est à moi, putain. En serrant les dents, je les regarde monter dans la voiture de Gunner et partir.

Je respire calmement, en essayant de contrôler ma colère. Si je ne le fais pas, je vais sérieusement blesser Keira quand je mettrai la main sur elle, et c'est la dernière chose que je veux faire. Au pire, je veux juste qu'elle m'écoute. Son frère me l'a envoyée pour une raison. Elle n'est pas obligée d'aimer ça, mais elle doit suivre mes règles, et si elle ne veut pas, peut-être que je devrais juste l'emballer dans un petit nœud serré et l'envoyer à mon frère.

Mon estomac s'emballe à cette idée. Ouais, ça ne va pas arriver putain.

Alors que je suis déjà sur mon ordinateur, je sors l'adresse de Gunner de mes fichiers et je la rentre dans mon téléphone. Si Gunner sait qu'elle m'appartient et qu'il l'a prise quand même, je n'aurai pas d'autre choix que de lui mettre une balle dans la tête.

Je ferme mon ordinateur portable, verrouille mon bureau, puis sors derrière et monte dans ma Cadillac. La légère odeur de fraise entre dans mes narines. Ma voiture sent comme elle... ma putain de voiture. Y a-t-il une chose que cette fille ne va pas prendre en charge ? J'ai l'impression qu'elle est sous ma peau, dans ma tête. Je saisis le volant avec force, je mets le contact et je démarre. Alors que je suis les indications pour aller chez Gunner, je pense déjà à des moyens de lui faire payer son départ. Je déteste qu'elle me pousse comme ça, qu'elle me force la main.

Après ce soir, elle ne partira plus. Je vais m'en assurer.

La punition sera à la hauteur du crime.

Je m'arrête sur le trottoir, me garant directement devant chez lui. Je regarde la maison par la fenêtre, me demandant si je suis au bon endroit. Il y a une clôture blanche et des fleurs devant. La pelouse est bien entretenue, et je parierais n'importe quoi qu'il y a une BMW et 2,5 enfants à l'intérieur.

Cet endroit ressemble plus à une maison individuelle qu'à celle d'un étudiant.

Je sors de la voiture, la mâchoire serrée, la colère me brûlant. Je marche jusqu'à la porte, essayant de contenir ma colère, mais je sais que je suis allé trop loin.

Je ressens cette envie irrésistible de frapper quelque chose ou quelqu'un. Je serre et desserre les poings, essayant de surmonter l'envie de défoncer la porte d'entrée.

En sonnant à la porte, j'attends patiemment... enfin, aussi patiemment que je le peux, mes doigts s'agrippant au montant de la porte.

La porte s'ouvre quelques instants plus tard, et le visage surpris de Gunner apparaît derrière elle. Avant qu'il ne puisse marmonner une seule syllabe, je pousse la porte à fond et force l'entrée dans la maison. Je n'en ai rien à foutre de savoir à qui appartient cet endroit. Je fais quelques pas en avant, et dès que j'arrive au coin de la rue, je la vois.

Assise sur le canapé se trouve l'autre fille de la vidéo, celle que je ne connais pas. Elle et Kiera semblent être en pleine conversation.

Ça va s'arrêter tout de suite.

Les yeux de Keira deviennent incroyablement grands quand elle me voit.

Elle saute du canapé et crie : « J'allais revenir. »

Ha, bien sûr que tu allais revenir.

Je souris, je secoue la tête, puis je sors mon arme de l'arrière de mon pantalon et je la tiens à mon côté. Je ne veux pas le pointer sur elle, mais j'ai besoin qu'elle et Gunner sachent que je suis sérieux.

Gunner passe devant moi et se place entre moi et l'autre fille.

Est-ce qu'il protège cette autre fille ?

Je ne sais pas, putain. Mon esprit tourbillonne, mes seules pensées sont de récupérer Keira.

« Damon, patron, nous... je veux dire... je... je ne savais pas qu'elle était avec vous. »

En regardant dans ses yeux, je sais qu'il dit la vérité. Il n'en avait aucune idée.

« Et c'est la seule raison pour laquelle il n'y a pas une balle dans ton cerveau en ce moment. Mais si jamais je découvre le contraire, si je la retrouve, avec l'un de vous, toi et la fille qui se cache derrière toi, vous êtes morts. » Je regarde dans les yeux de la fille, m'assurant qu'elle a bien compris le message.

« En y réfléchissant, elle a l'air innocente comme pas deux, donc je pourrais te tuer et vendre ta fille aux enchères au plus offrant. » Le corps entier de l'artilleur se tend. Il veut dire ou faire quelque chose, mais il sait mieux. Il sait qu'il doit se taire quand son patron parle, contrairement à quelqu'un...

Je suis sur le point d'ordonner à Keira de sortir, mais elle se dirige déjà vers moi, semblant sur le point de m'attaquer. Puis elle le fait, et j'en ris presque.

Je veux dire, si on peut appeler ça frapper ma poitrine avec ses paumes m'attaquer. Elle est faible, et ses gifles ne font rien d'autre qu'alimenter le brasier qui brûle en moi.

Elle ne m'a jamais vu en colère, pas comme je le suis ce soir. Ce soir, elle regrettera de ne pas être restée dans ce putain de club. Je range mon arme pendant que Keira continue de me frapper.

« Je te déteste, putain ! » Sa voix se brise à la fin.

« Bien, parce que ta haine pour moi ne va faire que croître au fur et à mesure que la nuit avance. » Je me penche et l'attrape par la taille, la jetant sur mon épaule comme si elle ne pesait rien, et ce n'est pas le cas, pas vraiment.

La petite amie de Gunner semble être sur le point de venir pour moi aussi. Au moins, elle semble être une amie loyale, je lui accorde ça. Gunner l'arrête dans son élan, ce qui la met visiblement en colère. Il se penche vers elle et lui chuchote quelque chose à l'oreille, et je suis sûr qu'il la met en garde, lui expliquant les conséquences de s'en prendre à moi.

Bien sûr, Keira fait une scène et continue à me crier dessus en me frappant le dos avec ses petites mains. Son attaque est futile. Je ne la laisserai pas partir et je ne la lâcherai pas jusqu'à ce qu'on arrive à la voiture. Quand nous arriverons à la maison, je l'attacherai au lit pour être sûr qu'elle ne pourra jamais s'échapper.

« Au revoir, Gunner », criai-je, puis je suis sorti par la porte d'entrée, faisant rebondir Keira contre mon épaule, écoutant l'air quitter ses poumons chaque fois qu'elle retombe.

Elle ne peut pas parler si elle ne peut pas respirer, n'est-ce pas ?

« Pose-moi. Ce n'est pas comme si tu t'en souciais de toute façon. Tu te faisais faire faire une pipe. Tu n'aurais même pas su si quelqu'un était venu me chercher. »

Je peux entendre l'angoisse dans sa voix. Est-elle jalouse parce que Hayley m'a fait une pipe, ou a-t-elle peur que je ne la protège pas ?

On dirait qu'elle est jalouse, et ça me fait sourire. Si elle est jalouse, ça veut dire qu'elle pourrait accepter mon offre. Et encore, elle ne le fera probablement pas. C'est une battante. Un chaton avec des griffes.

« On dirait qu'une personne est jalouse, mais tu n'as pas à t'en faire pour ce soir. Ce soir, je suis tout à toi, bébé. Et juste pour te prouver que tu ne t'enfuiras plus, je vais prendre cette jolie petite chose entre tes jambes et je vais en apprécier chaque seconde. »

Son corps tremble sous mon emprise et j'ouvre la porte arrière, la jetant contre la banquette de ma voiture. Si elle pensait que j'étais un bâtard vicieux avant, elle n'a aucune idée de ce qui l'attend.

Je vais lui montrer ce qui arrive quand la pitié de Damon Rossi s'épuise.

Je rentre chez moi, serrant mon volant si fort qu'il risque de s'arracher. Je fais tout ce que je peux pour ne pas me retourner et lui crier dessus. Et alors, putain, j'avais droit à une pipe. J'en ai eu une parce qu'elle a refusé de m'en faire une, parce qu'elle n'est rien d'autre qu'une allumeuse de bite.

J'entends ses sanglots sur la banquette arrière, mais je m'en fous pour l'instant. C'est sa propre faute. Elle aurait dû m'écouter.

Putain... elle aurait dû m'écouter. L'idée de la blesser ne me convient pas, mais je dois le faire. Je dois prouver que je suis sérieux. J'ai tué des hommes pour moins que ça, elle ne peut pas continuer à s'en tirer comme ça.

Le trajet jusqu'à la maison est court, et quand je tourne dans l'allée, je me gare dans le garage. Mon esprit est toujours en proie à la colère. Je n'arrive pas à penser à autre chose qu'à lui montrer les conséquences de ce qui arrive quand on me désobéit. Je sors de la voiture, mais elle ne fait aucun geste pour ouvrir la porte arrière. Je suppose que je vais être un gentleman et le faire pour elle. J'attrape son bras et la tire du siège arrière. Elle gémit sous mon emprise, mais je l'ignore. Je claque la porte, la traîne dans la maison, ses pieds s'enfonçant dans le sol jusqu'à sa chambre, puis la jette sur le lit.

Quand je sors les menottes de ma poche arrière, elle se précipite loin de moi, mais elle n'est pas assez rapide — pas pour s'éloigner de moi. J'attrape sa cheville et la ramène au centre du lit.

« S'il te plaît, Damon... », plaida-t-elle, des larmes dans ses grands yeux bruns.

Je ravale toutes les émotions que je ressens pour cette femme, laissant la colère continuer à couler dans mes veines. Je saisis un de ses bras et y fixe les menottes, puis je tire tout son corps vers la tête de lit et attache l'autre menotte autour d'un des barreaux.

Avec une main menottée au lit, elle peut donner des coups de pied et crier tant qu'elle veut, mais elle ne va nulle part. Je me lève, la regardant comme si elle était une sorte d'offrande.

J'ai défait ma ceinture et j'ai regardé tout son corps trembler et son visage se tordre de peur pendant que je me défaisais de la fermeture Éclair, poussant le pantalon vers le bas jusqu'à ce que ma bite dure comme de la pierre soit libre et que mon pantalon soit sur le sol, loin de mes pieds. « Donne-moi une bonne raison pour laquelle je ne devrais pas faire ça. Pourquoi je ne devrais pas te baiser maintenant. »

Elle lève les yeux vers moi un moment, et je pense qu'elle ne va rien dire du tout, mais ensuite elle le fait — et tout comme le reste de son corps, sa voix tremble aussi.

« Parce que tu ne veux pas vraiment me faire du mal. » Les larmes tachent ses joues.

N'est-ce pas ? Je considère ses mots. J'ai été tellement consumé par la rage depuis que j'ai découvert qu'elle était partie, c'est peut-être la première fois que je m'arrête pour réfléchir. J'ai besoin qu'elle m'écoute. J'ai besoin qu'elle ait peur de moi, mais est-ce que je veux que ça arrive en la blessant ? C'est le seul moyen que je connaisse.

Est-ce que je veux vraiment la briser comme ça ? Parce que c'est ce que je ferais si je la blessais de cette façon. Je la briserais, et je ne peux pas m'imaginer lui faire ça.

Voir les larmes couler sur son visage et sur l'oreiller commence à me déranger plus que je ne veux l'admettre. Je peux sentir la colère qui commence à quitter mon corps, me laissant avec des sentiments que je ne veux pas ou dont je n'ai pas besoin. Je ne peux plus regarder son visage, je ne peux plus, putain.

Je l'attrape par les chevilles, je la retourne sur le ventre et je lui fais descendre son pantalon et ses sous-vêtements d'un seul coup. Ses cris sont étouffés par l'oreiller, mais je peux quand même voir que ses pleurs s'intensifient. Elle commence à sangloter, son corps tremble violemment.

Je ferme mes paupières. Je ne peux pas le supporter plus longtemps. Sa douleur commence à devenir la mienne, et je ne peux pas le supporter. Putain, je ne peux pas.

Je me penche vers elle, incline un peu sa tête pour que je puisse à nouveau voir une partie de son visage. Brossant quelques cheveux trempés de larmes de sa joue, je me penche plus près et chuchote dans son oreille.

« Si tu m'écoutes et que tu restes tranquille, je ne te ferai pas de mal... et je ne prendrai pas ta virginité. »

Ses sanglots cessent presque immédiatement. Seuls de petits tremblements qu'elle ne peut contrôler subsistent. Je me lève et regarde son corps parfait. Sa peau est aussi délicate et belle que je l'avais imaginée.

Crémeuse, blanche, non tachée. C'est un spécimen que je veux explorer encore et encore. Ses fesses sont dodues, et chaque joue se trémousse alors que son corps continue de trembler.

« Je vais te toucher, mais je ne te ferai pas de mal. » En partant de sa cheville, je fais glisser mes doigts le long de ses jambes, jusqu'aux deux globes parfaits de son cul. La sensation de sa peau chaude sur la mienne... il n'y a pas moyen de la décrire. Mon Dieu, elle est belle, et pure, et putain... je ne la mérite pas, pas du tout.

« Je veux te goûter, Keira. Puis-je te goûter ? » J'attends patiemment — aussi patiemment que possible — qu'elle me réponde. Le temps semble s'être arrêté, et quand un « Oui », essoufflé s'échappe de ses lèvres, je me défais presque. Tous les muscles de mon corps, à l'intérieur comme à l'extérieur, se contractent.

Si je dois la faire jouir, ce sera quand je pourrai voir sa putain de tête. Je veux voir le plaisir dans ses yeux, la façon dont elle réagit à mon contact. Je récupère une clé pour les menottes et les défais avec facilité, puis je la retourne sur le dos. Quand je vois son visage, je me frappe presque.

Elle a l'air triste, en colère et fatiguée... et je ne veux plus jamais la voir dans cet état. Je dois prendre soin d'elle. Je ne sais pas pourquoi ni comment je vais le faire, mais je dois le faire.

Je me glisse lentement sur le lit, toute la colère s'échappant de moi, ne laissant que le besoin de la satisfaire, de lui faire ressentir le même besoin fou qu'elle me fait ressentir chaque heure. Ses yeux ne quittent jamais les miens, même lorsque je la tire vers le bord du lit. Avec mon genou, j'ouvre ses jambes, et la vue de sa chatte rose me fait remplir ma bouche de salive.

Mes yeux remontent jusqu'aux siens et je la surprends en train de m'observer avec curiosité, de me fixer, d'inspecter chacun de mes mouvements.

Je me penche entre ses jambes et presse un baiser sur le haut de son monticule. Ses jambes s'écartent, et un frisson la parcourt, et j'adore ça. Putain, j'aime que ce soit comme ça qu'elle réagisse à mon contact. La plupart du temps, je ne suis pas du genre à donner, mais avec Keira, je veux être tout cela et plus... tellement plus.

Avec deux doigts, j'écarte ses plis soyeux et lisses, révélant son petit bout serré. Mon regard se dirige vers sa chatte, et je sais que je devrai attendre avant de la conquérir, mais le besoin est bien là, au fond de mon ventre.

En expirant, je me penche en avant et je souffle contre la chair tendre. Pour la première fois aujourd'hui, elle frissonne de plaisir et non de peur, et je souris.

Sans prévenir, je commence à la lécher, en faisant glisser ma langue doucement contre sa partie la plus sensible. Un gémissement silencieux s'échappe de sa gorge, m'encourageant à lécher plus vite et plus fort. Je lève les yeux vers elle, par-dessus sa chatte parfaite, pour évaluer les traits de son visage. Ses yeux sont fermés maintenant, mais je veux qu'elle les ouvre et me regarde. Je veux voir le plaisir dans ses yeux.

Je ferme mes lèvres autour de son petit paquet de nerfs et commence à sucer légèrement. Son corps commence à me répondre. Ses hanches bougent probablement sans même qu'elle s'en rende compte. Son corps me veut, et le simple fait de le savoir me rend fou.

Ses paupières s'ouvrent enfin, et je la surprends en train de me regarder à travers des yeux encapuchonnés. Son visage est encore rouge et bouffi de larmes, mais c'est la plus belle femme que j'aie jamais vue. Je suce son clito un peu plus fort cette fois et ses yeux se referment. Sa tête retombe sur l'oreiller, ses gémissements devenant de plus en plus forts à chaque léchage.

Ses mains agrippent les draps, et je sais qu'elle est proche. Je continue à travailler son clito avec ma langue, regardant son corps bouger sous moi, suppliant pour plus sans aucun mot.

Je soulève une de ses jambes et la pose contre mon épaule, l'ouvrant plus largement comme si elle était un cadeau que je suis impatient de déballer. Son dos se cambre sur le lit.

« Damon... », cria-t-elle, mon nom s'échappant de ses lèvres.

J'ai besoin de l'entendre le dire encore une fois. Je pourrais mourir si je ne le fais pas.

Sa chatte frémit, et le goût de sa crème sucrée explose contre ma langue alors qu'elle se détache sous moi. Je continue à la caresser doucement, de haut en bas, de haut en bas, la goûtant encore et encore, jusqu'à ce que je sache que chaque dernier tremblement de son orgasme a traversé son corps.

En glissant sur ses petites formes, je regarde ses yeux suivre chacun de mes mouvements. Des désirs indescriptibles s'accumulent au fond de moi, et je dois voir le reste de son corps nu. J'attrape l'ourlet de sa chemise et commence à la retirer de son corps. Elle n'essaie pas de m'arrêter et, au contraire, lève les bras pour m'aider sans que j'aie à le lui demander. Très lentement, je tire la chemise sur sa tête, puis je détache son soutien-gorge et l'enlève, révélant deux seins parfaits aux mamelons rose sombre qui ne demandent qu'à être sucés. Ses seins sont de la taille parfaite, une poignée chacun.

Je me penche pour prendre l'un de ces seins dans ma bouche, mais Keira m'arrête en tirant sur ma chemise, m'incitant silencieusement à l'enlever. Je me redresse juste assez longtemps pour le passer par-dessus ma tête, avant de le jeter au sol derrière moi.

Puis, je suis de nouveau sur elle, prenant ce doux téton rose dans ma bouche, la faisant gémir à nouveau. Je sens que ma bite devient de plus en plus dure à chaque fois que je passe ma langue sur son téton.

Elle est à moi, toute à moi, putain. Son doux parfum de fraise me pousse à avancer, et je veux la prendre — putain, je veux la prendre — mais elle n'est pas encore prête pour ça. Quand je sentirai sa chaleur enveloppée autour de ma queue, ce sera parce qu'elle le veut, parce qu'elle me suppliera de le faire.

Un autre doux gémissement s'échappe de sa bouche, et je veux mettre ces gémissements en bouteille et les garder avec moi tout le temps. Ils sont la chose la plus douce que j'ai jamais entendue. Elle se déplace sous moi, frottant sa jambe contre ma bite, et bon sang, il réclame de l'attention.

« Je veux te sentir », croassai-je contre son téton, le relâchant avec un bruit sec. Je regarde sa poitrine se soulever et s'abaisser, sa peau blanche comme la crème devenant d'un rose tendre sous mes yeux.

« OK. » Keira acquiesce, et je me baisse pour tenir ma queue dans ma main. Elle est lourde de besoins, et je me demande si elle sera capable de me prendre tout entier le moment venu. Elle est si petite, et je suis énorme — les deux choses ne vont pas ensemble.

Ses beaux yeux s'écarquillent de peur pendant un instant, et je réalise que je dois clarifier ce que je veux et ce que je vais faire.

« N'aie pas peur. Je vais amener ma bite à ton entrée, mais je n'entrerai pas. Je veux juste te sentir. Sentir ta fente, sentir ta chatte frémir contre ma queue. »

« OK. », répéta-t-elle, « Mais, s'il te plaît, ne rentre pas à l'intérieur. »

Sa voix est tellement douce, gentille et confiante que ça fait mal. Je ne comprends pas comment elle peut encore croire ce que je dis après ce que je lui ai fait subir ces deux derniers jours.

Je ne peux pas foutre ça en l'air. Je ne peux pas perdre le contrôle maintenant. Toujours avec ma bite, je m'approche de son entrée. Sa douce chatte est encore humide et si douce, putain, je veux plonger en elle et ne jamais la quitter, la réclamer pour moi — mais je ne le fais pas.

Au lieu de cela, je laisse ma bite se déplacer vers le haut, glissant entre ses plis humides et sur son clito. Elle expire un souffle rauque alors que je pousse vers l'avant entre ses plis, ma bite maintenant la friction contre son clito.

Sa chair encore trop sensible scintille contre la tête de ma bite. Et c'est la sensation la plus incroyable que j'ai jamais ressentie de toute ma vie, en glissant dans ses plis soyeux et humides. C'est mieux que tout le sexe que je n'ai jamais eu. Mieux que n'importe quel meurtre que j'ai jamais fait. Je sais que je pourrais jouir maintenant si je le voulais, mais je dois savourer ce moment... le faire durer aussi longtemps que possible. Peut-être même, la faire jouir à nouveau. Je relâche un peu la prise sur ma bite.

« Vas-tu encore jouir sur ma queue ? »

« Oui... Je pense que oui... » Son souffle se bloque dans sa poitrine.

« Putain, oui, tu l'es... » Je serre la mâchoire et bouge un peu plus vite, sentant mes couilles se resserrer. Les doigts de Kiera s'écartent des draps, comme si elle cherchait à atteindre quelque chose... à avoir quelque chose de plus.

Je garde le même rythme et je fais glisser mes doigts le long de son corps, prenant son mamelon froncé entre deux doigts. Je fais rouler le téton d'avant en arrière, regardant ses yeux se fermer, ses hanches se soulever et son corps trembler sous l'effet d'un orgasme imminent. Il n'y a rien de tel que les petits halètements qui s'échappent de ses lèvres lorsqu'elle s'effondre pour moi.

Sa peau se hérisse de chair de poule, et je me penche en avant, mon corps s'étendant au-dessus du sien. Mes lèvres trouvent les siennes, et j'accélère le rythme, ma queue suppliant et implorant d'être en elle.

Pas encore, grand garçon.

Je me retire et je serre ma bite dans ma main, le pompant à fond, sentant le plaisir brûlant me traverser. Quelques secondes plus tard, je m'effondre, mes pieds s'enfonçant dans le matelas et mon cœur battant la chamade dans mes oreilles. Je baisse les yeux, regardant ma libération recouvrir sa chatte vierge, les cordes de mon sperme collant réclamant son corps comme le mien — seulement le mien.

Un autre homme ne l'aura jamais, ne la touchera jamais, ne la goûtera jamais comme je l'ai fait ce soir. Si quelqu'un essaie, je lui tranche sa putain de gorge.

Mon orgasme me bouleverse. C'est tellement intense qu'il me faut une minute pour rassembler mes esprits et me lever.

« Ne bouge pas », lui dis-je doucement, en souriant presque. Elle n'a pas l'air de pouvoir bouger d'un pouce en ce moment même si elle essayait. En m'éloignant du lit, même si je n'en ai pas envie, je vais dans la salle de bains chercher un gant de toilette chaud.

Je réapparais quelques instants plus tard et lui écarte les jambes, nettoyant sa chatte parfaite que j'ai rendue si sale. J'ai jeté le gant de toilette sur le sol derrière moi, je me suis glissé dans le lit avec elle et j'ai attiré son corps nu contre ma poitrine, me délectant de la façon dont elle frissonne contre moi.

« Tu es à moi, Keira. À moi. Je me fiche de ce que toi ou n'importe qui d'autre pense. Après ce qui s'est passé entre nous ce soir, je ne peux pas te laisser partir. Je ne peux pas. » Mon aveu me choque autant que Keira, à en croire l'expression choquée qu'elle me donne.

Elle se décale légèrement pour lever les yeux vers moi. « Tu le penses vraiment ? Comme... vraiment tu le penses ? Parce que te voir avec cette strip-teaseuse aujourd'hui... ça m'a fait mal. »

Ses joues blanches et crémeuses chauffent. Elle semble embarrassée, et je ne comprends pas pourquoi.

« Je suis confus à propos de ce que je ressens. Je ne veux pas t'aimer, mais je t'aime. Ou du moins, je t'aime bien quand on est seuls ensemble... comme ça. »

« Je ne peux pas toujours être cette personne. Les gens comptent sur moi. Je dois montrer une certaine dureté. Je dois être un connard parce que j'ai besoin que les gens aient peur de moi, et je dois faire des choses qui ne vous plaisent pas toujours. À la fin de la journée, je suis toujours un criminel, bébé. »

Et je ne sais pas comment faire ça... rien de tout ça. Les relations ne sont pas pour moi, mais je ne peux pas juste avoir Keira comme copain de baise.

« Donc, tu dis que tu n'es pas vraiment un con ? Tu fais juste semblant de l'être ? » Elle me fait un sourire, plein de dents et de pur bonheur.

« Non, je suis définitivement un con, et je le serai toujours ». Je m'arrête un moment, pour rassembler mes idées.

« Ce que je veux dire, c'est que je n'ai pas à être un con avec toi... quand nous sommes seuls. En dehors de ça, je ne peux rien promettre. Je peux travailler sur mes émotions, sur la façon dont je te traite en présence des autres, mais je ne peux rien te promettre. Je ne suis pas un homme bon, Keira. Je ne le suis pas, et je ne prétendrai pas l'être, pas même pour toi. »

Keira ne dit rien pendant quelques minutes, et je me demande si elle ne s'est pas endormie. Puis elle soupire, et demande : « Tu la reverras ? »

Je cligne des yeux. « Est-ce que je reverrai qui ? » Chuchotai-je dans ses cheveux, en respirant son parfum. Nos parfums se sont mélangés. Je ne peux pas dire où elle se termine, et où je commence.

« Elle. La strip-teaseuse. »

Je réfléchis à ma réponse. Je suis un homme, et j'ai des besoins, mais Keira est peut-être celle qui va y remédier.

J'imagine ce qu'elle a ressenti en me voyant avec Hayley. Je n'y ai pas vraiment pensé avant. Je me mets à sa place... Je ne peux pas imaginer ce que j'aurais ressenti si j'avais surpris Keira avec un autre gars. La simple pensée me rend furieux. Je lui aurais arraché le cœur de la poitrine avant même qu'il ait eu la chance de remonter son pantalon.

« Pas si tu ne veux pas que je le fasse... » Je contourne ma réponse sur la pointe des pieds. Je ne veux pas faire de mal à Keira, plus maintenant. « J'ai envie de toi, et je préfère que ce soit toi, mais... » Je m'arrête là, ne sachant pas quoi dire. Je ne peux pas m'imaginer toucher une autre femme maintenant, pas après l'avoir touchée elle.

« Je veux me donner à toi. J'ai juste peur. Est-ce qu'on pourrait s'y mettre ? Je t'ai dit que je te donnerais quelque chose en échange de ta promesse de me protéger. »

Je secoue la tête, la tenant fermement contre ma poitrine. « Non, Keira. Je te veux parce que tu me veux. Pas parce que tu veux ma protection. Je te protégerai de toute façon, parce que personne ne te touchera. Personne. Mais si tu veux te donner à moi, si tu veux que je te baise parce que tu le veux, alors je le ferai — quand tu seras prête. »

Les mots ne ressemblent même pas à quelque chose que je dirais, mais là encore, je ne suis plus le même homme qu'il y a une heure. Keira a brisé quelque chose en moi, elle a ouvert mon cœur. Maintenant je comprends ce que Héro disait à propos d'Élyse. Je ne peux pas imaginer que quelqu'un me dise que je ne peux pas avoir Keira.

« Alors, tout va bien ? » Murmura Keira , sa voix semble endormie, et je réalise qu'il doit être très tard.

« Plus que bien, bébé. Plus que bien. » Je l'embrasse doucement, mes lèvres se fondant contre les siennes. Je suis presque sûr que je la voudrai toujours comme ça, ce qui m'effraie au plus haut point. Dans mon monde, l'amour est une faiblesse — et les faiblesses ne sont pas quelque chose que je peux me permettre.

CHAPITRE 9

Keira

Pour la première fois depuis des jours, je me réveille fraîche et dispose. Mon corps est détendu au lieu d'être tendu. Je m'enfonce dans le matelas moelleux, mes yeux s'ouvrent paresseusement. Puis je réalise que je ne suis pas dans *mon* lit, mais dans celui de Damon. Son bras lourd est enroulé autour de ma taille, me protégeant comme un épais bracelet d'acier, me retenant à lui.

Je ne l'admettrai jamais à haute voix, du moins pas maintenant, mais me sentir si proche de Damon, sentir sa possessivité, déclenche quelque chose en moi. Quelque chose que je ne comprends pas vraiment. C'est une émotion étrangère, mais que je veux ressentir encore et encore. Je laisse mon esprit vagabonder vers les choses qu'il m'a dites la nuit dernière. Damon veut être gentil avec moi — et par-dessus tout, il peut l'être — ce qui me dit qu'il n'est pas vraiment le connard tordu qu'il prétend être.

Je me déplace contre le matelas, mes yeux parcourant son corps ciselé. Nous sommes toujours nus. Nos corps sont parfaitement moulés ensemble. J'envisage de laisser Damon être mon premier. Il ne m'a jamais vraiment blessée — pas vraiment — et il ne laissera rien m'arriver.

Son toucher était exaltant, puissant, mais doux, et me procurait un immense plaisir. Je me mordille la lèvre inférieure, me demandant quel genre de plaisir sa bite pourrait m'apporter. Il a été avec beaucoup de femmes, et l'idée me dégoûte — mais c'est ce que c'est. Je ne peux pas m'attendre à ce qu'il ait été chaste parce que je suis vierge.

Un frisson parcourt mon corps lorsque mes yeux glissent sur son V parfait. Il est bien défini, et honnêtement, je ne sais pas pourquoi Damon est si développé. Peut-être que c'est à cause de toutes les tortures et les enterrements de corps qu'il fait. Ou peut-être qu'il fait secrètement de la musculation pendant son temps libre. Quoi qu'il en soit, je ne me plains pas.

J'ai l'eau à la bouche en voyant la tente qui commence à se former sous le drap. Je frotte mes cuisses l'une contre l'autre, sentant l'humidité s'infiltrer entre mes plis. Est-ce cela que l'on ressent quand on est excité ?

« Est-ce que tu apprécies la vue, bébé ? » La voix profonde de Damon vibre en moi, envoyant des picotements de plaisir directement dans mon cœur.

Je détache mon regard de sa grosse bite et découvre son visage. Ses yeux sont encore endormis, mais le sourire qui se dessine sur ses lèvres pleines fait sauter mon cœur d'un battement... ou cinq. Je hoche la tête en réponse à sa question, de peur que si je parle, ce ne soit qu'un gémissement.

Le regard de Damon s'assombrit et ses doigts parcourent mon corps. Je frissonne, et mes cuisses s'écartent lorsqu'il déplace une de ses mains paresseusement vers mon monticule.

« Est-ce que me regarder t'a excité ? Ou étais-tu juste excitée de me voir ce matin ? » Ses lèvres sont à mon oreille. La chaleur de son souffle s'infiltre dans ma peau. Et puis je le sens, le premier frôlement de ses doigts entre mes jambes.

« Je... », bégayai-je, mes joues chauffent. Je ne suis pas vraiment sûre de ce que je veux. Je veux qu'il me touche.

« Tu quoi ? » Il presse ses lèvres contre mon cou, et un gémissement s'échappe du fond de ma poitrine.

« Je veux tes doigts sur moi... en moi », murmurai-je, me demandant s'il m'a même entendu. Quand Damon parle à nouveau, je jure que je peux *entendre* le sourire sur son visage.

« Tout ce que tu veux, Keira. Tout ce que tu veux. » Il continue d'embrasser ma gorge et ma clavicule. Ses baisers sont doux, mais ils ont un effet possessif sur moi. Je n'aurais jamais cru que j'aurais envie de le toucher de cette façon, mais c'est le cas. Ses doigts se promènent contre ma cuisse, puis descendent de plus en plus bas jusqu'à ce qu'ils soient en mon centre.

Lentement, il déplace son doigt contre mon clito déjà humide. Le souffle dans mes poumons ralentit alors qu'un nœud de tension se forme au fond de mon ventre. Il maintient le même rythme jusqu'à ce que mes hanches commencent à se soulever du lit et qu'il soit obligé de descendre.

Sans jamais retirer son doigt de mon clito, il se centre entre mes jambes, écartant largement mes cuisses, avant de plonger sa tête plus près de l'endroit où je le veux.

« Je vais te goûter, bébé. Et je veux que tu jouisses sur ma langue. Je veux avaler chaque goutte de ta douce crème. »

Les mots de Damon sont crus, mais je ne veux pas qu'il s'arrête — jamais. Des gémissements de plaisir m'envahissent, mon ventre se serre lorsque sa langue remplace ses doigts. Chaque léchage et succion fait trembler mon corps de besoin. Je suis à sa merci, et je n'ai jamais été aussi heureuse de ma vie. Il continue de dévorer mon clito, en suçant fort le petit paquet de nerfs.

« Oh, Damon... Dieu... » Les mots s'échappent de ma gorge en toute hâte.

L'orgasme est si fort que je dois fermer les yeux et faire entrer de l'air dans mes poumons. Mes muscles se serrent fort, ma chatte palpite comme si elle avait son propre rythme cardiaque. Alors que je commence à m'effondrer, je sens la langue de Damon contre ma chatte. C'est juste le bout qui se glisse à l'intérieur, mais c'est incroyable quand il la fait tournoyer, réclamant chaque goutte de ma libération comme la sienne.

« Mmm, bébé, ta chatte est délectable. Je ne suis pas sûr que j'ai déjà goûté une chatte aussi douce avant. »

Son aveu m'excite encore plus, et je ne comprends pas comment c'est possible. Je relâche la prise que je n'avais même pas conscience d'avoir sur les draps, et je me mets sur mes coudes, voulant le voir davantage entre mes jambes. C'est tellement érotique de voir un homme entre mes cuisses, qui me revendique, qui possède une partie de moi — une partie que je n'ai même pas complètement explorée.

Quand l'un des doigts épais de Damon remplace sa langue, je me crispe. Il lève ses yeux vers les miens, cherchant la permission ou l'approbation. Les bruns de mes yeux doivent avoir complètement disparu, presque noirs, mais remplis à ras bord de désir, j'en suis sûre.

« Est-ce que ça... Si je te laisse faire... c'est la même chose que d'utiliser ton... ? » Je me lèche les lèvres et je baisse le regard. Je ne peux même pas dire ce foutu mot — pas à lui en tout cas. Un gloussement s'échappe de la gorge de Damon, et le son me fait sursauter. Je lève les yeux vers lui.

Secouant la tête, il garde son regard fixé sur le mien. « Non, Keira. Te doigter n'a rien à voir avec le fait que je te baise. Tu prendras du plaisir avec mes doigts, oui, mais crois-moi quand je te dis que tu sauras quand ma bite sera en toi. Et tu me supplieras encore et encore de continuer jusqu'à ce que tu t'effondres. »

Je prends un moment pour me détendre, faisant confiance à ses paroles, sachant que lorsque nous sommes comme ça, il ne me fera jamais de mal.

En me penchant en arrière, j'expire lentement. « Alors, s'il te plaît... doigte-moi. »

C'est étrange de dire ça à haute voix alors que je ne suis pas tout à fait sûr. Mais je sais que je veux ça. Je veux le contact de Damon. Je veux le sentir en moi.

« À tes ordres, princesse. » Ses mots se perdent lorsqu'il dépose un baiser à l'intérieur de ma cuisse, ses mains caressant mes fesses tout en me faisant avancer. Mon cœur commence à battre hors de ma poitrine quand je sens un de ses doigts épais toucher mon entrée.

Un grognement sourd emplit la pièce lorsque le doigt de Damon se glisse en moi. Ce n'est que le bout, mais c'est suffisant pour me surprendre et m'exciter à la fois.

« Putain de merde, bébé, tu es sacrément serrée. » Il reste ainsi pendant un long moment. Sa respiration lourde emplit mes oreilles, et je me demande s'il est prêt à perdre le contrôle.

« Continue, s'il te plaît. » Les mots s'échappent de mes lèvres alors que son doigt se déplace en moi douloureusement lentement. Si lentement que j'envisage presque de le supplier de continuer à bouger.

Je miaule quand son doigt s'enfonce complètement. Il n'est pas très large ni très long, mais c'est définitivement quelque chose qui n'est pas là habituellement, et mon corps réagit à sa présence. Mes muscles se contractent, et une piqûre s'ensuit, mais elle n'est pas tant douloureuse qu'inconfortable.

Tout aussi lentement, il le retire, puis l'enfonce à nouveau. Son gémissement est audible à la vue de son doigt qui me réclame. J'aimerais pouvoir voir son visage en entier.

Je vais me redresser sur mes bras, mais je m'arrête. Ma tête tombe contre les coussins lorsqu'il place son pouce sur mon clito, faisant sortir de mes poumons de nouveaux gémissements. La double stimulation intensifie les sensations, et d'après le resserrement de ma chatte, il ne faudra pas longtemps avant qu'il ne me fasse voler en éclats une fois de plus.

Je halète, sentant chaque glissement de son doigt dans et hors de moi. Ses mouvements sont lents et précis, et je me demande si c'est toujours comme ça, ou si c'est juste parce que c'est Damon... s'il est le seul homme qui peut faire chanter mon corps.

S'il est capable de me procurer ce genre de plaisir avec ses doigts et sa langue, à quoi cela ressemblera-t-il lorsqu'il me baisera pour la première fois ? Cette pensée m'effraie et m'excite à la fois. J'ai très envie de lui, mais je suis trop terrifiée par l'inconnu pour céder à ce besoin.

L'image de lui poussant à l'intérieur de moi avec sa longue et dure bite palpitante est ce qui me conduit à l'oubli.

Je crie : « Damon, Damon. Oh, mon Dieu. Damon... » quand l'orgasme me frappe de plein fouet, et il enfonce son doigt en moi une dernière fois tout en laissant son pouce sur mon clito, frottant de petits cercles contre lui, faisant ressortir la sensation.

« Je ne peux pas imaginer ce que ce sera de te réclamer pour la première fois. » La voix de Damon est enveloppée de ténèbres, et je sais qu'il est légèrement déséquilibré.

Quand il se tient debout, je peux voir la tension dans son corps. Je veux l'aider à soulager un peu de ce besoin. J'aimerais savoir exactement quoi faire par moi-même, mais j'ai besoin qu'il me dirige.

Sa bite est dure, incroyablement dure, et pour être honnête, elle me fait un peu peur — mais ça ne m'empêche pas de tendre la main vers lui.

Damon m'observe prudemment, son corps semblant se tendre à mesure que je saisis sa longueur. Je n'ai jamais tenu une bite dans mes mains auparavant, ni amené quelqu'un à l'orgasme, mais je veux le faire pour Damon. Je veux le rendre fier. Je veux qu'il ressente les mêmes émotions que celles qu'il me fait ressentir. Ma main semble si petite enveloppée autour de lui. Mes doigts ne sont même pas près de se rencontrer, et je me demande comment je suis censée faire ça sans utiliser mes deux mains.

« Je fais tout ce qui est en moi pour ne pas te baiser à mort, Keira. Si tu as l'intention de faire quelque chose avec ma queue, alors fais-le. Sinon, laisse-moi partir, et je m'en occuperai moi-même. Je ne serai pas responsable de ce qui se passera dans les dix prochaines secondes. »

Ses mots n'ont pas l'air d'une menace, mais il y a une urgence à les prononcer, et je sais qu'il pense chaque mot qu'il dit. Si je ne fais pas quelque chose maintenant, il va disparaître quelque part, peut-être dans la douche, et se faire plaisir — plaisir que je veux lui donner.

« Je veux faire quelque chose pour toi, mais je ne sais pas vraiment comment. » Mon esprit s'égare brièvement sur la fois où il s'est moqué de moi, me demandant si je voulais que sa strip-teaseuse me donne une leçon sur la façon de lui plaire. Le souvenir est douloureux, et je le ferme aussi vite qu'il est entré.

C'est juste à propos de Damon et moi maintenant.

Je regarde Damon qui déglutit visiblement. Son corps tremble lorsqu'il lève sa main et la place sur la mienne. Sa prise est dure, mais chaude, et j'apprécie le contact de sa peau contre la mienne.

« Laisse-moi te guider », dit-il en expirant un souffle rude tandis qu'il déplace sa main avec la mienne sur sa longueur. Ses yeux fixent les miens, un feu vacillant dans son regard, menaçant de me brûler vif.

Ses mouvements sont d'abord lents, comme s'il appréciait le simple contact de ma main contre sa queue. Après quelques coups supplémentaires, sa main serre la mienne plus fort, et notre rythme s'accélère. Le sperme brille au bord de sa queue, et ma chatte frémit à sa vue.

« Est-ce que... ? » ma voix tremble, « Est-ce que je le fais bien ? » Je me demande, même si je suis certain que c'est le cas au vu de ce que je vois. La tête de Damon bascule en arrière. Son corps est en pleine exposition, et je prends la seconde pour boire chaque pouce tonique de lui dans. C'est un homme magnifique, follement sombre, mais il a un côté doux, un côté que je veux approfondir.

« Baiser. Putain oui, bébé, tu fais tout ça bien. »

Je souris et continue à le laisser guider ma main, sachant que la prochaine fois, je serai certainement capable de le faire toute seule. Je lève les yeux vers lui, l'excitation me brûle. Sa prise devient dure, et ma main commence à palpiter sous la sienne. Il se déplace avec fluidité, et je suis hypnotisée en regardant la tête de sa bite disparaître dans et hors de nos mains jointes.

« Keira... », il soupire, son corps se crispe, sa poitrine se soulève.

Quelques secondes plus tard, il jouit, sa semence se répandant sur les draps — enfin, un peu sur nos mains. Son corps est secoué de répliques, et il relâche sa prise tandis que sa bite commence à se ramollir entre nos mains.

Je le relâche et regarde le liquide qui tache les draps.

Damon saisit mon menton et force mes yeux à se poser sur les siens, puis il se penche. Ses lèvres pleines sont si proches, je peux sentir leur chaleur contre les miennes.

« Je peux être un putain de connard. Je peux faire des choses qui te font peur, et même si je ne le veux pas, je peux te blesser parfois. Je ne suis pas parfait. Je suis un homme malade et tordu. Mais une chose restera toujours la même : je ne te laisserai pas partir maintenant. Si tu cours, je t'attraperai. Si tu te caches, je te trouverai. Tu ne peux pas m'échapper. Jamais. Tu m'appartiens, maintenant et pour toujours. »

Ses mots sont possessifs, et je veux répondre pour lui dire que je suis d'accord. Mais je ne pense pas qu'il ait besoin de m'entendre dire oui. Il sait déjà à quel point j'ai besoin de lui et le désire.

Ses lèvres s'écrasent sur les miennes, scellant ses mots avec une promesse.

Un vœu non prononcé. Un secret.

Et cette déclaration me fait presque plus peur que de le voir comme le monstre qu'il prétend être.

CHAPITRE 10

Damon

Je ne peux pas détacher mes yeux d'elle. Elle n'était pas censée représenter quelque chose pour moi, mais maintenant elle s'est insinuée dans mon âme, dans mon cœur. L'idée de lui donner quelque chose que je n'ai donnée qu'à une seule autre femme dans ma vie me fait peur.

Ça me terrifie.

J'ai aimé ma mère autrefois, avant de savoir que l'amour n'était rien de plus qu'une faiblesse. Et tout ce qu'elle a fait, c'est tourner la tête, laissant mon père abuser de mon frère et moi. Elle disait qu'elle nous aimait. Comment pouvait-elle ne pas nous aimer ? Une mère n'est-elle pas censée aimer ses enfants par défaut ? Quoi qu'il arrive ? Si c'est le cas, alors l'amour ne veut rien dire — du moins, je le pensais.

Les cicatrices que je porte sont presque invisibles à l'œil nu, mais elles sont un rappel brutal que personne d'autre que vous ne vous protège des monstres de l'obscurité. Personne ne se soucie de vous, même si vous êtes faible et ne pouvez pas prendre soin de vous.

En regardant Keira sur le siège passager de ma Cadillac, je suis confronté, pour la première fois de ma vie, à l'idée d'aimer quelqu'un d'autre que moi.

Dans le passé, je n'avais personne pour me protéger quand je ne pouvais pas me protéger moi-même, mais je ne laisserai pas Keira subir le même sort. Je sais qu'elle ne peut pas combattre ça seule. Une bataille contre mon frère est perdue d'avance si elle l'affronte seule. Alors je me promets que je ne la laisserai pas tomber. Je ferai tout ce qui est en mon pouvoir pour la protéger. Je lui donnerai la protection que ma mère n'a pas su me donner.

Quand je me gare sur le parking de son ancien appartement, je vois le petit corps de Keira trembler.

Ne sait-elle pas qu'elle n'a pas à avoir peur avec moi à ses côtés ?

« Nous allons juste à l'intérieur pour prendre un peu de tes affaires, et nous serons de retour à la voiture en un rien de temps. » Je lui fais un sourire apaisant, mais elle ne me le rend pas — en fait, elle semble se taire encore plus.

« Son corps est toujours là ? » Murmura-t-elle alors que je me gare et que je coupe le moteur.

« Non. On s'en est débarrassé. » Mes mots sont durs, mais pas faux. Généralement, ceux qui meurent dans ce business n'ont pas de funérailles. Léo n'était pas une exception.

« Comme un sac d'ordures ? Tu l'as juste jeté dehors. » Keira se déplace sur son siège pour me faire face.

Je ne peux pas lui mentir, et je ne le ferais pas même si elle me le demandait. Je la veux. Je nous veux. Et d'une manière ou d'une autre, elle devra s'habituer à cette vie sombre et tordue.

« Oui, Keira. Dans ce genre de travail, on n'a pas d'enterrement. Cela attire trop l'attention. Mais ne te sens pas mal et ne te blâme pas. Il savait ce qu'il faisait quand il s'engageait. Il savait à quoi ressemblait son destin. »

Les grands yeux bruns de Keira se remplissent de larmes. « Il me manque, et j'ai peur qu'en rentrant là-dedans, tous les souvenirs me reviennent. »

Son honnêteté me bouleverse. Elle ressemble à une petite poupée fragile, assez fragile pour être brisée, et je ne veux pas qu'elle soit brisée. Je la veux entière.

Alors, je la réconforte de la seule façon que je connais : avec mon toucher. Je lui donne une petite tape sur la joue et je rapproche son visage du mien, la forçant à se déplacer sur la console centrale.

« Tu n'as rien à craindre. Tu as le diable de ton côté, et je suis prêt à brûler toute cette putain de ville pour te protéger. » Mes lèvres se pressent brièvement contre les siennes, et quand je sens sa langue sonder mes lèvres pour tenter d'approfondir le baiser, je me retire — même si c'est la dernière chose que je veux faire. Mais comme je lui ai dit hier, je ne peux pas toujours être l'homme qu'elle veut que je sois. Maintenant, c'est l'un de ces moments. Un sourire larmoyant se dessine sur ses lèvres, et elle en fait disparaître une partie en clignant des yeux.

« Finissons-en avec ça, bébé. J'ai de la merde à faire aujourd'hui. »

Nous entrons dans le bâtiment et montons à son étage avant que ses mouvements ne commencent à ralentir. Je tiens sa main et la tire, m'arrêtant une fois que nous avons atteint la porte d'entrée. J'attrape la poignée et je tourne le bouton. C'est étrange. Je me souviens avoir dit à Toni de verrouiller la maison avant de partir. J'ouvre la porte lentement, en protégeant Keira de toute personne qui pourrait déjà être à l'intérieur de l'appartement.

« Attends ici », murmurai-je en lâchant sa main et en franchissant le seuil.

L'endroit empeste la mort, et mes yeux repèrent la tache rouge foncé sur le sol où elle a probablement trouvé son frère. Il y a des éclaboussures de sang sur les murs et le canapé, et en m'enfonçant dans l'appartement, je vois qu'il a été saccagé.

Putain, Léo, qu'as-tu fait pour que mon frère s'en prenne à toi ? Et maintenant après ta sœur ? Je secoue la tête et tourne sur mon talon, faisant signe à Keira d'avancer. Elle est toujours debout dans l'embrasure de la porte, avec l'air aussi effrayé qu'elle doit l'être. Il n'y a aucun signe d'effraction, et l'endroit semble... bien cambriolé — mais je n'en attendais pas moins de mon frère.

« Viens », ordonnai-je, voyant l'appréhension dans ses yeux. Elle ne veut pas, mais elle le fait, ses pieds se déplaçant à la hâte sur le tapis. Je la laisse me guider dans sa chambre, et je souris presque. C'est donc ici que ma douce petite colombe se cacherait du monde ?

Elle va directement au placard, sort une valise, et commence à y mettre des trucs de la commode. Je ne pense pas qu'elle sache ce qu'elle prend. Elle prend juste tout ce qu'elle peut trouver. La valise est presque pleine à craquer, et elle a du mal à la fermer sans mon aide. J'aime secrètement la regarder se débattre, parce qu'elle est mignonne comme tout quand elle est troublée, mais maintenant ce n'est plus qu'une perte de temps. Je suis sur le point de lui donner un coup de main quand je l'entends.

Le faible grincement d'une porte que l'on ouvre quelque part dans l'appartement.

Keira se fige à côté de moi. Je porte un doigt à mes lèvres, lui faisant signe de se taire. Elle acquiesce, et je me retourne pour attraper mon arme.

Lentement, et avec le silence d'un puma en chasse, je me dirige vers l'entrée de l'appartement. Dès que je traverse le couloir, je le vois.

Soit il est stupide, soit il ne m'a pas vu arriver. L'idiot se tient au milieu de la pièce comme s'il n'avait aucune idée de ce qui se passe. Il a le dos tourné, et j'utilise cet avantage pour arriver derrière lui et le frapper avec la crosse de mon arme.

Son corps heurte le sol avec un bruit sourd, et je lui donne un coup de pied sur le côté, par mesure de sécurité. Il ne bouge pas. Heureusement. Je n'ai pas vraiment la patience de m'occuper de plus de merde aujourd'hui, mais je ne peux pas laisser passer une séance d'interrogatoire.

Je regarde l'enfoiré. Il ressemble à un des hommes de mon frère. Habillé d'un costume noir, il ressemble plus à un agent secret qu'à un putain de membre de la famille criminelle Rossi. Mon frère doit penser qu'il est vraiment sournois d'envoyer des gens ici pour la prendre. Comme s'il ne savait pas déjà ce qui se passerait s'il essayait de me la prendre.

« Qui est-ce ? » Keira apparaît dans le couloir, sa valise derrière elle. Je la regarde. Elle a l'air si petite, si fragile. Je dois me rappeler d'être gentil avec elle et de la considérer comme mienne.

« Un homme bientôt mort. » Je sors mon téléphone de ma poche et compose le numéro de Toni.

Après deux sonneries, il répond : « Patron ? »

« J'ai besoin que des hommes soient envoyés chez Keira. J'ai un corps vivant, et j'ai besoin qu'il soit déplacé au sous-sol. »

Les yeux de Keira s'écarquillent. Elle ne comprend rien à ce que je viens de dire, mais elle le fera quand elle verra ce qui va se passer.

« Très bien. Je vais envoyer des hommes maintenant. »

Sur confirmation de Toni, je raccroche et empoche mon téléphone. J'ai à moitié envie de tuer ce salaud maintenant, mais si je le fais, je rate la précieuse occasion d'obtenir des informations de sa part.

« Tu vas le tuer ? »

Je hausse les épaules. « Éventuellement, mais pour l'instant, je vais l'utiliser au mieux de mes intérêts. Le gars pour qui il travaille est après toi. »

Je la regarde se tenir dans le hall, nerveuse, ses yeux refusant de regarder autre chose que les deux pieds devant elle. Être ici l'effraie, et j'aimerais que ce ne soit pas le cas. J'aimerais que le monde soit meilleur et qu'elle ne se retrouve jamais dans cette situation. Mais le monde est détestable, cruel, et nous frappe quand nous sommes à terre. Et certains des monstres les plus effrayants se cachent à la vue de tous.

Mon poing frappe à nouveau sa mâchoire, faisant basculer sa tête sur le côté. Du sang coule de son nez et de sa bouche. Mes articulations commencent à gonfler et à devenir bleues. La douleur est une pensée absente — je pourrais faire ça toute la nuit, mais le frapper avec mes poings ne va pas me donner les réponses que je veux.

Je décide de prendre un couteau pour que le spectacle commence. Dès que j'ai dégainé la lame, les yeux du bâtard se sont écarquillés.

« Tu es prêt à me dire pourquoi mon frère t'a envoyé ? Ou peut-être ce qu'il veut avec Keira ? » Je me penche sur lui, faisant glisser la lame sur la poitrine nue de cet enculé. Il a un tatouage du Crime Rossi sur la poitrine, et je pense à le dépecer et à envoyer cette putain de chose à mon frère.

« Je suis un homme mort de toute façon, mais tu le sais déjà, alors pourquoi je te dirais quoi que ce soit ? » Il peut à peine parler. Le sang remplit sa bouche d'une coupure à l'intérieur de sa joue, et il n'arrête pas de recracher le rouge. Ça vole partout, et ça m'agace au plus haut point.

« Tu as raison sur ce point, mais si tu me dis ce que je veux savoir, je te tuerai beaucoup plus vite et avec beaucoup moins de douleur. Peut-être que si tu me le dis maintenant, je ne m'en prendrai pas ensuite aux personnes que tu aimes. » Le connard se met à rire, à rire vraiment, et je me demande si ce type a des couilles d'acier.

« Tu sais mieux que quiconque que les types comme nous n'ont pas le droit d'aimer quelqu'un. Pas de famille. Pas d'enfants. Pas de femme. Tu peux essayer de les tuer, mais ils n'existent pas. »

Je sais qu'on ne devrait pas s'attacher.

Je me dirige vers la table et choisis un nouveau couteau, un plus mortel. Je passe mon pouce sur le bord tranchant. La lame entaille ma peau, faisant gonfler le sang sur la coupure insignifiante.

Assez tranchant pour couper à travers les os... J'espère. Je me frotte la mâchoire, fixant cet idiot comme s'il était un projet scientifique plutôt qu'un être humain.

« D'accord, on verra si tu changes d'avis après que j'ai fait des trous dans tes jambes. » Avec une précision absolue, je prends le couteau et commence à découper lentement le haut de sa cuisse. Je prends mon temps pour trancher la peau comme si j'habillais un animal. L'enfoiré a commencé à crier tout de suite. De la musique à mes putains d'oreilles.

Je serais un salaud de menteur si je disais que ses cris ne me procurent pas un immense plaisir. Avoir ce genre de contrôle et de pouvoir me fait me sentir invincible, comme un putain de roi. Je jette le morceau de chair sur le sol comme si c'était un déchet. Le sang est partout, sur mes mains, dégoulinant sur le sol.

Je suis sur le point de découper un deuxième morceau de chair quand la porte s'ouvre.

Je lève les yeux de ma tâche, prêt à crier sur le bâtard malchanceux qui est entré au mauvais moment quand je réalise que ce n'est pas un de mes hommes, mais ma femme. De beaux yeux bruns vibrants me fixent, et pendant un instant, ils me font m'arrêter et oublier où je suis et ce que je fais.

« Je t'ai dit d'attendre en haut », grognai-je.

Je n'aime pas qu'elle voie ce côté de moi, le côté le plus sombre, le plus déséquilibré. Je veux être un homme bon, me cacher et lui cacher tout le mal du monde.

« Je ne veux pas que tu le tues. » Sa voix est petite et suppliante, et ça me rend furieux.

Ne comprend-elle pas comment ça fonctionne ?

« Tu réalises qu'il t'aurait tuée en un battement de cœur. En fait, il t'aurait probablement violée d'abord, puis tuée. »

Je la regarde reculer devant mes mots, et je souhaiterais presque ne pas les avoir prononcés, mais elle a besoin d'entendre ça. Elle doit comprendre quel genre de personnes sont après elle. Ils ne sont pas comme moi. Ils ne lui offriront pas de chance. Ils vont juste prendre. C'est pourquoi je suis là maintenant, à la protéger, à m'assurer qu'elle va bien.

« Pourquoi ne pas rester et regarder ? »

Ses yeux s'écarquillent, mais elle ne fait pas un geste pour partir. Son corps tremble, et j'ai peur de la façon dont elle me regardera après ce moment.

Chassant les pensées d'insécurité, je tourne mon attention vers le trou du cul en face de moi. « Dernière chance de parler. »

« Va te faire foutre », gargouilla-t-il.

Je suis choqué que l'homme ne se soit pas encore vidé de son sang. Ça doit être son jour de chance.

« Joli choix de mots pour finir. » Je l'attrape par la tête et la tire en arrière, exposant sa gorge. Je tiens le couteau contre la peau sous son oreille et je le fais glisser de l'autre côté. Le couteau glisse facilement à travers la chair.

S'il ne se vidait pas de son sang avant, il le fait maintenant. Le sang coule de la blessure comme une petite cascade sur sa poitrine et sur ses genoux. Il y a une teinte cuivrée dans l'air, et je peux goûter le sang sur ma langue.

Mon regard se porte sur Kiera, debout dans l'embrasure de la porte, comme si des racines lui avaient poussé et qu'elle ne faisait plus qu'un avec le sol. Je repose le couteau sur la table et fais un pas vers elle. Tout le sang s'écoule de son visage, la rendant aussi pâle qu'un fantôme. Je ne fais pas ça pour l'effrayer, mais pour lui montrer à quel point ce monde peut être impitoyable — et peut-être pour qu'elle puisse voir le vrai monstre que je suis.

« C'est comme ça que mon monde fonctionne, Keira. C'est comme ça depuis avant ma naissance, et ça ne changera jamais. C'est tuer ou être tué. »

Le choc et la peur se reflètent dans ses yeux, montrant à quel point elle est terrifiée. Je veux la réconforter, mais ma main et mes vêtements sont encore couverts du sang de cet enfoiré.

Je ne peux pas la toucher comme ça. Je ne pense pas qu'elle voudrait que je la touche non plus. Je fais un pas de plus vers elle, et elle fait un pas en arrière. Puis, elle me regarde fixement pendant un long moment avant de se retourner et de repartir en courant.

Les émotions s'emballent en moi. Peut-être que lui donner un peu de temps pour digérer tout ça serait le meilleur plan d'action — parce que même si je veux absolument aller la réconforter, je sais qu'elle a besoin de voir ça pour ce que c'est.

Un monde où l'on tue ou l'on est tué.

CHAPITRE 11

Keira

VOIR DAMON comme le criminel cruel qu'il a toujours prétendu être est terrifiant. Je savais qu'il tuait des gens, mais il n'y a rien de tel que de le voir se produire sous mes yeux. Je monte les escaliers deux par deux et passe juste devant deux de ses hommes qui montent la garde en haut.

Ils ne me prêtent aucune attention, et je ne leur en prête aucune. Je suis désorientée. Mon estomac se tord en nœuds. Les mêmes mains qui me donnent du plaisir me donnent aussi la mort.

Je dois arrêter de penser à cet homme dans la cave, de l'imaginer mort. Je commence à marcher dans le club sans réfléchir. Je ne veux pas être ici en ce moment, mais j'ai dit à Damon que je ne partirais plus, et je n'allais pas briser cette promesse, peu importe ce qu'il avait fait.

Au lieu de m'effondrer en pleurs ou de m'enfuir, je retourne au bureau de Damon. Le couloir est calme, plus calme que d'habitude. Je suis presque à la porte, mes doigts s'agrippent à la poignée, mais c'est tout ce que je peux faire.

En un instant, quelqu'un m'attrape par-derrière, me retourne et me plaque contre le mur le plus proche. Ma vision se trouble. L'air dans mes poumons est expulsé. La peur m'envahit.

Avant qu'un cri puisse sortir de ma gorge, une main l'entoure, serrant si fort que le noir envahit ma vision.

Des yeux si sombres et froids qu'ils me font frissonner me fixent. Je n'ai jamais vu le visage de cet homme avant, mais il me semble étrangement familier.

« Douce, Kiera, je te cherchais. »

Il sent le danger, et son corps prend toute la place dans le couloir. Il me tient avec peu d'effort, et je ne tente même pas de m'échapper. Ce ne serait pas la peine. Il pourrait facilement me briser le cou.

« Tu n'as pas eu mon message ? Je t'ai dit que je venais te chercher. Tu aurais dû m'attendre chez toi. » Il y a une pointe d'humour dans ses paroles. Un sourire sinistre tire sur ses lèvres, révélant des dents blanches parfaitement droites. Bien sûr, le lion qui s'apprête à me dévorer a des dents parfaites.

Il se penche plus près, son nez effleurant mon pouls palpitant. « J'espère que mon frère a pris soin de toi pour moi. »

Frère ?

Il doit voir la confusion et le choc dans mes yeux. Il se retire un peu et relâche sa prise sur ma gorge. J'aspire un souffle avide.

« Damon ne t'a pas dit, n'est-ce pas ? Que tu appartiens à son grand frère. »

L'homme devant moi ramasse une mèche de cheveux sur mon épaule. Ses yeux l'inspectent comme si c'était la plus belle chose qu'il ait jamais vue.

« Tu sais, la seule raison pour laquelle il te veut, c'est parce que tu m'appartiens. Il veut toujours des choses qui ne lui appartiennent pas. Il est comme ça depuis qu'on est enfants. »

Je sais que je dois essayer de rester calme, d'utiliser ma voix, de me faire entendre.

« Personne ne me possède, pas toi, et certainement pas Damon. » L'homme me sourit, et dans ses yeux, je vois la douleur et la mort.

« C'est vrai ? » Ses mots me chatouillent l'oreille, et avant que je ne le sache, on me traîne par la porte arrière. Je suis sur le point de poser une question quand la porte d'un VUS s'ouvre et l'homme qui tient mon bras me pousse à l'intérieur. « Allons faire un tour, Keira. J'ai quelques questions à te poser sur ton frère. »

Je déglutis quand son grand corps grimpe derrière moi. Je traverse la banquette, je vais de l'autre côté de la voiture, me blottissant près de la porte.

Lorsque la porte du VUS se referme, m'enfermant avec cet homme sans nom, je panique. Mon corps commence à trembler, et des points noirs apparaissent dans ma vision.

« Relaxe. Je ne vais pas vous tuer. » Il sourit, puis ajoute, « Pas encore. »

« Je n'ai rien, et je ne sais rien. Je le jure. » Les larmes me piquent les yeux. Une partie de moi pense que la vie serait plus facile si je mourais. Tout ce que je fais maintenant, c'est courir d'un monstre à l'autre.

Lorsque le VUS se met en marche, j'enfonce mes doigts dans le siège en cuir, souhaitant pouvoir remonter le temps.

« Je suis désolé de ne pas m'être présenté plus tôt. Je suis Xander Rossi. »

Je cligne des yeux, mes yeux se lèvent vers les siens. Maintenant je comprends pourquoi son visage m'est si familier. C'est une version plus âgée de Damon. Tout ce qu'il a dit a maintenant un sens.

« Tu es le frère de Damon », chuchotai-je.

Il glousse. « Je vois que tu as finalement rassemblé les pièces du puzzle. » L'homme devant moi crie le danger et suinte le pouvoir. C'est une combinaison effrayante.

« C'est toi qui es après moi, alors que veux-tu ? » Je connais déjà la réponse.

Il me fixe un moment. Il n'y a pas de chaleur dans ses yeux bruns, pas d'émotions, rien.

« *Ça. Je. Suis.* J'ai quelques questions à te poser, et tant que tu y répondras au mieux de tes connaissances, rien de mal ne t'arrivera. Mais mens-moi, Keira... » Sa main se soulève et vient se poser contre mon genou. Il la serre doucement, un avertissement, prouvant l'emprise qu'il a sur moi.

Je frissonne. Une peur comme je n'en ai jamais ressenti se déchaîne en moi. « S'il te plaît, ne fais pas ça », gémis-je.

« Je ne te ferai pas de mal... sauf si je le dois. Tu as plus de valeur vivant que mort, mais ça ne veut pas dire que je ne te ferai pas de mal si tu me mens. »

Je hoche la tête. Tout ce que je dois faire, c'est répondre à ses questions, et ensuite je peux m'en aller.

« Qu'est-ce... ? Qu'est-ce que tu veux savoir ? » Je trébuche, me sentant petit et insignifiant en sa présence.

« Eh bien, d'abord... » Il relâche sa prise sur mon genou et se penche négligemment en arrière, « Savais-tu que ton frère me volait de l'argent ? »

Je secoue la tête. J'ai le sentiment que je ne vais pas aimer ce que je vais découvrir sur mon frère aujourd'hui.

« Utilise des mots », demanda Xander.

« Non. Je ne savais pas. » Je gagne assez de courage pour cracher les mots, sachant que si je ne le faisais pas, je pourrais me retrouver avec un œil au beurre noir. Xander n'a pas l'air d'être contre le fait de battre les femmes, et je n'ai pas vraiment envie de le découvrir.

« Bien. Donc, tu me dis que tu n'avais aucune idée que ton frère faisait des choses illégales ? Trafic de drogue, ventes aux enchères, prostitution. »

Je cligne des yeux, le contenu de mon estomac se retournant. Maintenant je sais pourquoi mon frère a toujours eu de l'argent, pourquoi il a pu se payer des vêtements et ma scolarité.

« Je ne savais pas. Je savais qu'il gagnait bien sa vie, mais je ne savais pas ce qu'il faisait. Il n'a jamais partagé son travail avec moi — et je n'ai jamais demandé. »

Xander me regarde fixement, semblant digérer ma réponse. Je me lèche les lèvres, de peur qu'il n'accepte pas ma réponse et que je finisse morte sur le bord de la route dans un caniveau — ou pire, violée et battue.

« Je te jure... » Gémis-je, sentant le regard froid de Xander sur mon visage. Le temps semble s'arrêter.

« Sais-tu ce qui va t'arriver si tu me mens, ou si tu essaies de me fuir à nouveau ? »

Je secoue la tête. « N-N-o-on. »

Xander sourit, penche son corps contre le mien, ce qui me fait me recroqueviller sur moi-même. « Si je découvre que tu as fait l'une ou l'autre de ces choses, je te traquerai et te ramènerai à mon club, puis je te baiserai jusqu'à ce que tu me supplies d'arrêter. Et quand j'aurai eu ma dose, je te donnerai à mes hommes pour qu'ils t'utilisent. Ils te baiseront aussi, puis ils te trancheront la gorge et regarderont le sang s'écouler de ton corps sans vie. »

Le VUS s'arrête, et sans réfléchir, j'ouvre la porte du passager. Tout le contenu de mon estomac se vide sur le sol. Mes yeux brûlent, des larmes glissent sur mes joues. Je sens un pistolet froid appuyé sur mon côté, stoppant tout mouvement supplémentaire.

Mon corps tremble à chaque respiration que je prends. Mon frère s'est fait tuer en gagnant une sortie facile, mais je suis toujours en vie, et je paie pour ses actions.

« Comprends-tu les conséquences, Keira ? » Je sens son souffle chaud sur mon cou. Je suis toujours accrochée au côté de la voiture, mon corps se balançant comme des feuilles dans la brise.

« Oui. Oui, je comprends. » Les mots sortent calmes, trop calmes, et je me demande combien de temps il faudra avant que la mort et moi nous rencontrions.

Je suis seule, fatiguée, épuisée, et surtout, j'en ai assez.

« Bien. Dégage de ma voiture. Je reviendrai te voir, et quand je le ferai, tu as intérêt à être là. » Xander m'a poussé, et je me suis glissée hors du VUS sur des jambes tremblantes.

« Oh, et ne parle pas à Damon de notre petite conversation. Celle-ci reste entre toi et moi, ma chérie. »

Mes genoux faiblissent, et je tombe presque par terre. Puis il referme la porte derrière lui, et le VUS s'enfonce dans la nuit, comme s'il n'avait jamais été là.

Je suis de retour sur le parking de *Night Shift*. Le cycle du mal continue. Je suis piégé entre les frères Rossi.

Avec les lampadaires brillants qui m'éclairent, j'avance dans le parking bondé. Je ne suis pas sûre de l'endroit où je vais ni de ce que je vais faire. Je doute que mes cartes bancaires fonctionnent encore, et même si je m'enfuyais, Damon et Xander viendraient me chercher. Ils m'ont tous les deux menacé, et je les crois.

Je n'ai nulle part où aller. Aucun endroit où me cacher. Aucun moyen de m'en sortir.

Il n'y a qu'une seule chose à faire.

Un choix doit être fait.

Et ce sera le moindre mal.

Je traîne les pieds sur le parking, forçant chaque pas vers la porte arrière. Avant même que je puisse lever la main pour attraper la poignée, la porte s'ouvre et la grande carcasse de Damon apparaît devant moi. Ses yeux sont pleins de fureur, comme un taureau sur le point de me charger.

« Que diable fais-tu ici ? »

Je veux lui dire ce qui s'est passé — que je sais que son frère est l'homme qui me poursuit. Je veux que Damon me prenne dans ses bras et me dise que tout va bien se passer... qu'il me protégera toujours, même de son propre frère. Mais l'avertissement de Xander résonne dans mes oreilles, et je ne peux pas me débarrasser de la menace. Il ne tuera peut-être pas Damon, mais il me tuera moi, et je tiens à ma vie, même si elle est plutôt merdique en ce moment.

« J'avais juste besoin de prendre l'air », mentis-je, en essayant de cacher la fatigue et la tristesse sur mon visage. Je commence à penser que la seule façon de se sortir de ce pétrin sera une balle dans la tête.

La fureur qui se dégage de Damon me ramène au présent. Sa colère m'étouffe, et je déteste qu'il soit en colère et que je ne puisse rien y faire.

Il ne croit pas ce que je lui ai dit, et je pense qu'il peut sentir le mensonge sur moi.

Au lieu de me ramener à l'intérieur comme je m'y attendais à moitié, il sort, laissant la porte se refermer derrière lui.

« Rentrons à la maison. » Il déverrouille sa voiture et me prend la main, me tirant avec lui. Je peux toujours sentir la colère qui émane de lui, mais il arrive mieux à la dissimuler maintenant. Ce n'est que lorsque nous sommes dans la voiture que je remarque que Damon est propre et porte des vêtements différents. Je suppose qu'il garde des vêtements supplémentaires à portée de main pour les cas où les choses se gâtent.

Je monte dans la voiture et je m'appuie contre la vitre.

Je suis pris entre deux tueurs.

L'un veut m'aimer, et l'autre veut littéralement me tuer.

Les chances de survivre à cette horrible situation semblent de plus en plus minces chaque jour... et pourtant... quand je ferme les yeux, je me vois avec Damon, célébrant une vie que je sais que nous ne pourrons jamais vivre.

Une vie pleine d'amour et de rires, pleine de bonheur.

CHAPITRE 12

Damon

Je ne veux pas perdre la tête, mais je sens le noir se refermer sur moi. C'est pourquoi les sentiments ne fonctionnent jamais. Pourquoi je me suis promis de ne jamais tomber amoureux d'une femme.

Mes pensées sont tordues et déformées, se mêlant à mon passé. Je sais que je dois prendre soin de Keira, mais elle rend les choses si difficiles quand elle n'écoute pas, quand elle est si naïve et gentille. Ça me tue littéralement de l'amener dans l'obscurité.

Elle est appuyée contre la vitre du passager. Ses yeux sont fermés, et on dirait qu'elle dort. J'agrippe le volant, essayant de refroidir mon sang échauffé, essayant de m'empêcher de perdre la tête.

Je retiens ma fureur assez longtemps pour arriver à la maison, mais dès que je me gare et que je sors, je perds la tête. Je me déchaîne contre la brique extérieure de la maison. Mes poings frappent la brique impitoyable encore et encore. La douleur me rappelle que je suis humain et que je suis capable de casser des os.

Le sang commence à couler le long de mes poings, mais je ne m'arrête pas avant d'avoir enlevé la première couche de peau de mes articulations. Ma poitrine se soulève alors que j'aspire le précieux oxygène dans mes poumons. Je me retourne et je vois Keira qui m'attend. Ses yeux sont tristes, ternes, et j'aimerais tant qu'ils brillent d'excitation ou de désir — même la peur serait une meilleure émotion que celle que je vois en ce moment.

« Pourquoi m'as-tu menti ? »

Elle détourne le regard, et ce geste la trahit, confirmant qu'elle a menti.

Comme elle ne répond pas, je monte les marches et ouvre la porte en la faisant pivoter. Elle suit derrière comme une petite souris docile. Je claque la porte, puis je me retourne vers elle, au moment où elle enlève ses chaussures.

« Avais-tu prévu de t'enfuir encore ? Je pensais qu'on avait dépassé ça, Keira. Je pensais que tu voulais ma protection ? »

Les larmes lui montent aux yeux, menaçant de déborder et de couler sur ses joues.

« Je... » croassa-t-elle, la voix pleine d'une émotion inconnue.

« Tu quoi ? Tu pensais que ce serait mieux ? Plus facile de fuir tes problèmes ? » Je ferme les paupières, la frustration et la colère coulant dans mes veines, menaçant de remonter à la surface. Je passe mes doigts dans mes cheveux, tirant fortement sur les mèches. Je fais un pas vers Keira et je la regarde reculer d'un pas.

« C'est ce que tu faisais ? Courir ? Tu pensais pouvoir m'échapper à nouveau ? » Je comble l'espace entre nous en une seconde. Mes mains agrippent ses hanches avec un contact meurtrissant, et je fixe droit dans ses yeux bruns.

« Je ne te fuirais jamais, Damon. Pas encore. »

Mes yeux parcourent son beau visage, ses yeux fatigués, et descendent sur son corps. L'air autour de nous grésille dès que mes yeux se posent sur sa gorge.

Les légères ecchymoses sur sa peau blanc crème ressortent comme un pouce endolori. Je lève les yeux vers son visage et je vois la peur s'agiter en elle. Elle a une peur bleue, et je doute qu'elle me dise qui a fait ça, même si je lui demande.

Le son de mon téléphone qui sonne dans ma poche me met en colère. Je ne veux pas répondre maintenant. Je veux juste que Keira me dise qui je dois tuer. J'attrape quand même mon téléphone, et je manque de le casser quand je vois le nom sur l'écran.

Je lève mon regard vers Keira une fois de plus — des larmes fraîches sont tombées sur ses joues, et je ne sais pas comment elle peut encore avoir des larmes en elle. Soudain, tout se met en place, et je fais le lien. La raison pour laquelle elle m'a menti... pourquoi elle a si peur en ce moment... pourquoi elle a des bleus autour du cou, comme si quelqu'un l'avait étranglée.

« Il a fait ça, n'est-ce pas ? Xander. Il a posé ses putains de mains sur toi. »

L'expression des yeux écarquillés de Keira confirme ma supposition.

Je ne sais pas comment ce bâtard est entré dans le club sans que personne ne le sache, mais il est clair qu'il l'a placé dans son appartement pour me distraire. Ou peut-être qu'il ne l'a pas fait, et j'étais juste trop préoccupé à tuer un connard au lieu de la protéger. Dans tous les cas, je me sens comme un tas de merde pour ne pas avoir été là pour elle.

En tirant Keira dans mes bras, je presse de doux baisers contre sa gorge, sur les bleus que mon salaud de frère a laissés sur sa peau.

« Je vais le tuer pour ça, Keira. Je le tuerai », murmurai-je contre sa chair, et elle sanglote dans ma poitrine.

« Il m'a dit de ne rien dire », murmura-t-elle. « Pourquoi ne m'as-tu pas dit que c'était ton frère ? »

Je peux sentir la fragile confiance qui fleurit entre nous s'étioler.

« Xander et moi avons peut-être du sang en commun, mais je ne le considère pas comme mon frère. Je ne te l'ai pas dit parce que je pensais que ça n'avait pas d'importance. Ça ne change rien. Je le tuerai pour t'avoir fait du mal. »

Une partie de la tension disparaît de son corps tandis qu'elle se détend à mon contact, comme si elle savait que c'est ici qu'est sa place. Je me penche pour la soulever, ses bras s'enroulent autour de mon cou et ses jambes autour de ma taille, s'accrochant fermement à moi. Je peux sentir sa chaleur s'infiltrer en moi.

Je la porte dans le couloir et dans ma chambre, je la pose délicatement sur mon lit.

« Je vais rappeler Xander. »

J'utilise les secondes qu'il me faut pour sortir mon téléphone et composer son numéro pour me composer — du mieux que je peux.

Je n'ai qu'une envie, c'est de hurler toutes les façons dont j'ai l'intention de le tuer, mais je sais que ce serait une mauvaise idée... alors je retiens ma fureur un moment. Prenant une profonde inspiration, j'attends qu'il réponde.

Ça sonne, ça sonne, puis sa voix de trou du cul passe dans le haut-parleur du téléphone.

« Damon, j'ai essayé de te joindre. Je suis même venu au club une fois, mais il semble que tu me manques toujours. »

Je serre le poing. Cet enfoiré pense qu'il est sournois. A-t-il oublié que je le connais, bien plus que quiconque ? Qu'il ne peut pas me tromper ?

« Qu'est-ce que tu veux, Xander ? »

Il glousse. « Je ne peux pas simplement t'appeler et avoir une conversation ? Tu me manques, petit frère. Il est probablement temps que nous rattrapions le temps perdu. »

« Ne fais pas semblant d'avoir des émotions, Xander. On le sait tous les deux, et je préfère discuter de ça au téléphone... alors, dis-moi ce que tu veux. »

« Ce n'est pas quelque chose dont on peut discuter au téléphone. J'ai bien peur de devoir vous voir, toi et Keira en chair et en os. Alors s'il te plaît, ne rends pas les choses compliquées, cher vieux frère. Retrouvez-moi demain au manoir Rossi. Je suppose que tu sais toujours où c'est ? »

« Oui, nous serons là. Et, Xander, si tu remets un doigt sur ma propriété, je te viderai comme un poisson », grognai-je en raccrochant le téléphone, essayant d'oublier mon putain de frère et de ne penser à rien d'autre qu'à la déesse allongée dans mon lit.

On ne peut pas dire ce qui se passera demain, ou ce que mon frère lui fera... ou me fera. J'ai vu sa noirceur, je l'ai même goûtée, mais je ne veux pas que Keira la voie.

Je suis distrait de mes pensées lorsqu'elle se redresse, ses yeux se plantant dans les miens. Elle me regarde comme si elle voulait dire quelque chose, mais au lieu de cela, elle se tient devant moi. Elle attrape l'ourlet de sa chemise et la fait passer par-dessus sa tête. Puis, elle passe la main derrière elle et défait son soutien-gorge. Je suis tellement hypnotisé que je reste là à la regarder. Ses jolis seins sont libres maintenant, et ses tétons sont pointés vers moi.

J'ai vu beaucoup de filles se déshabiller. Je possède un putain de club de strip-tease, pour l'amour de Dieu. Mais ça doit être la strip-teaseuse la plus sexy que j'ai jamais vue. Ses yeux ne quittent jamais les miens. Elle est complètement fixée sur moi pendant qu'elle défait lentement son pantalon et le descend, emportant sa culotte avec elle.

« Je te veux ce soir. Je veux que tu me baises », murmura-t-elle, debout devant moi, complètement nue maintenant.

« Qui sait ce qui va se passer demain. Ce n'est pas gravé dans la pierre, et après tout ça, je ne veux pas perdre plus de temps. »

Tout ce qu'elle dit est vrai, mais ça ne veut pas dire que je veux l'admettre.

« Je te protégerai demain et n'importe quel autre putain de jour de l'année. C'est ce qui va se passer. Quant à l'avenir, nous le prendrons étape par étape. »

Je garde une petite distance entre nous, de peur de l'avaler tout entière si je m'approche trop près. Elle me met l'eau à la bouche, et je veux la posséder, la posséder, mais pas dans ces circonstances. Je ne veux pas qu'elle fasse ça parce qu'elle a peur.

« Je m'en fiche. Je te veux toujours. Je veux que ce soit toi. » Elle fait un pas vers moi et commence à déboutonner ma chemise.

Ses mains tremblent un peu, mais elle a le sourire aux lèvres. Elle est nerveuse, mais n'a pas peur de moi. Elle sait que je ne lui ferai pas de mal. Pourtant, je ressens le besoin de le dire à voix haute.

« On va y aller doucement. J'essaierai de ne pas te faire de mal, et si jamais tu veux que j'arrête, dis-le et je le ferai. » Je repousse quelques mèches de cheveux de son visage alors qu'elle a fini de déboutonner ma chemise. Elle l'enlève de mes épaules et la laisse tomber sur le sol.

« Mais sache que nous n'avons pas à faire ça. Nous n'avons pas à faire quoi que ce soit aujourd'hui. »

Ses joues d'un rose tendre, et ses yeux remplis d'excitation, elle murmure : « Tais-toi et embrasse-moi. »

Je n'ai pas l'habitude de suivre les ordres, mais je suis prêt à faire une exception aujourd'hui, et j'obéis. Je me penche et presse mes lèvres contre les siennes. Elle est suffisamment proche pour que ses mamelons se frottent contre ma poitrine nue. Il n'y a pas d'autre sensation que celle de son corps contre le mien. Ma bite s'anime en réponse, si prête à être enfin en elle.

Il est coincé entre nous, appuyant fermement contre son ventre plat. Je mordille ses lèvres, l'incitant à s'ouvrir à moi. Quand elle le fait, ma langue se glisse à l'intérieur, tourbillonnant autour de sa bouche, se mêlant à sa langue, la goûtant.

Je l'embrasse comme ça pendant un long moment, la goûtant, faisant glisser mes doigts le long de ses bras. Je veux que ce soit parfait pour elle. Je ne peux peut-être pas la sauver de tout ce qui est mauvais dans ce monde, mais je peux lui offrir ce moment. Je peux m'assurer que c'est tout ce qu'elle a toujours pensé que ce serait.

Quand je me retire enfin, Keira est à bout de souffle. Ses yeux me regardent avec adoration. Je peux voir qu'elle se sent en sécurité dans mes bras, et je ne veux jamais que cela change. Avec un doux sourire, je l'installe sur le lit, en observant son visage.

« Je vais faire en sorte que ce soit bon pour toi, si bon pour toi, bébé », murmurai-je contre sa peau, déposant des baisers sur sa gorge, sa clavicule et sa poitrine. La colère vacille en moi quand je remarque à nouveau les bleus, puis j'abaisse mes lèvres.

Je prends l'un de ses tétons durs dans ma bouche, en faisant tournoyer ma langue autour du bout, et elle se cambre sur le lit. Ses mains se sont glissées dans mes cheveux, maintenant mon visage contre son sein.

Je me demande si je pourrais la faire s'effondrer avec rien de plus que ma langue sur son téton. Je souris contre sa peau, gardant cela pour un autre jour. Quand je relâche son sein avec un bruit sec, je pétris son autre sein, faisant rouler le mamelon entre deux doigts, leur accordant la même attention.

Le temps que je retire mes mains, elle halète, ses yeux sont dilatés, et je parierais n'importe quoi que si je plongeais mon doigt en elle, elle serait aussi mouillée que le putain d'océan.

Déjà débarrassé de ma chemise, je me débarrasse de mon pantalon et de mon caleçon d'un seul coup et je me mets à genoux, saisissant Keira par les chevilles et tirant ses fesses jusqu'au bord du matelas.

Se redressant sur ses coudes, elle se lèche les lèvres et me regarde, comme une mégère.

« Tu vas me regarder dévorer ta chatte ? » Grognai-je, une possessivité m'envahit. Elle m'appartient.

La mienne.

Le mot vibre dans ma tête, mais je ne pense pas à ce qu'il signifie.

Sans prévenir, je plonge entre ses jambes comme un homme affamé. Mes doigts s'enfoncent dans sa chair lisse, et elle soulève ses hanches à chaque coup de langue, comme si elle savait exactement ce dont elle avait besoin.

« Damon... », haleta-t-elle, sa tête retombe contre le matelas. Je souris contre sa chatte rose parfaite et je saisis son cul, soulevant ses hanches vers le haut, alternant entre de longues léchouilles et la succion de son petit clito.

Il ne faut pas longtemps pour qu'elle commence à se débattre contre les draps. Des pantalons et des gémissements s'échappent de ses lèvres, mais je continue mon rythme implacable jusqu'à ce qu'elle tombe du putain de bord. Sa chatte frémit, et sa délicieuse crème sucrée recouvre ma langue.

Ses jambes tremblent encore et ses yeux sont fermés lorsque je presse un doigt contre son entrée trempée. Le doigt épais entre en elle facilement. Putain, comme j'aimerais que ce soit ma bite qui la pénètre en ce moment et pas mon doigt.

Je prends quelques respirations calmes, en me rappelant que ça en vaut la peine.

Bientôt... si tôt, putain.

J'ai besoin d'elle haletante, trempée jusqu'aux os, et prête à recevoir ma bite.

« Tu es si belle quand tu jouis. » J'écarte ses jambes et insère lentement un deuxième doigt, en les cisaillant. Elle gémit, plaçant son bras sur sa bouche, comme si elle avait peur que tout le voisinage entende.

« Sois forte, bébé. Crie si nécessaire. Dis à tout le monde combien tu aimes les choses que je fais à ton corps. » Je veux l'entendre. Je veux regarder son visage quand elle s'effondre encore et encore. Je veux avaler chaque dernière goutte de son sperme.

Avec mon pouce, je frotte des cercles rapides contre son clito, tout en faisant entrer et sortir deux doigts de son trou étroit. Ma bite palpite, et tout le sang de mon corps s'anime, me poussant à la prendre. Je repousse ce besoin et continue à la doigter, la rapprochant de l'oubli à chaque coup. Quelques instants de plus passent et elle jouit à nouveau. Son orgasme coule sur ma main tandis que sa chatte se resserre autour de mes doigts, les vidant presque de leur vie.

Ma propre poitrine se soulève, et quand je retire mes doigts, je les porte à mes lèvres et goûte sa douceur une dernière fois avant de me déplacer au-dessus d'elle.

Keira ouvre les yeux. Le marron est plus brillant que je ne l'ai jamais vu. Le besoin et le désir brillent dans ses yeux. Le regard qu'elle porte me confirme qu'elle me veut, et je sais qu'elle est prête maintenant.

Sa chatte est lisse, prête à accueillir ma bite.

Je la fais remonter sur le lit, en m'assurant qu'il y a assez d'espace pour grimper sur elle. Elle regarde chaque mouvement que je fais comme un faucon. La peur et la nervosité sont absentes. Il n'y a que de l'excitation et de l'anticipation dans ses yeux — comme si le moment ne pouvait pas arriver assez vite pour elle... alors que je veux que ce foutu moment dure pour toujours.

Alors que mon corps entier est à quelques centimètres du sien, je sens une charge électrique entre nous. Une force invisible nous supplie de nous rejoindre, attirant nos corps l'un vers l'autre comme si nous étions magnétiques.

« Je serai aussi doux que possible. Si à n'importe quel moment tu veux que j'arrête, tu me le dis... OK ? » Je la prends par le menton, m'assurant qu'elle entende chaque mot.

Quand je relâche ma prise, elle acquiesce. « Je ne t'arrêterai pas, Damon. Je te veux. Je le veux. Je le veux tellement, que ça fait mal. »

Ses mots frappent mon cœur, arrachant le pansement d'une blessure qui n'a jamais guéri. Elle a besoin de moi. Elle veut ça... elle me veut. Et je ne peux pas dire que je n'ai jamais eu une femme qui voulait le bâtard sans reproche que je suis.

En serrant ma bite dans ma main, je la regarde profondément dans les yeux, sachant que l'amour est vraiment une émotion incroyable.

Et je suis sacrément proche de le sentir.

CHAPITRE 13

Keira

Il me regarde comme s'il voulait me consommer et me chérir tout à la fois. Je peux sentir à quel point il me veut... veut ce moment entre nous. Et je souhaite ardemment pouvoir arrêter le temps juste pour nous, pour que nous puissions profiter de ce moment encore et encore.

Le corps de Damon tremble comme s'il faisait un effort extrême pour ne pas claquer en moi. J'ai l'impression que ça fait une éternité qu'on attend de faire ça, ce qui est ridicule. J'ai rencontré Damon il y a seulement quelques jours. Comment est-il possible que j'aie des sentiments aussi forts ? J'ai l'impression qu'il me connaît mieux que quiconque.

Je pense que la chose la plus importante est que j'ai l'impression d'être la seule personne à le connaître — le vrai lui... l'homme sous le masque qu'il porte chaque jour. Il montre des morceaux de la personne qu'il est vraiment. L'homme qu'il s'efforce d'être.

Se pressant entre mes jambes, il expire une respiration tremblante. Il a l'air sur les nerfs, comme si je le touchais, il pourrait me couper. Mais c'est un risque que je suis prête à prendre. J'irai dans l'obscurité avec lui si cela signifie qu'il en sortira un homme meilleur.

Il se penche, en gardant la majorité de son poids sur un bras. La sensation de son corps sur le mien me laisse haletante de besoin. Il m'embrasse à nouveau. Ses lèvres sont possessives et chaudes et j'ai envie de prendre ma main et de serrer ses lèvres contre les miennes, mais j'ai aussi envie qu'il se glisse en moi.

Je gémis dans sa bouche, le suppliant de me prendre. Je sens qu'il se guide vers ma fente humide, et je soulève mes hanches pour répondre à son contact. La tête soyeuse et lisse de sa grosse bite est juste à mon entrée, et je frissonne en me rappelant comment il m'a fait jouir comme ça hier.

Mes mains serpentent autour de son énorme corps, mes doigts s'enfoncent dans son épaule, le poussant à s'approcher. Sa peau est si douce et chaude à mon contact. Je ne veux pas un centimètre d'espace entre nous. Même l'air qui nous sépare me semble trop grand.

Damon a plongé, pressant ses lèvres contre les miennes. Il m'embrasse profondément, prenant ma bouche comme un homme affamé. Je m'enfonce encore plus dans le matelas, ma douceur se frottant contre toutes ses aspérités. Il termine le baiser et pose son front contre le mien.

On halète tous les deux. Le désir se lit dans ses yeux, et il lève ma jambe, guidant sa bite droit vers ma chatte. Il me pénètre lentement, son corps frémit tandis qu'il expire un souffle apaisant.

« Keira », haleta-t-il. « Tu me fais sentir comme au paradis. »

Je peux voir à quel point il me veut — à quel point il veut ça. En faisant pivoter ses hanches, il avance de quelques centimètres à l'intérieur.

Mon corps s'étire davantage pour accueillir son énorme bite, et je halète légèrement, ma poitrine se resserrant à cause de la plénitude. Je n'ai jamais rien ressenti de tel auparavant. Je rentre ma lèvre inférieure dans ma bouche pour étouffer un gémissement.

Pourra-t-il bien être bien rentré en moi ?

Damon déplace sa tête et la place dans le creux de mon cou. Je peux l'entendre inspirer comme s'il essayait de se calmer.

« Putain, Keira, tu es si serrée », murmura Damon contre mes cheveux en s'enfonçant plus profondément en moi, jusqu'à ce que je le sente au fond de mon canal. Dès qu'il est complètement assis, il s'arrête, me permettant de m'adapter à sa longueur.

Il y a une légère brûlure et une plénitude écrasante qui me consume, mais il y a beaucoup moins de douleur que ce à quoi je m'attendais.

« Bébé », siffla-t-il. « Je dois commencer à bouger bientôt. »

Je peux dire qu'il tient à peine. Je sens le besoin qui pulse à travers lui.

« Je vais bien... bouge. Ça ne fait pas mal. Je me sens juste pleine. » Ma voix n'est plus qu'un souffle.

Un grognement profond, plus animal qu'humain, s'échappe de la gorge de Damon, et bon sang, il commence enfin à bouger.

Il avance lentement ses hanches, se retire de moi avant d'y revenir, créant un rythme merveilleux qui me fait haleter. Des picotements chauds parcourent ma colonne vertébrale. C'est différent du genre de plaisir qu'il m'a donné avec sa langue et ses doigts.

C'est un plaisir plus profond. L'âme brûle, le corps se consume.

Damon fait cela pendant un court moment, ses hanches fléchissant juste assez pour que je le sente plus profond que précédemment. Chaque mouvement me procure un plaisir inouï. Sentant la pression monter dans mon corps, je resserre mes jambes autour de son milieu, mes pieds s'enfonçant dans son cul, le tirant plus près. Mon corps est brûlant alors qu'il embrasse à pleine bouche le contour de ma mâchoire jusqu'à ce qu'il atteigne mon oreille.

« Tu seras toujours à moi maintenant », murmura-t-il de façon possessive avant de mordre le lobe de mon oreille, et je sais qu'il le pense vraiment. Je serai toujours à lui, et en retour, il sera toujours à moi.

Un courant électrique parcourt mes veines lorsque son corps épouse le mien à chaque poussée et à chaque baiser. Je peux sentir à quel point je suis proche de jouir, l'orgasme s'accumulant au plus profond de moi.

« Viens pour moi, bébé. Traite ma queue. Serre-la fort. Donne-moi le premier de tes nombreux orgasmes sur ma bite. »

Son corps dur semble grandir tandis qu'il palpite en moi. Ma peau brûle à chaque fois qu'il la touche, mais ce sont ses mots qui me font basculer dans la félicité pure.

Comme s'il avait une ligne directe avec ma chatte, mon corps suit ses ordres et mes murs se resserrent autour de lui tandis qu'un orgasme époustouflant me frappe. Le sentiment est si écrasant, pendant un moment, je ne sais pas où je suis ou ce qui se passe. Tout ce que je sens, c'est le plaisir qui consume toutes mes pensées. Complètement désorientée, je m'accroche à Damon, m'agrippant à son corps pour tenter de reprendre mon souffle.

Damon fait glisser son bassin vers mon centre. La sensation est si profonde que mes orteils se recroquevillent contre son derrière. Il fait ça encore quelques fois avant que je sente son corps frémir contre le mien. Sa mâchoire se relâche, et ses yeux se ferment. Il grogne, et je sens une chaleur dans mon utérus quand il libère sa semence chaude. Restant assis en moi, il plane au-dessus de moi, et la proximité de son corps me fait me sentir en sécurité.

Sexe, sueur, et nos parfums uniques recouvrent l'air. Je réalise maintenant que je ne me soucierais pas de sentir le parfum de Damon sur moi pour le reste de ma vie. Tout cela me fait me sentir en sécurité, plus en sécurité que je ne l'ai été depuis longtemps.

Au bout d'un moment, lorsque sa bite se ramollit enfin en moi, Damon se retire, se tourne sur le côté, m'emmenant avec lui et la couverture. Je me blottis dans sa poitrine, aussi près que je peux de lui.

Je marmonne : « Je t'aime », contre sa poitrine, puis la panique me gagne. Je ne suis pas sûre qu'il m'ait entendue, et il ne répond pas.

Je ne pense pas qu'un homme comme lui soit très familier avec ce mot, et encore moins avec son concept.

« Tu n'as pas à le dire en retour. Je voulais juste te le dire avant demain. Je ne sais pas ce qui va se passer, et je veux que tu saches que tu comptes plus pour moi que tu ne le penses. »

Le silence nous recouvre. Je me blottis plus profondément dans sa poitrine, priant pour que même après demain, nous ayons une autre chance de faire ça.

Mes yeux se ferment, et c'est alors que j'entends ses mots.

« Je ne sais pas si je suis capable d'aimer du tout. Plus jamais. Pas après mon passé. Mais si je pouvais aimer quelqu'un, ce serait toi. Ce serait toi. »

Ma poitrine se contracte, et je sais que nous devons survivre à demain, nous devons survivre à Xander. Pas seulement pour vivre, mais peut-être aussi pour aimer.

~

JE ME RÉVEILLE dans le cocon qu'est Damon. Il m'entoure de ses bras, et une de ses jambes passe sur les deux miennes, m'attachant à son corps et s'assurant que je ne m'échappe pas. J'ai juste assez d'espace pour respirer, et comme ma peau se déplace contre la sienne, je réalise à quel point nous sommes tous les deux collants et chauds.

Les souvenirs de la nuit précédente inondent mon esprit. La façon dont il s'est occupé de moi et a amené mon corps à des sommets imprévus. Je ne m'attendais pas à ce qu'il soit si doux.

Je regarde la forme endormie de Damon. Il a l'air si paisible, si heureux, et j'aimerais qu'il puisse rester ainsi pour toujours.

J'aimerais qu'on puisse s'enfuir ensemble et laisser cette vie derrière nous.

Les émotions me submergent quand je réalise qu'aujourd'hui, je vais être obligée de revoir Xander, l'homme qui a tué mon frère. Damon a dit qu'il me protégerait, mais le peut-il ? Peut-il me protéger de son propre frère ?

Léo a payé en sang... et pour quoi ? Avoir volé de l'argent ? Je n'ai pas réalisé que je pleurais jusqu'à ce que je sente de l'humidité sur mes joues. Poussant mon visage contre la poitrine de Damon, j'essaie de m'empêcher de laisser couler d'autres larmes. Il s'agite à côté de moi, me serrant plus fort dans ses bras — me serrant presque si fort que je ne peux plus respirer.

Lorsqu'une respiration sifflante m'échappe, il attire mon visage vers lui et me fixe dans les yeux.

« Tu vas bien ? »

« Oui. Je pense que parfois on oublie à quel point on est fort. »

« Tu as pleuré ? »

« Je pensais juste à mon frère... c'est tout. »

« Je suis désolé. » Il prend mon visage entre ses deux grandes mains, essuyant les larmes avec ses pouces.

« Tout va bien se passer. Je ne peux pas ramener votre frère, mais je peux m'assurer que rien ne vous arrive. »

Il embrasse mes joues, puis réclame ma bouche. Je peux encore sentir le goût salé de l'humidité sur ses lèvres. Approfondissant le baiser, je le tire plus près, gémissant dans sa bouche. Peut-être que je peux faire confiance à Damon. Peut-être que je peux croire que tout ira bien.

Damon rompt le baiser avant qu'il ne se transforme en quelque chose de plus, me laissant haletante de besoin. « Je ne pense pas que tu saches ce que tu demandes, bébé. »

Je peux sentir sa bite durcir contre ma jambe, et je veux lui dire que je sais exactement ce que je demande, mais Damon continue de parler.

« Je n'aimerais rien de plus que de prendre ta chatte suppliante, mais tu as besoin d'une pause après la nuit dernière. Alors que dirais-tu d'aller prendre un petit-déjeuner avant que je ne change d'avis — parce que je peux te garantir que tu ne voudrais pas que je te prenne encore maintenant. »

Je me mordille la lèvre inférieure avec malice. « Et pourquoi ça ? Tu ne sais pas ce que je veux ? »

Damon sourit. Un regard de prédateur fixe ses yeux. « J'ai fait tout ce que j'ai pu hier soir pour que ta première fois soit tout ce que tu aurais pu désirer, mais là, je veux te baiser comme un animal en chaleur. »

Je frissonne, mais je suis sûre que ce n'est pas de la peur, pas quand les muscles de mon ventre se contractent.

« L'idée est intrigante, mais je ne peux pas me contrôler en ce moment et je ne te ferai pas de mal. Alors, sors ton beau cul du lit et aide-moi à préparer le petit-déjeuner. »

Je fronce les sourcils. « Tu cuisines ? »

Damon se détache de mon corps et grimpe hors du lit.

« Je n'aime pas avoir des gens dans ma maison. J'ai quelqu'un qui fait le ménage une fois par semaine, mais c'est tout — et généralement, je suis là quand elle est là. Mais je ne veux pas de personnel à la maison, et je ne veux pas manger des plats à emporter tous les soirs. Il ne me reste donc qu'une seule option : cuisiner moi-même. »

Je comprends ce que cette maison représente pour Damon et pourquoi il est si différent ici par rapport à ce qu'il est au club — ou ailleurs.

Cet endroit est son sanctuaire. C'est le seul endroit où il peut être lui-même. Le seul endroit où il n'a pas à prétendre être autre chose. Il n'a pas à être un criminel endurci ici parce qu'il n'y a personne à qui répondre.

« Donc, tu n'aimes pas m'avoir dans ta maison ? » Je demande avec humour.

« Tu es l'exception à toutes mes règles, même si ça n'a pas d'importance. Cet endroit est autant ta maison que la mienne. Maintenant, viens mettre quelques vêtements. Mon sang-froid est en train de dépérir pendant que nous parlons. »

Je souris, j'aime le fait que j'ai une sorte d'emprise sur lui. Il veut me protéger. Il me veut saine et sauve, et cela fait battre mon cœur plus vite dans ma poitrine.

Je le regarde s'habiller, mon regard scrutant avidement chacun de ses mouvements. Dès que je me lève, je sens la tendresse entre mes jambes. Mes cuisses sont poisseuses, et je me retourne en remarquant une éclaboussure de sang contre les draps.

Le regard de Damon passe de mon visage aux draps du lit, et je sais qu'il me regarde reconstituer le puzzle.

« Le sang est normal après la première fois. Il ne faut pas en avoir peur, et il ne devrait pas y en avoir la prochaine fois. Ce n'est pas parce que je t'ai pris trop brutalement, car je peux t'assurer que je ne t'ai pas pris aussi fort que j'aurais pu — ni aussi fort que je le voulais. »

Mes joues chauffent à cette idée. Mon corps brûle, et mes entrailles picotent de désir.

« Je sais que tu ne l'as pas fait, et je sais que tu te retenais. »

La mâchoire de Damon se serre d'une manière qui me fait penser qu'il pourrait être en colère. Est-ce qu'il pense qu'il est faible pour avoir été si gentil avec moi ? Ou peut-être qu'il est inquiet que je pense qu'il a agi comme un sauvage. Mais je ne l'ai pas fait ? Je pensais qu'il me prendrait comme il a pris toutes les autres femmes avec qui il a été.

« Je suis désolée si je t'ai offensé. Ce n'est pas ce que je voulais dire. Je sais juste que tu essayais d'être gentil, que tu ne voulais pas me blesser ». Je creuse un trou plus profond.

Comme Damon ne dit rien, je décide de me taire et de prendre une douche.

« Je pense que je vais prendre une douche rapide avant de m'habiller. »

Je me sens mal à l'aise maintenant, et je déteste ça. J'ai gâché une bonne matinée tout ça parce que je n'ai pas pu garder ma foutue bouche fermée.

Me sentant honteuse, je me dirige vers la salle de bain quand une main sur mon épaule arrête mes mouvements. La poigne de Damon se resserre et il me tourne vers sa poitrine. Deux doigts ramènent mon menton vers le haut, et je suis obligée de le regarder.

« C'est normal de me voir comme le monstre que je suis, Keira, mais ce n'est pas normal de supposer que je te ferais du mal. Je tiens à toi comme je n'ai jamais tenu à personne, et ce n'est pas parce que je baise comme une bête que je te prendrais de cette façon. Je peux me contrôler. Je peux mettre le monstre de côté pour te donner un morceau de mon cœur. »

Je ne me rends même pas compte que j'ai les larmes aux yeux jusqu'à ce que je les sente glisser sur mes joues. J'acquiesce, me mettant sur la pointe des pieds pour l'embrasser. Il me laisse faire, mais seulement brièvement. Puis il me relâche, les yeux brillants de besoin.

« Pars... maintenant », grogna-t-il, puis il se retourne et sort de la pièce, disparaissant dans le couloir.

Je reste là un moment de plus, les pieds collés au sol, avant de me rendre dans sa salle de bains. Elle est immense, magnifique, et possède une douche de luxe avec plusieurs fonctions vapeur. Elle me rappelle ces douches de luxe que l'on voit dans les publicités ou les films. Je vérifie tous les réglages et décide qu'une bonne douche à vapeur est exactement ce dont j'ai besoin. Je tourne le bouton jusqu'à ce qu'il soit chaud, j'entre et je laisse l'eau masser et réchauffer ma chair tendre. Je me crispe toujours quand je suis stressée, et cela rend mon cou raide et douloureux. Ces derniers jours ont été très stressants et vous pouvez être sûr que mon cou me le fait savoir.

Je reste sous la douche bien plus longtemps que prévu, si bien qu'au moment où je sors, ma peau ressemble à un pruneau. Me sentant dix fois moins stressée et cent fois plus fraîche, je m'enroule dans une serviette moelleuse. Heureuse d'avoir un plus grand choix de vêtements ici maintenant, j'attrape des sous-vêtements propres, une chemise *ACDC* qui appartenait à mon frère et un jeans moulant. Je m'habille rapidement, je me brosse les dents et je peigne une tignasse sombre de cheveux brun roux.

Une fois le nid de rats dompté, je me dirige vers la cuisine, laissant mon nez me guider tout le long du chemin. Il y a une délicieuse odeur dans l'air, et je suis à moitié choquée que Damon n'ait pas menti sur ses compétences culinaires.

Dès que je tourne le coin et que j'entre dans la cuisine, je réalise que j'ai dû passer beaucoup plus de temps sous la douche que je ne le pensais. Damon a déjà fini de cuisiner et met la table.

« Une douche rapide, hein ? » Il ricane.

« Désolée », marmonnai-je en lui faisant un sourire timide. Je me sens mal qu'il ait dû préparer le petit-déjeuner tout seul, mais quelques minutes supplémentaires sous la douche en valaient la peine.

« C'est bon. Assieds-toi. Mange. Tu auras besoin de te ressourcer si tu prévois de faire autre chose aujourd'hui. » Il fait un clin d'œil et désigne une chaise en posant une assiette. Une bonne portion d'œufs garnis de légumes et de bacon la recouvre. Je fais ce qu'il demande, en respirant l'arôme de la nourriture.

Mon regard se lève sur celui de Damon. Il a l'air chez lui, comme si tout cela était naturel. Et avec chaque nouvelle chose que j'apprends sur lui, je veux en apprendre plus. Il n'y a pas assez de temps dans la journée pour apprendre ce qui le fait tiquer.

Je lève ma fourchette et je m'y mets. C'est super chaud et ça me brûle presque la langue, mais la saveur explose dans ma bouche — le goût est encore meilleur que l'odeur. Les légumes sont parfaitement cuits, et les œufs sont moelleux et mélangés à un peu de fromage.

« Wow, c'est vraiment bon. »

« Maintenant, si tu disais ça avec un peu moins de surprise, je pourrais le prendre comme un compliment. » Il rit d'un petit rire qui secoue le ventre.

Je suis légèrement choquée, et j'espère qu'il ne le voit pas. Je veux entendre à nouveau ce genre de bonheur s'échapper de ses lèvres. Je bois un verre de jus d'orange, puis j'avale la nourriture dans ma bouche.

Son rire profond résonne dans la grande cuisine. C'est contagieux. Et je commence à rire. Je n'ai jamais vu Damon aussi à l'aise, et cela me rend heureuse et moins nerveuse. Notre insouciante routine matinale s'interrompt cependant lorsque son téléphone portable sonne. Ses yeux brillent, et tout le bonheur disparaît de son visage. Le masque que je le vois souvent porter se remet en place.

Il laisse l'appel aller sur la messagerie vocale, puis le téléphone sonne à nouveau.

J'essaie de me concentrer sur la fin de mon petit-déjeuner et moins sur ce qu'il fait, mais je n'ai plus d'appétit.

« C'est Xander, et il veut qu'on vienne dîner. Il a aussi invité le reste de notre famille. »

Mes sourcils se froncent en signe de confusion. « Le reste de ta famille ? »

« Oui, il me reste deux oncles en vie, et ils vont nous rejoindre. »

Damon ne donne pas de détails, mais il n'a pas l'air très heureux. Et bien que je ne veuille pas être indiscrète, je meurs d'envie d'en savoir plus sur sa famille. En partie par curiosité, et en partie par peur. Pour une raison quelconque, je sens que le fait d'en savoir plus sur lui pourrait rendre cela moins effrayant.

Au moins, si je sais dans quoi je m'engage, je peux me préparer.

En forçant une autre bouchée de nourriture dans ma bouche, je décide de lui poser quelques questions.

« Qu'est-il arrivé à tes parents ? »

L'humeur de Damon s'assombrit, et je regrette de lui avoir demandé. Peut-être qu'aborder cette conversation juste après que son connard de frère l'ait contacté n'est pas une si bonne idée.

« Je suis désolée. Je n'aurais pas dû demander. Tu n'as pas à me dire quoi que ce soit si tu ne veux pas. » J'avale la nourriture dans ma bouche même si j'ai envie de vomir.

« Mon père n'était pas ce qu'on pourrait appeler *un père*. Chaque choix qu'il faisait était pour lui et ses affaires. Il était égoïste, et il nous a fait peur à mon frère et moi de la pire des façons. Il nous faisait des choses qu'aucun homme ne devrait jamais faire à un enfant, et encore moins à ses propres fils. Nous avions besoin de quelqu'un pour nous protéger, mais ma mère a fermé les yeux, comme si elle ne voyait pas les putains de choses qu'il faisait.

« Ma mère est morte quand on avait dix ans, et c'est là que les choses ont pris un tournant sombre. » Le sourire le plus pécheur que je n'ai jamais vu apparaît sur ses lèvres, et il me fait frissonner de peur.

« Heureusement, ce connard est mort maintenant. Une balle dans le cœur le fera, cependant. Au final, il a eu ce qu'il méritait. Les cicatrices qu'il a laissées sur mon frère et moi ne sont peut-être pas visibles à l'œil nu, mais c'est parce qu'elles sont plus que superficielles. »

Quand j'ai le courage de le regarder à nouveau, je vois de la tristesse dans ses yeux, et je comprends ce qu'il dit. Son père lui a fait ça, l'a formé, lui a appris à être cet homme, et ce n'est pas quelque chose qu'il peut changer ou abandonner. Il n'a pas eu le choix, et je suis sûr qu'il déteste ça.

« Et ton frère ? Xander ? Que lui est-il arrivé ? » Je déteste poser d'autres questions, creuser davantage, mais je veux que Damon me dise tout. Je veux le connaître à l'intérieur et à l'extérieur, même si cela implique d'en apprendre plus sur son frère malade et tordu.

« Il a pris le gros de la douleur. Il a pris les coups, les emplois. Il est devenu le bras droit de mon père, et à cause de ça, je ne pourrai jamais lui rendre la pareille. Il m'a protégé quand maman ne voulait pas et quand notre père voulait me tuer. »

Je sursaute, mais Damon continue comme s'il ne m'avait pas entendu. « Mais ça ne veut pas dire que je l'aime comme il est. Je me soucie de mon frère. Je me soucie de lui parce qu'il est mon frère... mon sang. Mais le sang ne signifie pas toujours la famille, et je déteste savoir que mon frère est un monstre plus cruel que notre père ne l'a jamais été. Je déteste le fait qu'il ait laissé notre père le contrôler, l'entraîner et le préparer à devenir le chef de notre famille, et que même après la mort de notre père, Xander aurait pu changer — il aurait pu devenir meilleur, rendre la famille meilleure — mais il a fini par devenir comme lui... pire encore. »

Je lève une main sur ma gorge, sachant que les bleus sont toujours là. Damon ne m'aurait jamais fait ça. Il m'attraperait, m'empêcherait d'aller quelque part, me clouerait au sol, mais il ne m'arracherait jamais l'air de mes poumons. Il ne m'aurait jamais regardé avec une envie de tuer.

Pas la façon dont Xander m'a regardé quand il m'a plaqué contre le mur.

Damon s'éclaircit la gorge, brisant le cours de mes pensées. « Il va payer pour t'avoir touchée, Keira. Il sait que tu es à moi, et il t'a touchée simplement parce qu'il savait que ça me ferait du mal. »

« Il m'a regardé avec une envie de tuer. »

« Et il t'aurait tuée. Je le sais, parce que c'est mon frère. Je sais ce qui le fait tiquer. Je sais ce qui le met en colère. Mais il ne l'a pas fait parce qu'il a d'autres plans pour nous. Je ne suis pas stupide. Il ne convoquerait pas une réunion comme celle-ci après des années d'absence de ma vie sans avoir une sorte de plan, et il ne laisse vivre personne à moins qu'il ne serve son but. »

Cette pensée me terrifie. Est-ce que ça veut dire qu'il va nous tuer Damon et moi directement ? Je ne veux pas mourir maintenant, pas quand je commence enfin à apprécier la vie à nouveau. J'ai déjà tellement perdu, mes parents, mon frère. Mais Damon aussi. Il a perdu ses deux parents et techniquement son frère.

« A-t-il tué ton père ? » La question est sur le bout de ma langue. Je sens que je connais la réponse, mais je veux que Damon la confirme.

« Oui. Ce n'est pas que le bâtard ne le méritait pas. Ça l'a changé, cependant. Ça l'a rendu mauvais. » Damon soupire, et je peux voir que la conversation le dérange. Je ne veux pas ruiner davantage notre matinée.

Désespérant de changer de sujet, j'essaie de trouver autre chose à demander. « C'est important ce que je porte ce soir ? C'est le genre de dîner pour lequel on s'habille bien ? Parce que si je dois porter autre chose qu'un jeans et un T-shirt, on va avoir un problème. » Je force un sourire, pour essayer de détendre l'atmosphère.

Damon ne perd pas une seconde. « J'enverrai Candy te chercher quelque chose, et tu pourras t'habiller au club. Je dois y passer avant le dîner de toute façon. Ça marchera parfaitement. »

L'idée que Candy choisisse des vêtements pour moi me fait plus peur que d'aller dîner avec sa famille. Mon visage doit refléter ce que je pense.

« Ne t'inquiète pas, je lui dirai de garder la robe pour les moins de treize ans. Bien que j'aimerais te voir dans quelque chose qui montre ton corps. Mais je ne veux pas que quelqu'un de ma famille, surtout mon frère, voie ce qui m'appartient. »

Mon corps picote, et j'ai bien envie d'aller l'embrasser, mais je vois bien qu'il est encore face à ses démons et je ne veux pas le pousser à bout... pas encore. Au lieu de cela, je reste assise, me sentant protégée et chérie, espérant comme l'enfer que nous pourrons passer à travers cette nuit et sortir ensemble du même côté.

CHAPITRE 14

Damon

Lorsque nous arrivons à *Night Shift*, l'endroit est vide, à l'exception de Candy et de quelques-uns de mes bras droits. Je suis une boule de nerfs, même si je n'ai aucune raison de l'être. Enfin... en quelque sorte. Je sais que je vais entrer dans un spectacle de merde ce soir. Je me demande si Keira sait à quel genre de dîner il faut s'attendre ce soir.

Quoi que veuille mon frère, il va utiliser Keira pour l'obtenir, et ça m'énerve. Plus encore, cela m'énerve au plus haut point, parce que prendre soin d'elle, la laisser entrer dans ma vie, me donne l'impression d'avoir une faiblesse, et c'est quelque chose que je n'ai jamais connu auparavant — une faiblesse que mon frère n'aura aucun problème à saisir et à utiliser pour prouver son point de vue.

Je peux sentir la tension que porte Keira s'infiltrer dans mes os. Elle n'aime pas l'homme que je suis quand nous sommes ici, mais c'est comme ça. Je ne veux pas la blesser.

Quand nous arrivons à mon bureau, après avoir fait ma ronde, je ferme la porte derrière nous, soupirant de soulagement. Il y a tellement de choses à faire, de nouvelles filles à sélectionner.

Il faut que je parle à Toni et Dave et que j'organise une réunion avec tous mes hommes pour discuter du maintien du poste, puisque c'est clairement un putain de problème étant donné que mon frère a mis la main sur Keira dans notre établissement. J'ai la tête qui tourne, et pourtant la seule chose sur laquelle j'arrive à me concentrer, c'est ce stupide dîner avec mon frère sadique — et le fait que mes mains vont être forcées de jouer à n'importe quel jeu qu'il a dans sa manche.

« Umm... » Keira s'éclaircit la gorge, interrompant mes pensées.

Je lève mon regard vers le sien depuis l'endroit où je suis assis derrière mon bureau. Elle est à sa place sur le canapé, là où elle s'est assise l'autre jour... même si cela me semble être une éternité. Je suis sur les nerfs depuis notre conversation de tout à l'heure, et je suis certain qu'elle peut le sentir — ses expressions faciales le confirment.

« Oui ? » J'essaie de garder mon dégoût pour mon ton. Ses yeux marron foncé m'adoucissent. Elle me regarde comme si j'étais tout son monde, et je ne peux pas la laisser tomber, ni aujourd'hui, ni demain, ni jamais.

« On n'a pas... » Elle trébuche sur ses mots, ses dents s'inquiétant de sa lèvre inférieure, « Nous n'avons pas utilisé de préservatif, et je ne suis pas sous contraception. »

Putain. L'idée ne m'a jamais effleuré. Mais encore une fois, je n'étais concentré sur rien d'autre que de faire en sorte que Keira se sente bien.

« Si tu as peur d'attraper quelque chose de moi, tu n'as pas à l'être. Je n'ai jamais baisé personne sans préservatif, et je fais passer un test de dépistage à toutes les femmes qui travaillent ici. »

« As-tu couché avec toutes les femmes ici ? »

Je me lèche les lèvres, n'ayant pas vraiment envie de discuter de ça avec elle. Elle est sensible, bien trop sensible pour que j'aie la patience de le faire en ce moment.

« Non. Je n'ai pas couché avec toutes les femmes ici. Mais je pense que le nombre de femmes avec qui j'ai couché n'a plus d'importance maintenant que je suis avec toi. » Je lève un sourcil.

La honte remplit ses yeux. « OK. Je suis désolée. » Ses excuses sont pleines de cœur, et je sais qu'elle est simplement préoccupée par mes sentiments pour elle, et peut-être un peu inquiète que je trouve quelqu'un d'autre. Mais elle n'a aucune idée de ce que la nuit dernière a signifié pour moi, ou de ce que signifie chaque jour être en sa présence.

« Ne le sois pas, mais ne pose pas de questions auxquelles nous savons tous deux que tu ne veux pas de réponses. J'ai couché avec beaucoup de femmes. J'ai beaucoup d'expérience, mais tu as une chose qu'elles n'ont pas. » Je fais une courte pause, les mots se déposant à l'intérieur de ma joue.

J'ai beaucoup d'expérience, mais tu as une chose qu'ils n'ont pas. « Mon cœur. » Je fais une pause, la panique s'empare de moi.

« Qu'est-ce que c'est ? » demanda-t-elle en s'asseyant à l'avant de mon bureau.

Je ne suis pas prêt pour ce moment, loin de là. Je tiens à Keira, je veux la protéger, mais l'aimer ? Je ne suis pas sûr d'être prêt à l'admettre.

« Rien, bébé. Rien du tout. Oublie ce que j'ai dit. » Ma voix est rauque, et j'espère qu'elle ne peut pas voir à quel point je suis à vif. Parce que si elle le remarque, si elle prie, je n'aurai d'autre choix que de dire quelque chose qui pourrait la blesser.

Son visage se décompose à ma réponse, comme si elle s'attendait à ce que je dise autre chose. « OK... et qu'en est-il d'un bébé ? Les rapports sexuels non protégés mènent aux bébés, et je ne sais pas ce que tu penses des enfants. »

Mes pensées sur les enfants ? Ils sont inexistants.

L'idée d'avoir un bébé ne pourrait pas être plus éloignée de mon esprit. Le simple fait de l'imaginer me semble bizarre. Je ne pense pas en être capable. Cependant, pour une raison quelconque, j'aime l'idée que le ventre de Keira s'arrondisse et que ses seins se remplissent de lait. Au-delà de ça, je ne sais pas. Un enfant... dans mon monde...

Ce serait seulement une autre personne à protéger, une autre personne à cacher de mes ennemis.

Je suis sur le point de lui donner une réponse générique de connard, du genre on s'en occupera plus tard, ou on s'en occupera le moment venu. Mais en voyant son visage inquiet, je sais que je dois faire mieux. Je dois être meilleur que ça... pour elle.

Seulement pour elle.

« Nous ferons tout ce que tu veux. Si tu veux commencer à utiliser la contraception, je ferai en sorte que ça arrive. Si tu devais tomber enceinte, je serais là pour toi à chaque étape. Je ne vais pas te quitter, si c'est ce qui t'inquiète. »

Je peux voir la tension quitter son corps, et un sourire soulagé se répand sur son visage. C'est ce que je veux — qu'elle se sente heureuse et en sécurité — qu'elle sache que je suis prêt à traverser le ciel et l'enfer pour elle.

Un coup retentit, mettant fin à toute discussion. Le sourire sur le visage de Keira tombe, et je resserre mon masque en place. Il doit en être ainsi.

« Entrez. »

La porte s'ouvre, et Gunner apparaît, suivi de sa petite amie.

Merde, je n'ai pas besoin de ça en ce moment.

« Hé, patron. » Il fait un sérieux effort pour ne pas regarder Keira, contrairement à sa copine qui la regarde droit dans les yeux.

« Keira, ça va ? » demanda la fille — celle qui m'ignore clairement — en s'approchant. Et Keira se lève comme si elle était sur le point d'embrasser une amie.

« Pose ton cul », ordonnai-je à Keira. Elle me regarde avec une moue sur les lèvres, mais fait ce qu'on lui dit. Puis, je tourne mon attention vers cette fille.

« Et toi, tu attends derrière la porte. » Je pointe du doigt et j'éblouis la fille. Maintenant j'ai son attention, mais elle ne suit toujours pas mes ordres. Elle se retourne vers Keira, et je saisis le moment exact où elle voyait les bleus. Ses yeux s'écarquillent, et ses sourcils se rapprochent.

« Il t'a fait ça ? Est-ce qu'il te fait du mal ? », hurla-t-elle, et je suis sûr que tout le monde dans le club peut entendre.

« Lily, s'il te plaît... ce n'est pas comme ça. » Au même moment, Gunner se place devant Lily, la protégeant de mon regard.

« Bébé, calme-toi », la gronda Gunner.

Je serre les dents, en essayant de me détendre. Il a intérêt à la maîtriser rapidement, car ma patience a des limites.

« Ouais, tu devrais l'écouter avant que je ne te fasse la même chose », j'ai claqué des doigts.

Gunner est visiblement tendu. Il sait que je ne joue pas à ce jeu. Lily, cependant, n'a pas eu le mémo... ou elle s'en fiche.

« Non, je ne me calmerai pas. Il la retient prisonnière, l'empêche de venir en cours, et maintenant il la bat ? Regarde son cou, Gunner ! »

Sentant ma patience s'évanouir, je sors de derrière mon bureau et m'arrête à quelques mètres devant Lily.

« Je peux faire de ma propriété ce que je veux, alors si je décide de l'étrangler pendant que je la baise, c'est ce que je vais faire. » Je suis sérieux maintenant, mais je refuse de regarder Keira. Je ne veux pas voir la façon dont elle me regarde en ce moment.

En gardant mon regard fixé sur Lily, je la fixe, espérant l'effrayer suffisamment pour qu'elle parte, peut-être même qu'elle recule d'un pas quand je passe devant le bureau, mais au lieu de ça, elle se jette sur moi.

Elle n'est pas assez proche pour m'atteindre, donc je ne fais même pas un pas en arrière, mais je suis légèrement choqué. Elle a des couilles, je lui accorde ça. Elle ne va pas loin. Gunner a déjà une prise sur elle, essayant de l'éloigner de moi. Mais j'ai l'impression que ça ne va pas l'arrêter.

« Bon sang, Lily, calme-toi. Essaies-tu de nous faire tuer ? »

Soit Lily n'entend pas ce qu'il lui dit, soit elle s'en fout. Je vais pencher pour la dernière hypothèse. Néanmoins, elle pousse des boutons qu'elle n'a pas à pousser.

Elle se déplace d'avant en arrière comme un animal sauvage dans les bras de Gunner, et je ne doute pas qu'elle m'attaquera à nouveau en un clin d'œil si elle s'échappe. Du coin de l'œil, je vois Keira qui commence à pleurer sur le canapé. Ses yeux bruns parfaits se remplissent de larmes, et elle sait probablement ce que je vais faire ensuite.

Je sors mon arme de l'arrière de mon pantalon et la pointe vers son amie. Mon doigt est sur la gâchette, prêt à tirer à tout moment.

Dès que Lily a aperçu le métal brillant de mon arme, elle s'est immobilisée. Ses yeux deviennent grands. Avec ma main libre, je prends l'argent du tiroir et le lance à Gunner.

« Foutez le camp d'ici avant que je vous mette une balle dans la tête à tous les deux ». Et, Gunner, à partir de maintenant, tu viens seul — ou pas du tout. Je ne veux pas que ce genre de merde se passe dans mon bureau. Ma parole est la règle ici. Je ne terminerai pas les choses aussi facilement la prochaine fois. »

« Compris, patron. » Marmonna Gunner avant de tirer Lily par le bras hors du bureau.

La porte se referme derrière eux, et Keira est sur ses pieds et traverse la pièce, courant dans mes bras la seconde suivante. Je la serre contre ma poitrine, essayant d'absorber toute sa peine. Je veux la cacher du monde, la protéger de tout ce qui pourrait la blesser, même moi.

« Elle essayait juste d'être une bonne amie. » Keira réussit entre deux sanglots.

La chaleur de son corps s'infiltre dans le mien, et je veux nous accompagner jusqu'au canapé et l'embrasser encore et encore. Je veux oublier mes responsabilités. Je veux dire à mon frère de se mettre ce dîner dans le cul. Je veux rester ici et juste être avec elle.

Mais je ne peux pas, et c'est la dure réalité du monde dans lequel nous vivons.

« Je sais, bébé, mais c'est mieux comme ça. C'est comme ça que ça doit être. » Chuchotai-je près de son oreille.

Même dans mon propre club, je ne peux pas risquer que les gens m'entendent lui parler comme ça. C'est déjà bien assez que mon frère sache combien elle est importante pour moi. Plus il y a de gens qui savent pour elle, ou mes sentiments pour elle, plus la cible est grande dans notre dos à tous les deux.

Je la tiens un court instant avant de la relâcher. Après toutes les choses qu'elle m'a demandées aujourd'hui, je réalise que je n'ai jamais pris soin de lui demander quelque chose en retour. Probablement parce qu'une partie de moi craint que si je m'attache trop à elle et que quelque chose se passe, cela me tue. Mais... savoir des petites choses sur elle ne peut pas faire de mal, non ?

« Que voulait dire Lily quand elle a dit que je t'empêchais d'aller en cours ? »

Keira renifle. « J'allais au lycée pour obtenir un diplôme — dans quoi, je ne sais pas encore ; je suis encore indécise — mais je ne pourrai pas revenir, donc ça n'a pas d'importance de toute façon. »

« Une fois que cette histoire avec mon frère sera réglée, tu pourras retourner en cours. » Un homme la protégera en permanence sur le campus, mais nous pourrons parler des mesures de sécurité plus tard.

« Je ne pourrai toujours pas y aller. » Elle ne cherche pas la pitié... ça, je le sais. Elle dit simplement la vérité.

« Et pourquoi ça ? »

« Parce que Léo payait pour toute ma scolarité, et maintenant qu'il est... » elle s'interrompt, comme si elle ne voulait pas dire le mot. « Je ne pourrai pas payer les frais de scolarité, et même avec un travail, ça ne va pas être gérable. Je dois aussi manger et trouver un endroit où vivre. »

Merde, je n'ai jamais pensé que Léo l'entretenait. Payant pour sa scolarité, son logement. C'est pas étonnant qu'il se soit retrouvé dans une mauvaise passe avec mon frère. Il essayait de prendre soin de sa petite sœur.

Il essayait de la protéger, et il l'a payé de son sang.

« Keira, si tu veux aller au lycée, alors tu peux. Je paierai tes frais de scolarité en totalité. Tu n'as pas à t'inquiéter de l'argent ou de me rembourser. Et tu n'as pas à te soucier d'un endroit où vivre non plus. » Keira me regarde avec incrédulité.

« Tu peux rester chez moi. J'ai de la nourriture, du chauffage, de l'eau courante, tout ce dont tu as besoin. »

« Tu ne le penses pas, Damon. » Elle renifle.

« Oui. Oui, je le veux, bébé. Je te donnerai tout ce dont tu as besoin pour te sortir de ce trou à rats. Tu dis le mot, et je le ferai. »

Les mots n'ont jamais été aussi convaincants. Je ferais n'importe quoi pour Keira. Payer pour ses frais du lycée n'est rien. Lui permettre de vivre avec moi... rien.

Il n'y a pas de prix à payer pour son bonheur — pas dans mon esprit.

« Je vais tout arranger quand nous rentrerons de chez mon frère. »

Oh putain. Le dîner. Celui de mon frère. Je sors mon téléphone de ma poche et vérifie l'heure. Il nous reste deux heures avant de devoir être au manoir.

« Je vais appeler Candy. Elle a ta robe, et elle va t'aider à te coiffer et à te maquiller. » Je me sens retomber dans l'ancien moi, la personne que je dois être. Keira doit le sentir aussi, car elle se retire lentement sur le canapé.

« D'accord », marmonna-t-elle en plaçant ses mains sur ses genoux.

Je sens l'organe dans ma poitrine battre. Il bat, pompant le sang dans mon corps, mais je ne peux pas le laisser contrôler mes décisions.

Je dois utiliser ma tête pour protéger Keira...

... pas mon cœur.

CHAPITRE 15

Keira

Je me regarde dans le miroir. Damon me fait changer dans la loge de la strip-teaseuse. Je me sens minable, mais je ne m'y oppose pas. Il a des affaires à régler, et il m'a presque poussé dans les bras de Candy dès qu'elle est entrée dans son bureau.

La froideur l'a envahi tout à l'heure, il cache maintenant toutes ses émotions. Il change, il revient à son ancienne personnalité, lentement, si lentement. Peut-être qu'il pense que je ne le vois pas. Je ne sais pas. Je pensais qu'après la nuit dernière, on avait fait des progrès... que les choses avaient changé, mais...

« À quoi tu penses dans ta tête ? » Candy demande pendant que je commence à me déshabiller. Elle a déjà relevé mes cheveux dans de gros rouleaux, me donnant l'air ridicule. J'espère qu'elle n'a pas l'intention de les garder dans mes cheveux pour la coiffure de ce soir.

« Tout d'abord, je suis content que tu aies choisi cette robe pour moi. J'avais peur que tu choisisses quelque chose de... hum, plus – »

« – comme ça ? » Elle montre une des tenues de strip-teaseuse du présentoir voisin. Cette foutue chose est faite avec moins de tissu que certains de mes sous-vêtements, et c'est gentil.

« Oui », rigolai-je. « Ne le prends pas mal, mais je ne t'ai jamais vu dans autre chose que des vêtements super révélateurs, alors je ne savais pas ce que tu choisirais. »

« Chérie, je travaille dans un club de strip-tease. Les vêtements révélateurs sont notre uniforme. Ça ne veut pas dire que je ne sais pas comment m'habiller pour un dîner. » Elle me fait un clin d'œil, et pour la première fois, je me demande pourquoi elle travaille ici. Est-ce qu'elle aime ça ? Comment connaît-elle Damon ? Je pense à demander, mais je décide de ne pas le faire.

Ses affaires ne sont pas les miennes, et avec la tempête de merde qu'est ma vie, la dernière chose que j'ai besoin de faire est de remettre en question les choix de quelqu'un d'autre.

« Oui, tu as raison. Je suis désolée. » J'ai honte de la juger, alors que ma propre vie est en pagaille.

« Non, ne le sois pas, chérie. C'est normal d'être curieuse et de poser des questions, mais je ne m'habille comme ça que pour les pourboires. Plus les vêtements sont révélateurs, meilleurs sont les pourboires. Maintenant, assez parlé de moi, pourquoi ne me laisses-tu pas mettre cette beauté sur toi. »

Elle tient la robe vert foncé devant moi pour que je puisse l'enfiler facilement. Elle la ferme avec une fermeture Éclair comme si elle avait fait ça toute sa vie, et je passe mes doigts sur le tissu. C'est doux et ça colle à mes courbes. Il ne montre pas de décolleté, mais il souligne la forme de mes seins, et le col tombe sur mes épaules. Il me va comme un gant, même si je n'ai jamais dit ma taille à Damon.

Faisant un pas en avant, je me regarde dans le miroir, réalisant à quel point la fente sur le côté remonte, révélant beaucoup plus de jambes que ce à quoi je suis habituée. C'est sexy, mais pas trop, cela convient au design et ajoute à sa beauté.

Mes pensées se tournent vers Damon. Je pense qu'il appréciera cette robe. Après toutes les choses qu'il m'a dites dans son bureau, je veux être tout et n'importe quoi pour lui.

« Tu es magnifique, Keira. » Candy sourit à mon reflet dans le miroir. « Maintenant, assieds-toi là-bas que je te coiffe et te maquille. »

Je suis tendue. Maquillage et coiffure. Oh, mon Dieu, c'est un dîner, pas une fête, non ?

« Ne t'inquiète pas, je ne vais pas devenir folle. Pas de maquillage de scène pour toi, juste quelque chose de simple et naturel. Un peu de mascara, d'eye-liner et d'ombre à paupières. Ça devrait faire l'affaire », me rassura Candy, et j'espère vraiment qu'elle sait ce que ça représente pour moi.

« Merci. Sérieusement, merci d'être si gentille avec moi. » Je prends place dans l'une des chaises de maquillage, et Candy commence à travailler sur mon visage. Je ferme les yeux alors qu'elle commence à appliquer de la poudre avec un gros pinceau, puis l'eye-liner, le mascara et le rouge à lèvres.

« Voilà. Juste un peu de fard à joues pour ne pas être trop pâle, et ton maquillage est terminé. »

Je pivote sur ma chaise pour pouvoir me regarder dans le miroir de courtoisie. Ma bouche s'ouvre, et les mots que je veux dire sont là, mais ils ne viennent pas. Je ne peux presque pas en croire mes yeux. Elle n'a utilisé que quelques éléments, mais j'ai l'air tellement différente. Comme une toute nouvelle personne.

« Je suis contente que ça te plaise. » Glousssa Candy, « Enlevons ces bigoudis de tes cheveux et tu auras fini, Cendrillon. »

Au moment où elle enlève le dernier rouleau, la porte de la loge s'ouvre. Une série de rires aigus remplit la pièce. Mon estomac se noue. Non seulement je dois faire face à la possibilité de la mort ce soir, mais maintenant je dois faire face aux strip-teaseuses de Damon.

Je détourne les yeux vers le sol et laisse Candy finir de me coiffer.

« Oh, mon Dieu, regardez qui c'est, les filles ? Est-ce que tu commences enfin à travailler sur la scène, ou est-ce que tu vas directement dans l'arrière-boutique pour faire des pipes ? » Hayley me demande avec son nez en l'air. Elle a la garce écrite sur tout le visage, et soudain, je réalise pourquoi j'ai quitté le lycée.

Les filles qui l'encadrent doivent faire partie de son équipe de garces, car elles me regardent de la même façon.

« Tais-toi et prépare-toi pour le travail. » Grogna Candy, mais il est évident que Hayley se fiche de ce que Candy dit. Elle la dépasse et se place directement devant moi.

« Tu sais que tu n'es qu'un jouet temporaire pour Damon, n'est-ce pas ? Il va te jeter à la poubelle dès qu'il en aura assez de jouer avec toi. »

Chaque mot me poignarde comme un couteau droit dans le cœur.

« Il a eu beaucoup de filles, mais il revient toujours vers moi. » Ses lèvres peintes en rose se transforment en un sourire mauvais. « Il fait ça depuis plus d'un an. J'ai été sa seule et unique, et à ce jour, je suis la seule à savoir comment il aime ça. » Elle continue de parler, et chaque déclaration remue le couteau dans la plaie de plus en plus profondément.

« Tu ne le satisferas jamais comme moi ni comme aucune autre femme. » Ses yeux se déplacent sur mon corps. « Tu n'es qu'un déchet comparé à nous. » Elle a presque craché, et elle aurait tout aussi bien pu me gifler. Je suis sûr que ça aurait fait beaucoup moins mal.

« Hayley ! » Cria Candy , mais une fois de plus, elle est ignorée. Tous les yeux sont sur moi et Hayley.

Je peux sentir la pression monter derrière mes yeux. Des larmes stupides sont sur le point de couler et d'abîmer mon maquillage. Je n'arrive pas à croire que je laisse cette garce avoir autant de pouvoir sur moi, mais je ne peux pas m'en empêcher. Pas quand elle a souligné toutes mes insécurités et me les a balancées au visage. Des pensées de Damon me viennent à l'esprit — il l'a dit lui-même — il s'est retenu avec moi. Il veut me baiser à fond, et je ne sais pas si je peux lui donner ce qu'il désire.

Et si je ne peux pas et qu'il revient vers Hayley pour du sexe ?

Cette pensée me rend malade au-delà de toute croyance.

La bile monte dans ma gorge. C'est la dernière chose dont j'ai besoin en ce moment — pas quand je dois passer une soirée entière avec des gens qui veulent me tuer.

« Oh, je suis désolée, je t'ai fait de la peine, ma chérie ? »

Quand je lève les yeux vers elle, j'ai envie de lui arracher ce sourire stupide. Elle est assez proche maintenant pour que je puisse le faire si je le voulais vraiment.

« Peut-être que je devrais t'apprendre à le sucer ou à le baiser mieux pour que tu puisses durer un peu plus longtemps... puisque ça te dérange clairement de savoir qu'il va revenir en rampant vers moi. » Elle ricana comme si c'était la chose la plus drôle du monde — et ça fait mal... ça fait tellement mal.

Je n'arrive pas à me contenir une seconde de plus. Les larmes coulent de mes yeux. Je sais que c'est faible et stupide de pleurer sur quelque chose que quelqu'un vous dit, mais je... je ne peux pas.

Un grand corps s'avance derrière elle, et je sursaute presque. Le regard de Damon est sinistre. Il promet la mort et la destruction.

« Tu es virée », grogna Damon.

Hayley a écarquillé les yeux avant de se tourner vers Damon. Dès qu'elle voit son visage, elle fait trois pas en arrière, et me rentre presque dedans.

« T-Tu ne le penses pas... », bégaya-t-elle.

« Prends ta merde et fous le camp d'ici ! » Il regarde les autres strip-teaseuses. « Et vous avez toutes intérêt à vous préparer pour le travail, sinon vous pouvez partir aussi. »

Hayley serre son sac à main contre sa poitrine et se met à pleurer, mais même elle n'est pas assez stupide pour rester là et le questionner. Elle s'enfuit, passe devant Damon et traverse la porte de sortie.

À l'adoucissement de ses yeux couleur whisky, je me calme, faisant cesser les larmes.

Jamais de ma vie je n'aurais pensé être heureuse de voir quelqu'un se faire virer, et encore moins de le voir se produire sous mes yeux. Je cache mon excitation à l'idée de sa sorite. Je ne déteste pas beaucoup de gens, mais après les choses qu'elle m'a dites, je suis sûre que je la déteste.

J'ai envie de sauter dans les bras de Damon et de l'embrasser, mais je sais qu'il ne le permettrait pas, pas devant d'autres personnes... surtout celles qui travaillent pour lui. Alors, je serre les poings sur mes genoux et j'attends qu'il me dise quelque chose.

« Viens. Il faut qu'on y aille », ordonna-t-il, une pointe dans la voix. Il ne me laisse même pas la chance de répondre. Il se retourne et se dirige vers la porte sans me regarder. Mes jambes bougent sur son ordre.

Je m'assure que ma robe est bien placée, qu'elle couvre tout ce qu'elle doit couvrir. Je surprends Candy qui me sourit du coin de l'œil alors que je suis Damon hors de la cabine d'essayage. Je veux remercier Candy pour tout ce qu'elle a fait, mais je sais que je ne veux pas faire d'écart. Je lui renvoie son sourire, en espérant que si et quand je reviendrai, j'en aurai l'occasion.

Je peux à peine suivre le rythme rapide de Damon alors qu'il se fraye un chemin dans le club. Cela ne m'aide pas à suivre le rythme quand il fait presque trente centimètres de plus que moi et que je porte des talons.

Je vois certains hommes me regarder, leurs yeux s'attardant bien plus longtemps qu'un instant, et je baisse le regard. J'ai envie de brandir une pancarte *Ne me regardez pas si vous tenez à votre travail ou à votre vie* pour leur dire d'arrêter avant que Damon ne les voie.

Quand on atteint la porte arrière, il s'arrête enfin, mais à ce moment-là, je suis à bout de souffle. J'aspire de grandes quantités d'air, en essayant de comprendre comment diable il ne se débat pas. Quand il se retourne et regarde devant moi, pour vérifier si nous sommes seuls, je ne comprends pas pourquoi — et puis je sens ses lèvres sur les miennes.

Son baiser est dévorant et vole l'oxygène restant dans mes poumons. Je gémis dans sa bouche au contact de ses mains qui parcourent mon corps, effleurant le tissu fin de ma robe.

C'est comme si rien ne séparait ses doigts de ma peau.

Quand il rompt le baiser, je suis encore plus essoufflée qu'avant.

« Tu es si belle, putain. Si on ne devait pas voir mon connard de frère à cette seconde, je nous enfermerais dans mon bureau et je te baiserais jusqu'à dimanche. »

Je ne sais pas vraiment comment répondre. Tout ce que je sais, c'est que je suis excitée et que je veux qu'il me baise. Je veux qu'il me baise comme il en a envie, pas comme si j'étais une poupée fragile qu'il a peur de casser.

Je me fiche de savoir où et comment, je veux juste qu'il me baise.

« Je te veux. » Je tripote sa poitrine, réalisant qu'il a aussi changé de vêtements. Il a l'air appétissant dans son costume noir sur noir. Je peux dire qu'il a été taillé à la main, et il lui va parfaitement, le faisant paraître plus grand, plus méchant.

« Tu sais que j'ai envie de toi aussi. Putain, j'ai tellement envie de toi que j'ai mal aux couilles. » Il prend ma main de sa poitrine et la place contre sa bite épaisse, à peine retenue par son pantalon de robe. « Mais nous ne pouvons pas. Pas maintenant. Nous sommes déjà en retard, et s'il y a une chose que tu apprendras de mon frère, c'est qu'être en retard n'est pas toléré. »

Je fais la moue, je lève les yeux vers lui, j'ai envie de l'embrasser, mais je sais qu'il a raison.

« OK... peut-être plus tard ? » Je me lèche les lèvres, anticipant sa réponse.

« Définitivement plus tard. Pour l'instant, nous devons vraiment y aller. »

Damon m'aide à monter dans la Cadillac, et je mets ma ceinture. Je suis nerveuse, et je pense que c'est plus dû à l'inconnu qu'à autre chose. Le faible ronronnement du moteur emplit la cabine tandis que Damon accélère sur la route, en direction de la sortie de la ville.

La plus grande partie du trajet se fait en silence. Damon est tendu, et sa prise sur le volant fait blanchir ses jointures.

Le trajet est plus long que prévu, et plus nous roulons, moins je vois de maisons. Je suis un peu terrifiée à l'idée de me retrouver au milieu de nulle part sans plan de secours — ou peut-être est-ce le but de tout cela.

« Où est-ce qu'on va ? Je n'ai pas vu de maison depuis, genre, huit kilomètres. » Mes yeux scrutent le paysage. Il n'y a vraiment rien ici, rien que la route et les arbres.

« Je ne peux pas divulguer l'emplacement exact, mais c'est aussi loin. Isolé au fond des bois. Mon père a construit cet endroit, et Xander y a emménagé quand il a repris l'affaire. Je ne suis pas venu ici depuis quelques années, donc je ne suis pas sûr que ça ait beaucoup changé. »

Finalement, la voiture ralentit, et je vois une énorme porte métallique au loin. Alors que nous nous rapprochons, et que Damon ralentit encore plus, le nœud nerveux dans mon ventre commence à se défaire. J'ai l'impression que je vais vomir et m'évanouir en même temps.

Damon ne fait pas attention à moi, il s'engage dans l'allée et s'approche d'un petit panneau. Il tape un code, et la porte s'ouvre. Le chemin est sombre — si sombre que je ne peux presque rien voir.

Nous franchissons le portail, et je l'entends se refermer en grinçant fortement, ce qui accroît ma nervosité. J'ai l'impression que nous entrons dans une prison et je ne sais pas quand je serai libérée.

Damon continue à descendre la longue allée comme s'il conduisait dans son propre enfer. Je me demande à quoi il pense. Ce qu'il ressent. Mais je n'ai pas le courage de demander. Après quelques minutes, j'aperçois des lumières au loin.

L'endroit est immense, et je dis bien immense.

« As-tu vécu ici ? » Je suis surprise de voir que Damon ne mentait pas quand il a dit que c'était un manoir.

« Oui. Et ce furent les pires années de ma vie. »

Je déglutis en contournant un nœud de peur logé dans ma gorge. Damon fait faire un grand tour au VUS avant de le garer. Je frissonne en regardant les marches qui mènent à l'entrée.

Cet endroit est plus qu'intimidant.

« Je vais te prévenir maintenant, Keira. » La voix de Damon est froide et presque sans vie. Elle me fait peur. « Je ne sais pas ce qui va se passer ici. Je ne sais pas si mon frère va essayer de t'emmener loin de moi, ou s'il va essayer de nous tuer tous les deux. Mais je veux que tu saches que je ferai tout mon possible pour te protéger. Je négocierai. Je volerai. J'utiliserai tout le pouvoir que j'ai encore dans cette famille pour m'assurer qu'on en sorte tous les deux indemnes. »

Je me force à respirer, sachant qu'il pense chaque mot.

« Mais je dois te demander une chose. »

Je hoche la tête sans y réfléchir à deux fois. « Tout ce que tu veux. »

Damon sourit, et ça me fait chaud au cœur. « Écoute-moi bien. Si je te dis de faire quelque chose, fais-le. Fais-moi confiance et fais-moi confiance pour savoir que ce que je te demande de faire a une raison. Mon frère voit les femmes comme des déchets — comme un trou et rien de plus — alors si je parais dur ou méchant, c'est pour ça. »

Je hoche encore la tête.

Je l'ai. Ne parle que si on te parle.

Ça ne devrait pas être un problème, pas avec la peur que j'ai de son frère.

Les bleus sur ma gorge confirment à quel point il est dangereux... et à quel point Damon et moi sommes stupides de nous être jetés dans la gueule du loup.

CHAPITRE 16

Damon

Je repousse et ravale chaque putain d'émotion en moi. Je ne peux pas montrer de faiblesse devant mon frère — ou tout autre membre de ma famille. Je cligne lentement des yeux, expirant, sentant le masque invisible glisser sur mes traits.

En ouvrant la porte de ma voiture, j'aperçois mon frère en haut des marches. Il est habillé de la même façon que moi, et je réalise que certaines choses ne changent jamais. Cela fait peut-être des années que nous ne nous sommes pas vus, mais il est la même personne que lorsque je suis parti — et vice versa.

Je me dirige vers le côté passager et ouvre la porte de Keira. Elle me regarde d'un air hésitant avant de sortir. Tout en Keira respire l'innocence, de la douceur de ses yeux à la façon dont elle voit les gens comme s'ils ne pouvaient pas faire de mal. Elle sait que je suis un homme mauvais, mais elle pense que je peux la sauver. Je prends sa main dans la mienne, je serre ses doigts et je ferme la porte. Je peux sentir les yeux de mon frère sur nous, et je sais que je dois prouver quelque chose.

Sans prévenir, sans doute en prenant Keira complètement au dépourvu, j'enfonce mes doigts dans ses boucles, lui arrachant la tête en arrière. Puis, je presse mes lèvres contre les siennes. Son corps tremble, et un cri de douleur s'échappe d'elle, remplissant ma bouche.

Je l'embrasse fort, meurtrissant ses lèvres, m'assurant que mon frère voit la propriété que j'ai sur elle. Quand je relâche Keira, elle vacille, et le besoin de la serrer contre moi m'envahit — mais je ne suis pas assez stupide pour faire une erreur aussi grave.

Nous montons les marches ensemble, et lorsque nous atteignons le sommet, je me tiens d'homme à homme avec mon frère.

Il a un sourire satisfait sur le visage. Ses yeux sont sombres, la couleur du café mélangée à une touche d'obscurité comme les miens — le regarder, c'est comme regarder mon reflet dans un miroir. Il est seulement plus vieux de quelques années, et son âge ne se voit pas. Il est le même... jusqu'au monstre qui scintille au fond de ses yeux.

Je regarde ces yeux monstrueux passer de moi à Keira.

« J'aime la façon dont tu as habillé ta poupée aujourd'hui. Elle est très belle. »

« Elle l'est, et elle est à moi », ricanai-je. « Au fait, j'aime placer des bleus de mon cru sur ma propriété, alors la prochaine fois que tu décideras de toucher quelque chose qui n'est pas à toi, tu le rendras comme tu l'as trouvée. »

Les yeux de Xander se posent sur la gorge de Keira. « Je suis désolé, petit frère. Je ne voulais pas faire de mal à ton animal. C'est une petite chose fragile. Sa peau se meurtrit avec à peine une force que je vois. » Il ricane. « Cependant, nous allons prédire son avenir ce soir et voir à qui elle appartient vraiment. En attendant, tu peux la garder à vos côtés. »

Le sourire sur son visage me retourne l'estomac. La vie et la mort ne sont rien d'autre qu'un jeu pour lui. Il ne se soucie pas de qui vit ou meurt. Il se soucie seulement de faire un exemple de quelqu'un.

Xander entre dans la maison par l'énorme porte en fer forgé. Comme tout le reste ici, cette porte ne contient que de mauvais souvenirs. Je devrais être reconnaissant qu'elle contient les souvenirs à l'intérieur de la maison et pas à l'extérieur. Dieu interdit que je les laisse contrôler tous les aspects de ma vie.

Alors que je monte les marches, mon cœur se serre. Un souvenir me frappe si fort qu'il me vole le souffle de mes poumons.

Je ne peux pas croire qu'elle soit morte. Je regarde fixement mes mains. Elle n'est plus là. C'est ce que mon père a dit, mais je ne le crois pas. Elle était bien ce matin, heureuse, souriante, et maintenant, je ne la reverrai plus jamais. Cette pensée me fait mal. Mon père m'a dit de ne pas pleurer pour elle, et je fais de mon mieux, mais mes yeux brûlent de larmes non versées.

Ils vont bientôt déborder, prouvant encore une fois à quel point je suis faible face à mon père.

Je serre mes petites mains en poings

Je ferais mieux de sortir pour que Père ne me voie pas. Je descends les escaliers en courant. Je pense qu'il est dans le bureau. Je ne peux pas le croiser par hasard.

Ma main est sur la poignée de la porte en laiton quand j'entends des pas lourds derrière moi.

Non, non, non ! Des larmes traînantes coulent sur mon visage, tachant mes joues. J'essaie de les essuyer, mais il est déjà trop tard.

« Où crois-tu aller ? », la voix de mon père résonne, allumant la peur au fond de mon ventre. Je déteste mon père... Je sais que c'est vrai.

« Juste dehors », dis-je, en essayant de garder ma voix égale. Peut-être que si je me fais moins remarquer, il m'ignorera.

Je tire la porte et sors en courant... ou j'essaie. La main de mon père est déjà sur mon cou, me faisant reculer avant que je puisse faire un second pas.

Il tourne mon corps pour pouvoir me regarder de haut. Sa prise est dure, et j'essaie d'arrêter de trembler.

« Putain, tu pleures ? » Ses yeux sont des poignards qui me fixent, et ses doigts s'enfoncent dans mes bras avec une force meurtrière. « Et maintenant, tu essaies de me fuir avec la preuve de ton indiscrétion sur les joues ? »

Je n'ai pas l'occasion de répondre — ce n'est pas comme si je pouvais dire quelque chose pour améliorer la situation. J'ai appris à encaisser les coups et à lécher les plaies quand c'est fini. Moins tu montres de peur, moins il te bat. C'est ce que me dit Xander.

Le poing de mon père frappe ma mâchoire et ma tête bascule sur le côté. Je serais tombé sur le sol s'il n'avait pas eu une poigne de fer sur mon bras. Trois ou quatre coups suivent... je ne sais plus combien. S'il me laissait partir maintenant, je resterais par terre. Je céderais, le laissant gagner.

Je suis à moitié évanoui, la douleur m'envahissant, quand il me secoue pour me réveiller.

« Ne t'évanouis pas, petite merde. Je n'ai pas fini de te donner une leçon. Tu prends ta putain de raclée et tu en apprends quelque chose. Clairement, je dois t'enseigner d'une autre manière. » Son souffle chaud évente mon visage, sentant le whisky. Est-ce qu'il a bu ? Il nous bat tellement quand il boit.

Il me tire sur le côté et place ma main entre le cadre de la porte et la lourde porte en fer. « Tu veux une vraie raison de pleurer, alors je vais t'en donner une. » Je secoue la tête et essaie de retirer ma main, mais il est tellement plus fort que moi.

Il l'est toujours.

Il fait pivoter la porte et je ferme les yeux, attendant qu'il m'écrase la main. Puis, j'entends des bruits de pas lourds et j'ouvre les yeux.

« Non ! » Cria Xander, et mon père lâche ma main. Je regarde avec des yeux écarquillés Xander essayer de le plaquer. Xander n'a que quatorze ans, mais il est grand pour son âge, et mon père ne peut pas le bousculer comme il le faisait avant. Mais, Xander n'est pas encore assez grand pour dépasser son père, alors au lieu de prouver quelque chose à son père, il se retrouve en dessous de lui, l'énorme corps de notre père écrasant le sien.

« Xander », criai-je, je veux le sauver comme il m'a sauvé.

Je le vois prononcer le mot « courir », et même si j'ai très envie de rester et d'aider, je sais que lorsque mon frère me dit de faire quelque chose, je dois le faire.

« Tu n'es pas meilleur que lui, Xander. Deux putains d'excuses faibles et pitoyables pour des hommes. » La voix de mon père porte, me suit alors que je monte les escaliers jusqu'à ma chambre, fermant la porte à clé. Des larmes glissent sur mes joues.

J'aimerais être plus fort. J'aimerais pouvoir nous protéger comme maman le faisait.

Mais maman est partie. Il n'y a que Xander et moi.

La voix de Xander me ramène à la réalité, me tirant de cet horrible cauchemar.

« Nos oncles seront heureux de savoir que vous êtes venus ce soir. »

Je roule les yeux. « Oh, je suis sûr qu'ils le seront. »

Du coin de l'œil, je regarde le visage de Keira absorber tout ce qu'elle voit. Les tableaux, le sol en marbre, les hauts plafonds, le lustre, l'extravagamce et le glamour — la partie de ma vie qu'elle n'a jamais vue.

Je garde une prise ferme sur son bras et la tire plus près de mon corps. Elle manque de trébucher sur ses propres pieds, un souffle s'échappant de ses lèvres, mais se reprend avant de le faire. Ses talons claquent contre le sol et résonnent dans tout l'espace. Nous traversons le foyer et entrons directement dans la cuisine ouverte qui mène au jardin.

L'endroit est illuminé, comme c'était le cas lorsque nous étions enfants.

J'entends des voix, dont deux que je connais, et quelques autres que je ne connais pas.

Lorsque nous entrons dans la pièce, les voix se réduisent à un simple souffle. Tous les regards se tournent vers Keira et observent le doux rougissement qui monte sur ses joues. Elle n'a aucune idée de la beauté qu'elle a ce soir. Et elle n'a aucune idée de combien ces putains d'hommes maléfiques vont la désirer avant la fin de la nuit.

« Damon. » Oncle Dom, l'homme dont je porte en partie le nom, rompt le silence le premier. Alors qu'il se lève de sa chaise, le bois s'écrase contre le sol, ce qui fait sursauter Keira. Je l'ignore et me concentre sur la tâche à accomplir.

Le visage de Dom est usé, une expression permanente de fatigue. Quand il sourit, cela ne semble pas naturel.

« Oncle Dom. » Je force un sourire, le laissant me prendre dans ses bras.

Il s'éloigne et dirige son attention vers Keira. Ses yeux reflètent la faim pour quelque chose d'autre que la nourriture alors qu'il la boit. Le pistolet qui s'enfonce dans mon dos me rappelle que je pourrais facilement tirer dans la tête de chacun de ces connards... juste pour l'avoir regardée.

Mais je ne le fais pas... je ne le ferai pas... du moins pas encore.

« Et tu dois être Keira. »

Elle acquiesce en se mordillant la lèvre inférieure. Elle détourne les yeux vers le sol comme si elle était soumise.

« Tous ces problèmes pour une si petite chose. » Dom secoue la tête, comme s'il ne comprenait pas.

Eh bien, il le ferait, s'il avait un putain de cœur.

« Oui, mon oncle. Tous ces problèmes à cause de Damon qui refuse de lâcher quelque chose qu'il ne possède pas. »

Je serre la mâchoire. Dom doit sentir mon hostilité, car un éclat de rire jaillit de sa gorge et il me tape dans le dos.

« Allons, allons, les garçons. Vous pouvez toujours la partager. Bon sang, je me souviens d'une époque où vous partagiez tout. Je suis sûr qu'elle pourrait survivre à au moins une séance avec vous deux avant que vous ne deviez la tuer. » J'ai mal au ventre et je peux pratiquement voir l'horreur sur le visage de Keira. Maintenant, elle va flipper et s'inquiéter que je la partage avec mon frère.

Elle s'éloigne visiblement. La voir comme ça est pire que de recevoir un coup de poing en plein visage. Je la regarde, en espérant qu'elle se souvienne de tout ce que je lui ai dit, en souhaitant qu'elle fasse confiance aux promesses que j'ai faites ce matin plutôt que de croire les mots que je prononce maintenant.

Je dirige mon attention vers Xander. « Le temps où je partageais mes jouets avec toi est terminé. Tu les as cassés une fois de trop. »

Les souvenirs de la dernière femme que nous avons partagée me reviennent en mémoire.

« S'il te plaît, non. S'il te plaît, arrête... », a-t-elle crié, ses yeux implorant Xander, le suppliant d'arrêter.

Tout ce que j'ai fait, c'est rester là, à faire tournoyer le whisky dans mon verre, ayant déjà eu ma dose d'elle. Je me souviens encore du son de son cri lorsqu'il lui a baisé le visage et qu'il a placé le canon de son arme à côté de sa tête, la prévenant que si elle se retirait, elle était comme morte.

Ce qu'elle ne savait pas, c'est que quoi qu'il arrive, elle était morte.

Les humains sont jetables aux yeux de mon frère. La façon dont il regarde Keira ce soir me rappelle la façon dont il regardait cette femme — prédatrice, avec un but.

Le sang de cette femme recouvrira à jamais mes mains et mon âme noire. Il n'y a aucune chance que je fasse la même erreur deux fois.

Non. Le sang de Keira ne recouvrira jamais mes mains.

« Je peux toujours t'offrir un nouveau jouet si je casse celui-ci par accident », se vanta-t-il en souriant à Keira. « Mais ce serait dommage de casser quelque chose d'aussi fragile. Elle est vraiment trop jolie pour être cassée si tôt. »

Je la regarde frissonner, et je n'ai qu'une envie, c'est d'effacer ce sourire du visage de Xander avec mon poing.

« Très bien alors, asseyons-nous pour dîner et nous pourrons discuter des détails techniques. Il n'y a pas besoin de se battre pour une chatte, aussi bonne soit-elle. Il y a plein d'autres femmes parmi lesquelles vous pourrez choisir tous les deux. » Oncle Dom glousse, comme s'il appréciait notre petite querelle. Il nous fait signe de le suivre, et nous entrons tous dans la salle à manger.

J'ai presque envie de dire à Dom que la chatte de Keira ne ressemble à aucune autre, mais ce ne sont pas ses affaires — ce ne sont les affaires de personne.

Mon autre oncle, Vincent, est déjà assis à la table, un verre à la main et une expression agacée sur le visage. « Regardez qui est venu. Je ne pensais pas que tu allais te montrer. Ça fait combien de temps ? Trois ans ? »

Contrairement à Xander et Dom, il ne prête aucune attention à Keira. En fait, il l'ignore, faisant comme si elle n'était même pas là, et ça me convient parfaitement.

« Bonjour, oncle Vincent. » Mon salut sonne comme une corvée. Ce putain d'événement entier est un mal de tête.

Je fais asseoir Keira à ma droite tandis que Xander prend le siège à côté de moi. Mon oncle Dom est assis en face de nous et à côté de Vincent. La table est mise, on dirait que nous sommes sur le point d'avoir un festin de Thanksgiving. Quand Xander prépare le dîner, c'est une putain de fête — un événement extravagant et rien de moins. Je regarde les hommes de Xander qui se promènent dans la pièce et montent la garde. L'idée que mon frère ait besoin d'un garde me fait rire.

Ce salaud pourrait tuer tous ces gens à mains nues. Il n'a pas besoin de garde du corps, mais le fait qu'il ressente le besoin d'en avoir un est amusant.

Keira s'agite sur son siège. J'ai envie de lui dire de cacher sa peur à ces hommes qu'ils ne fassent rien d'autre que de l'avaler — mais je ne le fais pas. La prévenir de tout ce qui est à venir est une pente glissante et ne sera vu que comme une faiblesse.

« Bridget ! » Cria Xander, et un membre du personnel se précipite dans la pièce. « Apporte à mon frère et à la fille ce qu'ils veulent boire. »

Le regard craintif de Bridget se dirige vers Keira et moi.

« Elle prendra une eau, et moi un whisky. » Je garde mes plaisanteries pour une autre fois. Elle ne s'attend pas à un « s'il te plaît », et « merci », je le garantis.

Bridget court vers la cuisine, ramenant l'attention sur nous.

« Oh, allez, mon frère. La fille ne peut pas avoir du vin ? »

« Non. Je veux qu'elle soit cohérente quand je la baiserai plus tard. » Je ne rate pas une occasion, et Xander glousse.

Nos boissons apparaissent quelques instants plus tard, et je garde mon regard ailleurs que sur Keira. Cette soirée va être difficile pour elle. Je vais peut-être devoir faire des choses dont je ne suis pas fier, mais je suis certain qu'elle partira d'ici en un seul morceau.

Je prends le verre de whisky et en bois la moitié. Je ne sens même pas la brûlure alors que le liquide brun glisse dans ma gorge avec facilité. Putain, je vais en avoir besoin de beaucoup plus si je prévois de passer le reste de la nuit encore sain d'esprit.

Les salades arrivent, et nous commençons à manger. Une tension épaisse flotte dans l'air comme un brouillard. Je n'arrête pas de jeter un coup d'œil à Keira, mais j'évite le contact visuel. Ses mains tremblent tellement que j'ai peur qu'elle fasse tomber la fourchette à salade. Avant que je puisse la calmer d'une main apaisante, mon frère s'éclaircit la gorge.

« Alors, commençons à parler affaires », annonça Xander, en posant son verre de whisky vide sur la table. Mes oncles acquiescent en s'épongeant la bouche avec leurs serviettes.

« Quelle affaire y a-t-il à discuter ? » Mon regard reste fixé sur l'ambre restant dans mon verre. J'essaie de paraître distante.

« Keira est légitimement à moi. Son frère a travaillé pour moi, puis m'a trahi. Il m'a volé beaucoup d'argent. Juste avant que je ne lui tranche la gorge, il a dit qu'il ne pourrait pas me rembourser, mais que je pourrais avoir tout ce qu'il possédait, et clairement, elle en fait partie ». Il pointe la fourchette à salade vers Keira, et je dois me mordre la langue avant de lui dire d'aller se faire foutre. Ce n'est pas en me battant avec mon frère que cette conversation va s'apaiser.

« Je dois dire que le tuer était amusant, cependant. Je l'ai torturé pendant un moment pour m'assurer qu'il me disait la vérité — bien que je suppose que n'importe qui dira ce que vous voulez qu'il dise quand il est face à la mort ». Xander continue de fixer Kiera.

Je sais ce qu'il essaie de faire, et j'espère que Keira ne tombe pas dans le panneau. Jouer dans les mains de mon frère ne fait que nourrir le monstre.

« Il a pleuré quand j'ai coupé un peu de chair de sa jambe. Il m'a supplié d'arrêter encore et encore et encore. C'est ce qui est le plus amusant, vous savez, quand ils supplient pour que la douleur s'arrête. Personnellement, j'ai adoré quand il m'a promis *ta* virginité. C'était la meilleure partie, comme s'il attendait de ton corps frêle et vierge qu'il paye ses dettes. »

Je suis sur le point d'intervenir quand je vois le mouvement de Keira du coin de l'œil. Elle saisit le couteau et se jette sur Xander, son beau visage portant un masque de fureur. Xander reste assis. Son sourire sadique me dit qu'il sait qu'il a prouvé son point de vue.

Je n'ai qu'une fraction de seconde pour décider quoi faire, sachant qu'aucun de mes choix ne sera agréable. J'attrape d'abord son poignet, lui faisant claquer la main sur la table et lui faisant lâcher le couteau. Elle gémit, ses yeux essayant de rencontrer les miens.

Je ne sais pas pourquoi elle pleure. Elle sait ce qui va se passer.

Elle aurait dû m'écouter. Putain de merde.

Mes oncles rient comme s'ils regardaient un comique sur scène, mais je sais qu'il n'y a rien de drôle. Keira a joué le jeu de mon frère, et maintenant je n'ai plus le choix.

Maintenant je dois leur montrer que je l'ai sous contrôle. Je dois lui faire du mal.

J'attrape le couteau qu'elle a laissé tomber et je la force à poser sa main sur la table. Elle se débat dans ma prise, mais elle ne peut pas lutter contre mon emprise. Je resserre ma main sur son poignet, regardant la douleur déformer ses traits. « Tu n'aurais vraiment pas dû faire ça. »

Je lève le couteau en l'air et l'abaisse pour poignarder sa main. J'utilise une telle force que la pointe du couteau s'enfonce dans le bois de la table entre les jointures de son index et de son majeur.

« La prochaine fois, tu perdras un doigt », prévins-je en lâchant son poignet et en la poussant au sol derrière moi. Je n'ose pas regarder son visage. Si je vois ses larmes ou même sa peur, mon masque s'effondrera sur le sol, nous trahissant tous les deux.

Je m'assois, en lui tournant le dos. « Tu as fini de manger avec nous. Monte à l'étage dans une des chambres et attends-moi, nu et à genoux. »

Je serre la mâchoire, et quand j'entends ses pas quitter la pièce, j'expire de soulagement. Elle est partie. Elle est en sécurité. Pour l'instant. Mon frère a le plus grand sourire sur son visage, et je décide tout de suite que je vais le tuer un jour.

« Eh bien, c'était amusant », dit-il en ricanant. « Elle est un peu fougueuse, mon frère. Je suis content que tu l'aies bien entraînée. » Il fait une pause et boit une gorgée de son verre. « Cela rendra sa transition vers mes soins beaucoup plus facile — puisqu'elle m'appartient techniquement. »

Mes oncles acquiescent, et je serre les poings sous la table. « Elle est à moi. Tu ne la toucheras pas. J'en ai rien à foutre de ce que tu faisais avec son frère. Elle est sous ma protection maintenant. »

Dom secoue la tête. « Damon, tu sais que ça ne marche pas comme ça. La seule façon de garder une femme sous ta protection est d'en faire une famille. »

Pourquoi n'ai-je pas pensé à ça, putain ?

« Bien, alors je vais l'épouser. » Je ne pense pas aux répercussions. Je pense simplement que l'épouser l'aidera, lui donnera la protection dont elle a besoin.

Xander se moque. Je peux voir qu'il est choqué, mais il n'en laisse rien paraître. Seuls ses yeux s'écarquillent un peu. « Tu vas épouser ton jouet... juste pour prouver quelque chose ? Putain, sa chatte doit être faite d'or — ou elle peut sucer une bonne bite. »

Comme je ne réponds pas, il rit. « Comme tu veux... je suppose, mais ça ne me rendra pas mon argent. Ça ne répare pas un tort, mon frère. »

Je roule les yeux. « Je te paierai ce que Léo te devait, mais je suis sûr que ce n'est pas pour l'argent. »

Je connais mon frère bien mieux que quiconque dans cette pièce. L'argent n'est pas ce qu'il recherche. Il a une raison de m'appeler ici. Il a juste utilisé Keira pour s'assurer que j'irais jusqu'au bout.

« Oui, tu as raison. Je ne veux pas vraiment l'argent, mais il y a autre chose que je veux, à part ton animal. »

J'attends que le coup vienne...

« Tu pourrais recommencer à travailler pour moi. »

Mon sang se glace. *Pas moyen, putain.*

Avant que je puisse prononcer un seul mot, l'oncle Dom applaudit en levant son verre en l'air. « Eh bien, parfait. Je suis heureux que nous ayons pu trouver un accord aussi rapidement. Tu peux garder ton animal, et vous deux travaillez à nouveau ensemble. Tout va bien dans notre monde, et l'empire Rossi va prospérer une année de plus. »

Xander sourit comme le putain de monstre qu'il est avant de s'excuser et de se lever de son siège. Je sais qu'il n'y a aucun intérêt à le combattre. Il n'y a aucun intérêt à tout cela, en fait. En gros, je me suis rendu à mon frère — tout ça pour protéger la femme fragile qui possède une partie de mon cœur. J'ai fait ça pour elle. Je l'ai fait pour...

L'amour ?

Un autre verre de whisky est posé à côté de moi alors que le plat principal est apporté sur la table. Je décide que maintenant que Keira est en sécurité, je peux aussi bien boire jusqu'à la stupeur. Puisque je viens de m'engager à l'épouser — et à retravailler pour mon monstrueux frère — je pense que je mérite un verre... ou peut-être vingt.

CHAPITRE 17

Keira

JE PENSE que j'ai peut-être eu une légère crise cardiaque. Je serre une main sur ma poitrine, mon cœur bat si vite qu'il me fait mal. Même maintenant, alors que je me promène seule dans le manoir, il ne semble pas vouloir ralentir.

Je me dis de respirer, et je le fais — bien que l'action soit péniblement lente. J'ai envie de pleurer. Je veux sortir en courant par la porte d'entrée et me cacher jusqu'à ce qu'il soit temps de partir. Je suis stupide... tellement stupide d'avoir joué le jeu tordu de Xander. J'aurais dû savoir qu'il ne fallait pas mordre à l'hameçon, mais il savait exactement quoi dire, quoi agiter devant moi pour me faire perdre le contrôle.

Je déambule dans le hall apparemment sans fin, me sentant épuisée et stressée. Damon m'a dit d'aller dans une chambre à l'étage — eh bien, il aurait dû me donner une foutue carte routière avec des instructions.

Toutes les portes sont fermées... alors comment suis-je censée savoir où sont les chambres ? Ou quelles sont les pièces où je peux entrer et celles où je ne peux pas.

C'est comme un piège, un seul faux mouvement et quelque chose va surgir et m'attraper. J'ai déjà eu un avant-goût de la peur en bas quand Damon m'a presque arraché le doigt. Quel est le pire qu'il puisse faire maintenant ? En couper un ?

J'ouvre la première porte à ma droite et je passe la tête. Il fait sombre, mais la lumière du couloir me permet de voir que c'est une sorte de salon. Je ferme cette porte et essaie la suivante. Mon estomac se serre. Et si Damon finissait son repas et que je n'avais pas trouvé de chambre ? Pire encore, et si son frère me trouve avant lui ?

Avec des mains tremblantes, je tourne la poignée de la porte d'à côté. Je soupire, mes yeux observant l'énorme douche à l'italienne et la baignoire sur pattes. Il s'agit clairement d'une salle de bain, plus grande que la chambre de mon appartement.

Qui a une salle de bain aussi grande ?

Je secoue la tête, mes pieds commencent à me faire mal à force de marcher avec ces talons. En m'appuyant contre le mur du couloir, je les fais glisser de mes pieds. Le sol est froid contre mes pieds, mais c'est une sensation bienvenue pour ma peau brûlante.

Je descends le couloir sur la pointe des pieds et m'arrête devant une autre porte. Ce que je trouve derrière est si incroyable que je pense avoir atterri dans un univers alternatif.

Cette pièce ne ressemble à aucune autre que j'ai vue. Les murs sont peints en bleu pâle. Les meubles sont blancs, et la pièce est éclairée par une veilleuse qui projette des étoiles au plafond.

C'est une crèche ?

Je porte une main à mes lèvres. Est-ce que c'est... Est-ce la chambre de l'enfant de Xander ? Non, ça ne peut pas être ça. Peut-être que c'est l'enfant d'un de ses employés ? Ou celui de quelqu'un d'autre ? C'est impossible que Xander ait un bébé. Aucune chance.

Une mélodie apaisante s'échappe d'un petit jouet posé sur le dessus de la commode. Mes pieds avancent sans que mon cerveau ne consente à le faire. Je ne fais que deux pas avant qu'une voix me ramène au présent.

« Je ne pense pas que ce soit la chambre dont Damon parlait quand il t'a dit de monter. » La voix de Xander sonne comme des clous sur un tableau noir.

Impulsivement, je me retourne pour lui faire face. Son expression est cachée dans l'ombre, et je me demande quelle sera ma punition pour avoir franchi une telle ligne.

« Je... je ne savais pas. »

« Tu as déjà entendu le dicton "la curiosité a tué le chat" ? »

Je hoche la tête, incapable de faire fonctionner ma langue. Ma gorge se referme complètement, et mon pouls bat furieusement dans mes oreilles.

Qu'est-ce qu'il va faire ?

Va-t-il demander à Damon de me punir ? Ou le fera-t-il lui-même ?

J'ai envie de sangloter quand il fait un pas en avant, me faisant sursauter et reculer d'un pas. Mais au lieu de venir vers moi, il me contourne et se dirige vers le côté du berceau.

Je regarde chacun de ses pas. Chacun de ses mouvements. Je suis obligée de le fixer. Je suis en transe, et je ne peux pas briser son regard une seconde.

Mon corps tremble lorsqu'il se penche sur le côté du berceau et prend un bébé dans ses bras. Le mouvement est si banal, si simple, si doux pour quelqu'un qui n'est pas lui, quelqu'un qui a un cœur et une âme différents des siens. J'ai immédiatement l'envie de lui arracher le bébé.

Pour protéger l'innocent petit humain de quelqu'un d'aussi mauvais et vil que Xander.

Le courage bat dans mes veines, et je fais un pas vers lui. Mon intention est de l'empêcher de faire du mal à ce bébé. Cependant, cette pensée me quitte lorsque je suis témoin de quelque chose qui ne peut pas être vrai — même si je sais que ça l'est parce que je le vois de mes propres yeux.

Xander se penche lentement et pose ses lèvres sur le front du bébé. Il est possessif et attentionné, et il berce la tête du bébé comme s'il savait ce dont l'enfant a besoin et comment le nourrir. Ils ont dû glisser quelque chose dans mon eau, parce qu'il n'y a aucune chance que ce soit la réalité.

« Pourquoi as-tu l'air si choqué ? » Murmura-t-il, la voix douce et soyeuse. C'est un contraste étrange avec ses traits, puisque ses yeux et son visage semblent toujours crier au meurtre et à la douleur.

Les lèvres tremblantes, je demande : « Est-ce que c'est... ? C'est ton enfant ? » Si c'est son enfant, alors qu'est-il arrivé à la mère ? Pourquoi n'est-elle pas au dîner ? Est-elle retenue en otage quelque part dans ce manoir ? Un millier de pensées circulent dans mon esprit.

Quand Xander fait un pas vers moi, je redresse mon dos, me forçant à rester sur place. Je sais qu'il peut sentir ma peur, la goûter probablement, mais il ne le fait pas savoir. Il se contente de réduire la distance entre nous, rapprochant le bébé de moi.

Dans la lumière tamisée de la pièce, je ne peux distinguer que certains traits du bébé, mais ce que je vois répond à ma question.

Bercé dans une couverture bleue, un petit garçon aux cheveux noirs dort. Il dort si paisiblement que j'ai peur que respirer le réveille de ses rêves heureux. En levant mon regard du bébé vers Xander, je réalise qu'il me regarde.

Je souris. « Il est magnifique. »

« Il l'est, et il est la raison principale pour laquelle je vous ai amené toi et Damon ici. Sa sécurité est de la plus haute importance pour moi, et tout comme tu le ferais pour ton frère, je ferai tout et n'importe quoi pour m'assurer que mon fils est en sécurité. »

J'acquiesce, déglutissant malgré le nœud dans ma gorge. Xander est un homme sombre et sadique, mais le voir tenir son fils dans ses bras, voir à quel point il prend soin de lui, prouve qu'il y a un côté plus profond et attentionné en lui que je ne pensais pas exister.

Il retourne vers le berceau, embrasse son fils une fois de plus, et le repose. Puis il tourne sur ses talons et se dirige droit vers moi. L'expression de son visage est masquée, et j'ai peur de ce qui pourrait se passer ensuite.

Lorsque sa main touche le bas de mon dos, me poussant en avant, mes genoux se dérobent.

« Je ne vais pas te faire de mal, Keira. Ce n'est pas la peine. J'ai déjà eu ce que je voulais, et mon frère a eu ce qu'il voulait aussi. »

« Et qu'est-ce que c'est ? » Je déglutis, n'osant même pas demander. Nous nous glissons dans le hall, et je le laisse me guider.

« Toi. Il te voulait. »

J'expire brusquement, réalisant que Xander nous a compris. Il a compris que je suis la faiblesse de son frère.

« Non, il ne me veut pas. Il veut juste m'utiliser. » Je trébuche sur mes mots, faisant de mon mieux pour rendre certains d'entre eux crédibles.

Xander gloussa. « Tu es une terrible menteuse. Terrible. » Il secoue la tête, s'arrêtant devant une porte à notre droite.

Je ne sais pas combien de temps nous avons marché, mais je suis terrifiée à l'idée de voir ce qu'il y a de l'autre côté. Quand il tourne la poignée, je ferme les yeux.

Xander me fait avancer, et je suppose que cette pièce est sa salle de torture. Mes jambes flageolent en pensant à toute la douleur et la souffrance que je suis sur le point d'éprouver.

« Tu n'as plus à avoir peur de moi. Oui, je suis bien le monstre que tu supposes que je suis, mais tu es la propriété de mon frère maintenant, et je respecterai cela. Il a quelque chose à quoi il tient beaucoup, tout comme moi. Nous sommes quittes maintenant. »

J'ouvre les yeux et réalise qu'on ne me conduit pas dans une salle d'exécution. Je suis dans une immense chambre avec un grand lit à baldaquin.

« Qu'est-il arrivé à sa mère ? L'as-tu... ? Tu l'as tuée ? » Je m'éloigne de Xander en courant, pour mettre le plus de distance possible entre nous. Les autres lumières de la pièce s'allument avec mon mouvement, et maintenant je peux voir le corps entier de Xander.

Il glisse ses mains dans ses poches avant et me regarde d'un air sombre. Il ressemble plus à un homme d'affaires décontracté, et moins à un meurtrier déséquilibré.

« Oui, mais pas à cause de ce que tu penses. Elle m'a trahi. Elle avait prévu d'utiliser notre fils contre moi, et je ne pouvais pas laisser faire ça. »

Je cligne des yeux, essayant de comprendre ce qu'il dit. Je n'arrive pas à me faire à l'idée de tout ce que j'ai appris ce soir — et j'ai hâte d'en parler à Damon.

Lorsqu'il retire ses mains de ses poches et fait un pas vers moi, je tends la main pour l'arrêter. Il sourit, redevenant normal.

« La loyauté signifie tout pour moi, Keira, et même si ma relation avec mon frère a été turbulente au fil des ans... mon frère est toujours mon frère. Il est de sang, et je tuerai quiconque le blessera, toi y compris. Est-ce que tu me comprends ? »

Je me lèche les lèvres. « Je ne ferais jamais de mal à ton frère. » J'essaie de décider si je veux lui dire à quel point Damon compte pour moi, à quel point il fait chanter mon cœur et frémir mon corps.

« Je l'aime. Je l'aime de tout mon être. Le blesser n'est pas quelque chose que je ne ferai jamais. »

Xander sourit. « Je sais que tu ne lui feras pas de mal, et je sais que tu l'aimes. Je ne suis peut-être pas aussi émotif que mon frère, je ne montre peut-être pas de sentiments du tout parfois, mais je peux dire que tu l'aimes... simplement en me montrant ici avec lui. Les gens qui aiment quelqu'un font des choses pour les autres qu'ils n'aiment pas forcément faire, et tu fais clairement pour lui des choses que tu n'apprécies pas forcément. »

« Je sais. Je suis venue pour lui — en partie parce que je savais qu'il avait besoin de moi ici, et en partie parce que je savais que tu me tuerais si je ne le faisais pas. »

Il roule les yeux, et le regard est si peu naturel que j'en ris presque.

Qui est cet homme ?

« Un peu de drame ? », se moqua-t-il. « J'ai besoin d'une vraie raison pour te tuer. Ne pas accepter une invitation à dîner n'en est pas une. Bien que... ne pas accepter aurait accéléré le processus de mon retour pour te récupérer — pour pousser la main de Damon là où je le voulais. »

Les échecs. C'est une partie d'échecs, et je suppose que Xander a tout aligné, prêt à voler ce qu'il veut le plus. Il contrôle l'ensemble du plateau maintenant.

« Je vais retourner en bas et profiter du reste de la nuit avec ma famille. Tu vas être une bonne fille et attendre mon frère ici, d'accord ? Nue et à quatre pattes, je crois qu'il a dit. » Il fait un clin d'œil et se tourne pour partir.

Je rougis, réalisant qu'il a entendu ce que Damon a dit. Mais encore une fois, tout le monde l'a entendu, je suppose. Ce n'est pas comme s'il était silencieux quand il m'a demandé de quitter.

« Oh, et encore une chose. » Ses yeux percent les miens, les orbes sombres promettant douleur et misère. « Ne parle pas de mon fils à Damon. Il a ses faiblesses, et j'ai les miennes, mais mon fils est un innocent dans cette guerre, et je veux qu'il reste caché le plus longtemps possible. Je te fais confiance pour garder ça entre nous, Keira. »

« Oui, je te le promets. » Je n'arrive pas à croire qu'on soit d'accord sur quelque chose. Je me fiche que Xander soit un monstre. Ce bébé est un innocent dans ce monde, et moins il y a de gens qui connaissent son existence, mieux c'est.

« Merci. » Il sourit une dernière fois avant de s'éclipser par la porte.

Je me précipite vers le lit et m'allonge dessus. Xander vient de me dire *merci.* Bien que ce ne soit pas la révélation la plus choquante de la soirée. Découvrir que je n'irai pas n'importe où dans un sac mortuaire de sitôt, c'est le pompon.

Je suis assise au bord du lit, dans ma robe, et je compte les secondes avant le retour de Damon. Les secondes se transforment en heures, et finalement, mes yeux deviennent lourds. Je m'affale contre les draps soyeux, m'y enfouissant.

Je me dis que je ne dormirai que peu de temps, mais dès que ma tête touche l'oreiller, je m'évade, mes rêves m'emportant vers un pays lointain.

CHAPITRE 18

Damon

Je ne sais pas combien j'ai bu, mais au moment où je me lève, je me rends compte de l'effet de l'alcool. Je ne suis pas ivre, mais je suis définitivement pompette. Je me dirige vers le patio qui donne sur le jardin.

Le jardin est à la fois l'endroit que je préfère et celui que je déteste. Il m'a protégé de mon père lorsqu'il se déchaînait, mais il me rappelle aussi toute mon enfance ratée.

« Pourquoi n'as-tu pas brûlé ce truc jusqu'au putain de sol ? » Demandai-je en rencontrant Xander, le regardant tirer une bouffée de son cigare. L'arôme sucré me picote les narines.

« C'est bien trop beau pour être réduit en cendres. De plus, elle te manquerait autant qu'à moi. Même si c'est un rappel brutal de notre père, c'est aussi un rappel que nous étions ensemble. »

Je remarque un changement dans son attitude. Il est plus calme, plus heureux, et ça ne me plaît pas du tout. Il est beaucoup trop heureux — ce qui ne signifie qu'une chose : il se passe quelque chose dont je ne suis pas au courant.

« Nous étions ensemble. Quand tu as tué papa, tu as changé. Tu as pris le contrôle de ce putain d'endroit, et tu l'as transformé en un homme plus sombre que notre père. » Le venin enrobe mes mots. Je veux qu'il ressente toute la douleur que j'ai ressentie ces deux dernières années. Mais je sais qu'il ne ressentira rien, pas sans avoir de cœur. Il n'a pas de faiblesses, pas de putain de vices, pas comme moi.

« Tu as raison, je suis devenu quelque chose de pire que notre père. Je l'ai fait parce que je le devais. Je l'ai fait pour toi. »

C'est bon, j'ai entendu assez de ses bêtises aujourd'hui. Je me retourne pour rentrer dans la maison. « Quel que soit le jeu auquel tu joues, je ne vais pas jouer avec toi. Ma vie était putain de parfaite avant que tu n'y remettes les pieds. »

Je suis tellement énervé, en colère qu'il m'ait traîné ici pour jouer à son jeu malade et tordu. J'ai l'impression qu'on est encore des enfants, sauf que maintenant, il me fait payer le fait qu'il m'a protégé de notre père.

« Je vais me coucher », marmonnai-je en traversant la cuisine, et mon frère me suit.

« Oh, oui... » Il inspire de la fumée dans ses poumons, puis expire un instant plus tard. « C'est exact, vous avez quelque chose qui vous attend à l'étage. » Il sourit, et mon sang se glace. « J'ai peut-être quitté le dîner un peu plus tôt pour l'aider à trouver le chemin de ta chambre, et je me suis assuré qu'elle se souvienne de s'agenouiller pour son roi. » Je ne le laisse même pas finir sa putain de déclaration. Je suis tellement en colère, tellement furieux — contre moi, contre Keira, contre le putain de monde dans lequel on vit. Je monte les escaliers en faisant deux pas à la fois.

Tout ce dont j'ai besoin, c'est de la voir et de la toucher, mais alors que je cours dans le couloir menant à mon ancienne chambre, je suis submergé par les émotions.

Elle va être ma femme.

J'ai tout sacrifié pour elle, et c'est comme ça qu'elle me remercie — en laissant mon frère lui faire visiter son manoir. Je suis peut-être déraisonnable, mais putain, je n'arrive pas à penser correctement en ce moment. Je suis alimenté par assez de folie, une fois que j'ai atteint la porte, je l'ai presque enfoncée.

Les lumières s'allument lorsque j'entre dans la chambre. Je prends une grande inspiration, le soulagement inondant mes veines. Keira est allongée sur le lit. Ses cheveux ressemblent à un halo, le brun roux entourant sa tête. Elle porte toujours sa robe, et ses petites mains sont placées sous sa joue.

Une petite vague de calme m'envahit, sachant qu'elle est en sécurité, mais seulement contre les monstres d'en bas. Elle n'est pas à l'abri de moi. Jamais de moi.

En m'approchant du lit, je contemple son petit corps parfait, qui dort paisiblement dans une pièce qui renferme tant de souvenirs horribles pour moi. Je serre et desserre les poings à plusieurs reprises, essayant d'éloigner la fureur qui m'habite.

Avec une douceur dont j'ignore l'existence, je défais lentement la fermeture de sa robe et la retire de ses épaules. Elle remue, mais ne se réveille pas, même lorsque je retire complètement la robe de son corps. J'en ai l'eau à la bouche. Sous la belle robe, elle porte de la lingerie en dentelle noire. Cela fait ressortir sa peau blanche et crémeuse.

Ma bite est en alerte. J'étais dur tout à l'heure, mais maintenant je suis assez dur pour briser du putain d'acier.

Je pensais que la voir ou la toucher calmerait la colère dans mes veines, mais maintenant que je suis là, je me sens tout aussi déséquilibré. J'ai besoin de l'avoir. Je dois m'assurer qu'elle sait qu'elle m'appartiendra jusqu'à la fin des temps.

J'arrache mon costume hors de prix, le jette sur le sol, puis baisse sa culotte. Et juste quand je commence à grimper sur elle, écartant ses cuisses avec mon genou, elle se réveille.

« Damon ? » Sa voix est épaissie par le sommeil, mais lorsque le bout de ma bite dure comme de la pierre effleure son entrée, elle est soudainement bien réveillée.

« Je vais te baiser, Keira. Je vais te baiser très fort. Ça peut faire mal, mais j'ai besoin de toi en ce moment. »

Le sommeil disparaît de ses grands yeux bruns, ne laissant que la panique dans son sillage. Une partie de moi s'attend à ce qu'elle me repousse et me supplie de ne pas le faire, mais elle ne fait pas un geste pour m'arrêter — et je ne peux pas attendre plus longtemps qu'elle me donne une réponse. D'une seule poussée, je m'enfonce en elle, jusqu'au bout.

Putain... elle donne l'impression de me faire sentir comme au paradis.

Elle crie de douleur, mais je ne peux pas m'arrêter. Je suis allé trop loin. Consumé par le besoin d'elle, mon esprit est obscurci, et mon corps fonctionne tout seul. Je me retire de son canal étroit, puis je le repousse avec la même force, ce qui la fait crier plus fort.

Alors qu'elle prend sa lèvre inférieure entre ses dents, je l'observe, regardant ses yeux se fermer. J'attrape une larme qui roule sur le côté de son visage avec un baiser pendant que je continue à la pénétrer. Ses larmes salées recouvrent mes lèvres, et je les fais glisser le long de sa mâchoire avant de trouver le point sensible de son cou. Elle sent les fraises et moi, et je veux la savourer et la dévorer en même temps. J'embrasse son cou, descendant jusqu'à son épaule tout en la pilonnant. Elle crie à chaque poussée. Je crains de lui faire mal, mais ses cris se transforment lentement en un faible gémissement à chaque coup.

Ses petites mains se posent sur mes épaules, et ses ongles s'enfoncent dans ma chair, griffant ma peau. Les sensations me consument, mais je ne sens presque rien. Tout ce que je sens, c'est sa chatte chaude et serrée qui étrangle ma queue.

La mienne.

Elle est toute à moi, et bientôt, tout le monde le saura, quand elle portera mon nom, quand son ventre sera rempli de mes enfants.

Ces pensées me poussent à aller de l'avant, et je continue de marteler jusqu'à ce que ses cris de douleur se transforment en cris de plaisir. Je peux sentir sa chatte s'agripper à ma queue, pulser autour de moi, mais ce n'est toujours pas suffisant.

Je n'en ai jamais assez d'elle. Il m'en faut plus.

J'ai besoin d'elle plus profondément, plus fort, plus vite.

Je me retire et me mets à genoux, l'entraînant avec moi. Je la retourne et la mets à quatre pattes.

Sans perdre de temps, je la pénètre à nouveau. Je saisis ses hanches et la tire vers moi à chaque fois que je pousse, m'enfonçant aussi profondément que possible. Je sais qu'elle dit mon nom, mais je ne peux pas dire si elle me supplie d'en avoir plus ou si elle me supplie d'arrêter. J'espère que ce n'est pas le dernier, parce que je ne pourrais pas m'arrêter même si je le voulais.

La sueur coule sur ma peau, recouvrant chaque partie de mon corps. Tous mes muscles me font mal, mais je ne peux toujours pas m'arrêter. Je ne peux pas m'arrêter de la baiser.

Après avoir redressé son corps jusqu'à ce que son dos rencontre ma poitrine, je passe mes bras autour d'elle et prends ses seins parfaitement formés dans mes mains — chacun remplissant mes paumes juste comme il faut. Je prends ses tétons entre mes doigts et je les serre fort.

Sa tête retombe sur mon épaule et un fort gémissement s'échappe de ses lèvres.

Lâchant l'un de ses seins pour pouvoir la toucher ailleurs, mes doigts voyagent entre nous, là où nos corps se rejoignent, jusqu'à ce qu'ils atteignent son clito gonflé et humide. Je gémis au contact de son paquet de nerfs glissant. Même si ça fait mal au début, je sais qu'elle le veut.

Putain, elle me veut, même en étant le monstre que je suis.

Avec deux doigts, je frotte son clito plus vite et plus fort tout en gardant le même rythme.

« Tu aimes ça ? » Je suis tellement essoufflé que j'ai du mal à sortir les mots. « Tu aimes te faire baiser fort ? Tu aimes que je possède ta chatte ? Posséder tout ton putain de corps ? »

Alors que j'arrive à la fin de ma phrase, je la sens s'écarter. Sa chatte gonflée serre ma queue de manière incroyable, ce qui m'envoie dans mon propre orgasme. Mes boules se resserrent alors que les picotements dans ma colonne vertébrale se répandent dans tout mon corps.

Le plus gros chargement de ma vie jaillit de ma bite dans son petit trou serré, la remplissant de ma semence chaude.

Keira devient complètement molle dans mes bras. Sa respiration est laborieuse, et sa tête penche sur le côté. Je veux nous garder comme ça pour toujours, mais je ne peux pas. Je ne serai pas capable de me tenir debout beaucoup plus longtemps, sans parler d'elle. Je l'allonge en posant sa tête sur l'oreiller, puis je m'installe à côté d'elle, l'attirant dans mes bras dès que je touche le matelas.

Je ferme les yeux et l'écoute respirer, me demandant si elle est déjà endormie. Je suis presque sûr qu'elle pourrait l'être jusqu'à ce qu'elle commence à parler.

« Damon, que s'est-il passé après que j'ai quitté le dîner ? Sommes-nous en sécurité ? Est-ce que tu vas bien ? » Sa voix est rauque, et je suis sûr que si je pouvais voir son visage, il serait rempli à ras bord de toutes les émotions connues.

« Oui, nous sommes en sécurité. Mon frère ne va plus essayer de vous faire du mal. J'ai passé un accord avec lui. » Tout son corps se raidit dans mes bras.

« Un marché ? » Murmura-t-elle, comme si c'était un secret.

Je sais que je suis un connard, et que je le regretterai probablement demain, mais je veux juste qu'elle soit près de moi en ce moment. Après tout ce qu'on a traversé, je la veux près de moi.

Mais plus que tout, je veux qu'elle se taise et qu'elle s'endorme parce que les voix dans ma tête, les démons, ne partiront pas tant que je n'aurai pas fermé les yeux et respiré son doux parfum.

« Il veut que je travaille pour lui, et j'ai accepté de le faire. » J'espère que la conversation s'arrête là. Mais, bien sûr, elle ne s'arrête pas.

« C'est tout ? Il veut juste que tu travailles pour lui ? C'est pour ça qu'il a failli m'étrangler ? Pour que tu *travailles* pour lui ? »

Elle ne comprend pas les répercussions d'un refus à mon frère, ni que sa vie serait en danger si je n'étais pas d'accord, alors je ne suis pas surpris par son manque de compréhension.

« Je travaille pour lui en échange du paiement de la dette de ton frère. Mais je devais faire autre chose pour assurer ta protection continue. Je ne te perdrai pas, Keira. Ni maintenant, ni jamais. Et... eh bien, techniquement, je ne l'ai pas encore fait, mais j'ai promis de le faire dès que possible. »

« Qu'est-ce qu'il y a, Damon ? » Sa voix est tremblante, et je parie qu'elle pense que je vais devoir tuer quelqu'un.

« J'ai besoin de me marier. »

Le silence s'installe.

« À qui ? »

Je n'arrive pas à croire qu'elle vient de me demander ça. Est-ce qu'elle s'attend à ce que j'épouse quelqu'un d'autre ?

« À toi, bien sûr. On va se marier... bientôt. Très bientôt. Tu seras officiellement à moi, et tout le monde le saura. »

Elle se tord dans mes bras, brisant ma prise ferme. Son mouvement fait que les lumières se rallument, et c'est alors que je vois l'horreur dans son regard.

« Tu n'es pas sérieux, hein ? Tu n'as pas vraiment dit à ta famille que tu allais m'épouser, n'est-ce pas ? » Elle semble contrariée. Le regard dans ses yeux me le dit. Comment peut-elle être en colère contre moi alors que j'ai tout abandonné pour elle ? Après tout ce que j'ai fait pour la protéger ? Ça m'énerve.

« Je ne peux pas croire que tu sois en colère pour ça. J'ai fait ça pour toi, Keira. Pour nous. C'était soit t'épouser, soit avoir peur que ma famille te tue. C'est ça que tu veux ? Tu préfères mourir plutôt que de m'épouser ? »

Je ne veux pas entendre sa réponse.

Je m'éloigne d'elle et je sors du lit. Ma tête est embrouillée. Je n'ai pas les idées claires. Je passe mes doigts dans mes cheveux et je tire sur les mèches, pour que mon esprit fonctionne. Lorsque je me retourne pour faire face à Keira, elle est assise dans le lit, la couette tirée sur sa poitrine, les yeux pleins d'inquiétude.

« Non. Ce n'est pas ce que je veux, Damon. Je ne veux pas que tu sois lié à moi pour toujours, pas quand tu ne peux pas me dire que tu m'aimes. »

J'ai envie de rire. En fait, j'ai envie de détruire cette putain de pièce et tout son contenu. Mais je suis fatigué... tellement fatigué, putain.

Mon regard se pose sur le matelas, et je vois du sang. Il dépasse des draps blancs, et je manque de vomir sur le sol en réalisant que je suis vraiment devenu un monstre.

Je l'ai baisée assez fort pour la faire saigner. Si j'étais Keira, je me détesterais aussi.

Je ne voudrais pas être mariée à un monstre, mais elle n'a pas le choix, et moi non plus.

Les yeux de Keira suivent les miens, et l'horreur dans son regard reflète la mienne. Elle cache l'expression de son visage dès qu'elle se rend compte de la façon dont elle me regarde, mais pas assez vite. Je l'ai vu, et je ferai tout ce qui est en mon pouvoir pour m'assurer qu'elle n'aura plus jamais à me regarder de cette façon, jamais.

Je ne peux pas faire ça.

Je ne peux pas la perdre.

Je ne la mérite pas.

Mais je me fiche de savoir si je la mérite.

Elle est à moi et le sera toujours.

J'entre dans la salle de bains attenante et je fais couler l'eau de la baignoire de jardin, en m'assurant qu'elle est à la température idéale avant d'y verser les sels de bain. Lorsque je retourne dans la chambre, Keira est toujours assise là où je l'ai laissée. Elle lève les yeux vers les miens lorsque j'entre dans la pièce.

Son expression est impénétrable. J'arrache la couette de son emprise et me penche sur son corps nu. Je l'arrache du lit, la berce contre ma poitrine. Elle est un peu tendue, et je déteste en être la raison. En la tenant dans mes bras, je me rappelle qu'elle pèse peu et je réalise que je l'ai envoyée à l'étage sans dîner.

Putain, cette histoire de mariage ne démarre pas du bon pied. En l'amenant dans la salle de bain, je l'ai descendue dans l'eau chaude.

« Je peux te laisser ici quelques minutes ? Je dois te trouver quelque chose à manger. »

« Oui, ça va aller. » Elle semble surprise, peut-être même étonnée que j'aille lui chercher à manger au milieu de la nuit. Elle ferait mieux de s'y habituer.

Si elle doit être ma femme, je vais prendre soin d'elle de toutes les façons possibles.

Laissant Keira profiter de son bain, j'enfile un short et descends les escaliers. Traverser ces couloirs au milieu de la nuit réveille des sentiments que je pensais avoir enfouis depuis longtemps.

Accélérant le pas, je me dirige vers la cuisine et me dirige directement vers le réfrigérateur sans prendre la peine d'allumer la lumière.

Je trouve des restes — quelques sandwichs préparés et des fruits frais coupés. Je sors un petit plateau de l'armoire et je les empile. C'est tellement bizarre que rien ne semble avoir changé.

Tous les objets de la maison sont au même endroit. Au moment où je ferme le réfrigérateur et où je pose deux bouteilles d'eau sur le plateau, je l'entends : un faible cri qui résonne dans la maison.

Pendant un moment, je panique, pensant que c'est Keira, mais ensuite je réalise que cela ressemble plus à un enfant... un bébé même, et je m'arrête. Mes oreilles se tendent pour entendre d'autres cris, et je tourne la tête vers l'endroit d'où je pense que ça vient.

Puis il s'arrête.

En secouant la tête, je prends le plateau et je monte à l'étage.

Je dois avoir bu un peu plus que je ne le pensais.

Un bébé ? Dans cette putain de maison ? C'est hilarant.

Je repousse cette pensée stupide, et le temps que j'entre dans la salle de bains, la baignoire est remplie à ras bord. Seule la tête de Keira est hors de l'eau.

Je pose le plateau sur le comptoir et je prends un sandwich. À genoux à côté de la baignoire, je le tiens devant sa bouche, l'incitant à manger. Elle le regarde avec curiosité avant de sortir ses mains de l'eau pour le saisir.

« Non, je vais te nourrir. Tes mains sont toutes mouillées et savonneuses. En plus, c'est le moins que je puisse faire après... », ma voix s'arrête. Je sais qu'elle a joui. J'ai senti sa chatte agripper ma bite, mais ça ne change rien au fait que je l'ai traitée aussi mal qu'une de mes putains de poules au club de strip-tease, ou comment je l'ai traitée après le dîner. Elle représente plus que ça pour moi.

« S'il te plaît, arrête. C'est bon, Damon. Ce n'est pas comme si je n'avais pas aimé ça aussi. » Elle sourit doucement et laisse ses mains tomber sous l'eau tandis qu'elle ouvre sa bouche parfaite pour prendre une bouchée. Sa langue rose s'élance sur sa lèvre inférieure, et j'ai envie de l'embrasser au lieu de la nourrir en ce moment.

« Si tu n'aimes pas ça, j'ai apporté une variété d'aliments que tu peux essayer. »

« Je vois ça. » Elle sourit en mâchant. « C'est vraiment bon. J'aime ça. »

Je lui donne tout le sandwich, bouchée après bouchée, et je ne sais pas comment, mais ma bite commence à durcir de nouveau. Je n'avais aucune idée que nourrir quelqu'un pouvait être si érotique.

Mais, putain, ça l'est. La façon dont ses lèvres dodues se forment autour du pain, effleurant mes doigts... c'est tellement sexy, putain. Je veux la baiser à nouveau. Maintenant.

J'étouffe le besoin, cependant, et je prends la bouteille d'eau, en enlevant le bouchon. Je la lui donne et la regarde finir presque toute la bouteille.

Mon Dieu, je suis horrible. Clairement, elle avait faim et soif. J'aurais dû m'occuper de ses besoins avant de m'occuper des miens, et pour ça, je suis un con, un gros con.

« Je suis désolé, bébé. Je suis désolé. J'ai été un connard égoïste ce soir. J'aurais dû m'assurer que tu avais de la nourriture et de l'eau. » Je me penche au-dessus de la baignoire et je dépose un doux baiser sur son front. « Ça ne se reproduira plus. »

Keira soupire, on dirait qu'elle apprécie le luxe d'être choyée, et je dois dire que j'apprécie aussi.

Je prends un gant de toilette dans l'armoire sous l'évier, puis je m'agenouille à nouveau près de la baignoire. Elle pose sa tête sur le rebord et me regarde avec étonnement pendant que je prends le gant et commence à lui laver le corps.

Elle ferme les yeux et émet un faible gémissement, comme si c'était la meilleure chose qu'elle ait jamais ressentie. Je vais devoir noter les choses qu'elle aime pour pouvoir les faire plus souvent.

Lorsque je lave le bas de son ventre et entre ses jambes, je fais très attention à ce que mes mouvements soient lents et gracieux. Je guette le moindre signe d'inconfort. Ses sourcils se rapprochent et ses traits délicats se crispent lorsque je passe le gant de toilette sur sa cuisse.

Elle essaie de cacher que je l'ai blessée, et je ne comprends pas pourquoi — pas quand nous savons tous les deux que je le vois. Ses dents s'enfoncent dans sa lèvre inférieure, et elle gémit quand je passe sur la zone sensible.

Voir la douleur dans ses yeux me donne envie de me poignarder dans le cœur une centaine de fois. Elle est si fragile, si innocente à tous points de vue, et je l'ai prise comme un putain de sauvage. Je l'ai déchirée de l'intérieur, la faisant saigner. J'ai l'impression que mes entrailles sont arrachées de mon corps. J'aurais dû m'arrêter. J'aurais dû la prendre plus lentement. J'aurais dû la préparer. La faire jouir une ou deux fois. Mais j'étais tellement pris par le besoin de la faire mienne, que tout sauf mon désir pour elle m'a échappé.

« C'est bon », me dit-elle, comme si elle lisait dans mes pensées.

Ses mots ne font qu'empirer les choses. Elle me fait confiance pour tout, pour sa vie, son corps, son cœur. Et je n'ai rien fait d'autre que de la laisser tomber. C'est moi qui suis responsable de sa sécurité maintenant. Moi qui suis censé m'assurer que personne ne lui fait de mal. Par-dessus tout, ce ne devrait jamais être moi qui lui fasse du mal. Je ralentis mes mouvements et retire le gant de toilette de l'eau. Il y a une teinte rouge dessus, et je ferme mes paupières, jetant ce putain de truc par-dessus mon épaule.

« Ce n'est pas correct, et ça ne se reproduira pas. Ça n'aurait pas dû se produire du tout. Et ça ne se reproduira pas. » Je le dis plus à moi-même qu'à elle. Elle ne contrôle pas mon corps ni mon esprit dérangé, alors ce n'est pas de sa faute si j'ai perdu mon sang-froid.

« Mais je veux que ça se reproduise. »

Je secoue la tête, la frustration en moi augmente. « Tu ne le penses pas, Keira ». Je fais courir mes jointures le long de sa joue, sentant la fragilité de sa peau et de ses os sous mon contact. J'ai tué des gens. Je me suis baigné dans leur sang, mais quand je suis avec Keira, je veux oublier cette partie de moi. Je veux la chérir et la tenir.

Je la regarde fixement. « Tu n'as pas à faire semblant avec moi. Je te protégerai quoiqu'il arrive, de quelque façon que ce soit. Tu n'as pas à faire semblant d'aimer avoir mal parce que tu as peur. »

« Je n'ai pas peur », admit-elle avec un sourire timide. « Je veux juste... je veux que tu sois satisfait, et je veux être celle qui te satisfait. Je ne veux pas que tu aies l'impression de devoir aller ailleurs pour tes besoins — encore plus maintenant que je sais que nous allons nous marier. Je veux être capable de prendre tout ce que tu me donnes... quand tu veux. »

« C'est à propos de ce que Hayley a dit ? Elle t'a dit que je ne voulais pas de toi ? Que je te quitterais ? » La colère ne commence même pas à décrire ce que je ressens.

« Écoute-moi, Keira. » Je tiens son menton fermement maintenant. « Ne crois pas un seul mot de ce qu'elle dit. Elle n'est personne. Une putain de pute. Et non pas que ça ait de l'importance, mais ça n'a rien à voir avec le fait d'être satisfait. J'étais satisfait en te faisant l'amour. J'étais satisfait de te baiser... d'être en toi. Bon sang, j'étais satisfait du simple fait que tu me laisses te toucher. »

Ses yeux se remplissent de larmes. « Mais il y a une différence entre toutes ces choses et ce soir. La différence a tout à voir avec moi et le fait que j'ai laissé ma colère devenir incontrôlable. Je l'ai laissée obscurcir mes pensées et mon jugement. Et j'ai reporté cette colère sur la seule personne qui ne la méritait pas. »

Je sens mes propres yeux se mettre à pleurer, mais je fais disparaître les émotions. « Je t'ai fait du mal, et je ne me laisserai plus jamais perdre le contrôle à ce point. Je trouverai un autre moyen de m'en sortir, mais ça ne veut pas dire te baiser quand je suis à ce point hors de contrôle. »

Elle me fait le plus beau sourire que j'ai jamais vu, et je me penche et presse tendrement mes lèvres contre les siennes. Mon cœur se met à battre à tout rompre, et la douleur de ce que j'ai fait parcourt mes veines. Je savais que lorsqu'elle m'a dit qu'elle m'aimait, je l'aimais aussi. J'étais juste trop faible... trop consumé par la peur pour le dire.

Mais après ce soir, je ne me retiendrai plus. Je laisse les mots s'échapper impuissants de mes lèvres. « Je t'aime, Keira. Et je ne peux pas attendre que tu deviennes ma femme. »

CHAPITRE 19

Keira

SES MOTS SONT RÉPÉTÉS en boucle. *Je t'aime, Keira...*

Choc n'est même pas un mot que je pourrais utiliser pour décrire ou expliquer ce que je ressens. Cela faisait un moment que je lui disais « Je t'aime », mais je ne pensais pas qu'il me dirait vraiment ces mots, et jamais à voix haute.

C'est comme s'il avait changé. Quelque chose en lui s'est fissuré, et il a finalement fait tomber son masque et m'a laissé entrer. Il agit comme s'il tenait à moi, mais est-ce de l'amour ?

Je ne pensais pas qu'il était possible pour un homme comme Damon d'admettre qu'il était amoureux. Pourtant, nous sommes là, dans la salle de bain de cette maison géante où il a grandi avec son frère, son tout petit secret juste au bout du couloir. Si Damon devait un jour me dire qu'il m'aime, je ne pensais pas que ça se passerait ici.

« Allez. Tes mains se transforment en pruneaux. On va te sécher et te mettre au lit. »

En me levant, je remarque que mes jambes sont encore faibles et que mes genoux menacent de céder sous mon poids. J'étais sérieusement épuisée avant d'entrer dans ce bain chaud, et maintenant mes muscles sont détendus, ce qui me donne encore plus envie de dormir.

Lorsque je sors de la baignoire et que j'entre dans la grande serviette moelleuse que Damon m'a tendue, la douleur entre mes jambes se réveille, me rappelant la façon brutale dont il m'a prise tout à l'heure. J'ai été choquée au début — et il m'a fait mal au début — mais une fois que mon corps s'est adapté, j'ai apprécié la façon dont il m'a prise.

Il était chaud et possessif, et il a fait trembler mon corps de besoin. L'orgasme était époustouflant. Je suis si confuse par la façon dont il m'a fait sentir, je ne pense pas que je puisse l'expliquer à Damon d'une façon qu'il comprendra — du moins pas ce soir. Mais j'espère qu'il le refera, parce qu'il y avait quelque chose de si primaire dans la façon dont il me voulait, dont il avait besoin de moi. Comme s'il devait m'avoir. En y pensant, mes muscles se contractent et mon corps vibre.

Je réalise qu'une fois de plus, nous n'avons pas utilisé de préservatif, et mon esprit se tourne vers le secret du couloir.

Quand Xander dira-t-il à son frère pour son fils ? Combien de temps vais-je devoir garder ce secret pour Damon ?

Le contact de Damon me tire de mes pensées et il m'enveloppe dans la serviette, me serrant contre sa poitrine. Alors qu'il commence à me sécher, je remercie le bon Dieu de m'avoir livré un homme que je considère comme l'un des meilleurs en vie. Mes yeux parcourent le haut de son corps bien défini, ses épaules et les cordons de muscles de sa gorge. Ses biceps se contractent, et mon cœur se serre. Mon regard glisse ensuite sur son abdomen et descend jusqu'à son ventre. Ses muscles se contractent à chacun de ses mouvements et je ne peux m'empêcher d'avoir envie de tendre la main pour le toucher. Je veux le sentir sous le bout de mes doigts.

Je trace ses pectoraux, appréciant la douceur et la chaleur de sa peau et la dureté du muscle qui la recouvre. C'est si petit que j'ai failli le manquer, mais lorsque mes doigts reviennent sur la même zone de peau, je remarque une petite imperfection, une anomalie sur une surface presque parfaite.

« Qu'est-ce que c'est ? » Je trace la petite entaille, prenant conscience que Damon a fini de me sécher et qu'il me regarde maintenant pendant que je le palpe.

« C'est une blessure par balle », dit Damon, comme si c'était évident que je le sache.

« Oui. J'ai compris que c'était une blessure. Pourquoi ? Qui t'a tiré dessus ? » J'ai un besoin farouche de protéger Damon — ce qui est étrange puisqu'il peut tuer à mains nues. Je l'aime, et l'idée que quelqu'un lui tire dessus ou le blesse me dérange beaucoup.

Il jette la serviette sur ses épaules, sort de la salle de bains en me frôlant, et je crains qu'il ne me donne pas de réponse.

Aussi vite que mes jambes me le permettent, je le suis, le regardant se diriger vers sa commode et en sortir un T-shirt et un caleçon.

« Tiens, tu peux dormir là-dedans. J'ai oublié d'amener les bagages à l'intérieur, et je ne veux pas ressortir pour les récupérer. » Il me fait un doux sourire. « J'espère que ça te convient. »

Je rétrécis mon regard. « Qui t'a tiré dessus, Damon ? »

Ses yeux s'assombrissent. « Je ne pense pas que tu sois prête à entendre les détails cochons sur ma famille, bébé. On est une bande de détraqués, et j'ai l'intention de te garder aussi loin que possible de tout ça. »

Depuis le temps que je connais Damon, j'ai été une fille facile. Je lui ai permis de balayer les choses sous le tapis, mais si je dois l'épouser et vivre avec lui, je vais devoir renforcer ma colonne vertébrale. Je vais devoir dire ce que je veux, quand je veux.

« C'est un peu tard pour me sauver des détails gores. Je sais des choses maintenant. Des choses qui ne peuvent être ni vues ni entendues. » J'adoucis ma voix. « Et je sais que c'est dans le passé — un passé qui ne m'inclut pas — mais je fais partie de ta vie maintenant, et si tu veux sérieusement m'épouser, je ferai partie de ton avenir pendant longtemps. Je veux te protéger comme tu me protèges. Je veux entendre parler de tes problèmes... de tes peurs. Je veux être ton égal. Alors, bon sang, dis-le-moi. »

Quand mes yeux rencontrent ceux de Damon. Je m'attends à voir de la colère, peut-être même de la fureur, mais il y a de l'humour dans son regard et son sourire.

« Je ne sais pas comment tu fais, Keira, mais tu me donnes envie de toi de plus en plus chaque jour. C'est écœurant et ça me terrifie au plus haut point. »

Sa réponse me réchauffe le cœur et me fait sourire. Je traverse la pièce et m'habille avec les vêtements qu'il a mis à ma disposition, attendant impatiemment qu'il me le dise. Je dois rouler les caleçons plus de deux fois pour qu'ils restent à ma taille, et quand je tire sur sa chemise, elle atterrit à mes genoux. Je me sens et j'ai l'air d'avoir été avalée par du coton.

Lorsque je m'installe sur le matelas, Damon s'assied à côté de moi et me prend la main, comme s'il avait besoin de me toucher d'une manière ou d'une autre pour me raconter cette histoire. Cela ne me dérange pas. Son contact est réconfortant, gentil, et j'aime qu'il me montre enfin ses différentes facettes. Il me fait penser à un kaléidoscope. Je vois une forme et une couleur différentes à chaque fois que je regarde, puis elles deviennent plus claires.

« Mon père m'a tiré dessus. Cette cicatrice vient de la balle. C'était la même nuit que Xander lui a tiré dessus. »

Le regard de Damon semble lointain, et je me demande s'il repense à cette nuit.

« En fait, c'est la raison pour laquelle Xander lui a tiré dessus. Mon père a essayé de me tuer. Il voulait que ce soit Xander qui le fasse. Quand mon frère a refusé, mon père m'a tiré dessus à la place. C'est une bonne chose qu'il est un mauvais tireur. Sinon, je suis sûr que je ne serais pas là aujourd'hui. » Il sourit, mais ça me rend malade. Je suis sûre qu'il sourit pour atténuer le choc, mais il ne le fait pas. Malheureusement, il ne peut pas me protéger de tout ce qui est mauvais dans ce monde.

Au moins, son père est mort... je suppose.

Ma poitrine me fait mal en pensant à ce que Damon a dû traverser. Son propre père a essayé de le tuer, puis leur père est mort des mains de son frère, sous ses yeux. Cela semble horrible et fait paraître mes problèmes de vie médiocres.

« Je suis désolée. » Je lui lance un regard sombre et serre sa main avec force, comme si cela allait faire disparaître sa douleur.

« Je le suis, vraiment. Je suis désolée que nous ayons dû venir ici. Je ne peux pas imaginer ce qu'être ici dans cette maison a fait à votre tête. »

Damon hausse les épaules. « C'est bon, Keira. Je ne veux pas de ta pitié. Je voulais venir ici, et ça en valait la peine. Tu fais en sorte que chaque chose difficile en vaille la peine. Si tu ne m'avais pas ramené ici, ça aurait été mon frère et ses manières de trou du cul, alors, ne te sens pas mal, bébé. »

Damon me prend dans ses bras et me traîne jusqu'au lit. On se blottit dans l'épaisse couette et je me délecte de la sensation qu'il a de me tenir comme ça. C'est tellement bon que j'ai presque envie de ne pas aller dormir.

La dernière chose à laquelle je pense avant de m'endormir, c'est que l'histoire de Damon m'a permis de mieux apprécier Xander. Découvrir tout ce que j'ai fait sur lui ce soir me montre qu'il a plus d'une facette, une facette qu'il essaie de cacher au monde. La question est la suivante : Trouvera-t-il un jour quelqu'un pour le sortir de l'obscurité dans laquelle il essaie de se cacher ?

CHAPITRE 20

Damon

La fille sur la scène — quel que soit son nom — danse autour de la barre sans but. Elle n'est pas coordonnée et on dirait qu'elle va vomir. Elle ne peut pas non plus retenir mon attention plus de deux secondes, alors pourquoi je l'engagerais ?

Je prends une respiration calme par le nez et j'expire par la bouche.

Je regarde par-dessus mon épaule Keira assise au bar avec mon ordinateur portable devant elle. Elle s'est finalement réinscrite aux cours, et nous avons convenu que jusqu'à ce que je puisse trouver un homme de confiance pour la garder, elle ne suivra que des cours en ligne.

Je n'arrive pas à croire à quel point je suis attaché à elle. En temps normal, je ne pourrais pas m'attacher à une femme, mais Keira n'est pas n'importe quelle femme.

Elle est *la* femme.

Ma future femme.

Mon monde.

Je me retourne dans ma chaise et porte le poing à ma tête. C'est la première fois que je reviens au club depuis presque deux semaines, et c'est uniquement parce que j'ai dû engager de nouvelles filles.

Personne ici n'est au courant de nos fiançailles, principalement parce que je ne partage pas ma vie privée avec le personnel et parce que ce ne sont les affaires de personne. Je ne me cache pas, mais je ne vais pas lui mettre une croix dans le dos pour s'être mariée avec moi.

La porte s'ouvre à côté de la scène, et trois de mes meilleurs danseurs entrent. Ils me font un grand sourire comme si j'allais leur faire un plus gros chèque de paie pour cela.

« Très bien. Toi, toi, et toi. » Je montre du doigt les trois meilleures filles qui ont auditionné. « Ce sont trois de mes meilleures danseuses. Elles vont vous montrer la routine de la nuit. Si vous pouvez suivre, vous êtes embauchées. Je les laisserai être le juge. »

Mes yeux dérivent vers les filles restantes. « Les autres sont invitées à repasser l'audition plus tard dans l'année. »

Deux des filles froncent les sourcils, et l'autre jette ses cheveux sur son épaule comme si je l'avais dérangée. Si cet endroit ne me rapportait pas autant d'argent, je le réduirais en cendres et je recommencerais.

Je frotte une main sur mon visage. Je veux un verre. Il n'est pas assez tard dans la journée, cependant.

Quelques secondes après que les filles rejetées soient sorties, une blonde aux longues jambes en jupe crayon entre, portant un tas de dossiers.

« Bonjour, je suis Maria, l'organisatrice du mariage », annonça-t-elle, déclenchant une chaîne de rires des filles qui me connaissent. La femme a l'air choquée en remarquant les filles à moitié nues près de nous. Je suis sûr que cela n'arrive pas tous les jours dans son travail.

« Désolé, madame, vous êtes au mauvais endroit si vous pensez que quelqu'un va se marier ici. C'est un club de strip-tease, pas une église. » Ricana Georgia, ses yeux brillent d'amusement.

Je secoue la tête. Elle ne se rend pas compte à quel point elle a tort.

Je me lève de ma chaise et je tends la main. « Ne faites pas attention à eux. Vous êtes au bon endroit. On s'est parlé plusieurs fois au téléphone. Je m'appelle Damon. »

« Ravie de vous rencontrer enfin en personne, Mme Rossi ? » Elle semble confuse pendant un moment en s'adressant à Georgia, pensant clairement qu'elle est Keria. « J'ai apporté tout ce que vous avez demandé, et j'ai juste besoin que vous choisissiez parmi les sélections. »

« Keira », je l'appelle, d'une voix douce. Je me retourne et la trouve debout juste à côté de moi. « Pourquoi n'emmènes-tu pas Maria dans mon bureau où vous pourrez avoir un peu plus d'intimité ? Si vous avez besoin de quelque chose, faites-le-moi savoir. »

« Bien sûr, par ici », dit Keira en souriant et en la conduisant à l'arrière.

Mon regard se porte sur les filles sur la scène. Je m'attends à les voir danser, mais à la place, elles me regardent toutes comme si j'avais perdu la tête.

Bon sang. J'ai vraiment besoin d'un verre. Alors que je me rassieds sur la chaise, la porte d'entrée latérale s'ouvre à nouveau. Diego tape du poing sur Héro alors qu'il passe la porte.

Je souris. « Héro, tu viens de rater le spectacle. On a eu de superbes filles qui ont auditionné aujourd'hui. Ça aurait été bien d'avoir ton aide pour en choisir quelques-unes. » Je souris, en faisant bouger mes sourcils. Élyse marche juste derrière lui.

Il secoue la tête, le dégoût emplissant ses traits. « La prochaine fois. Peut-être. »

Élyse ne semble pas trouver mes propos amusants et lui donne un coup de coude dans les côtes. Il se tient le côté, prétendant que ça fait mal, et je roule presque des yeux. Même si je déteste toute forme d'affection — sauf montrer de l'amour à Keira — j'ai vraiment de l'affection pour Héro et Élyse... ce qui est bizarre à penser puisque j'ai essayé de tuer Élyse à un moment donné.

« Keira vient d'emmener l'organisatrice de mariage à mon bureau. Ils prennent les décisions finales aujourd'hui ou quelque chose comme ça », dis-je à Élyse en haussant les épaules. Je fais comme si je n'avais aucune idée de ce qui se passe, mais j'ai aidé Keira à choisir tout ce qu'elle voulait pour notre mariage, jusqu'à la couleur des serviettes.

Élyse sourit, mais je vois toujours la tristesse persistante dans ses yeux. Même si le fait que je l'aide à retrouver le père d'Héro lui a probablement sauvé la vie, je ne pense toujours pas qu'elle m'apprécie beaucoup, mais elle me tolère, et c'est déjà bien à mes yeux. Elle a traversé l'enfer et le retour, et je ne peux pas imaginer comment je me sentirais si quelque chose comme ce qui lui est arrivé arrivait à ma Kiera.

« Yay. Laisse-moi aller les aider alors. » Élyse donne un baiser à Héro sur sa joue avant de se diriger vers le bureau.

Héro s'enfonce dans une chaise à côté de moi et regarde Élyse s'éloigner. Une fois qu'elle est hors de portée de voix, il parle. « Je ne t'ai jamais vraiment remercié pour ce que tu as fait ce jour-là. Je veux dire, sans vous, je serais peut-être arrivé trop tard. » J'entends l'angoisse dans sa voix. La retrouver comme ça l'a brisé, déchiré de l'intérieur, presque plus que de tuer son beau-père.

« De rien. »

« Pendant qu'elle était à l'hôpital, on a découvert qu'elle était enceinte. »

Mes sourcils se lèvent en signe de surprise à sa confession. Putain, Héro va être père ? L'idée semble ridicule, mais plus je la laisse pénétrer, plus elle prend tout son sens. Héro et Élyse vont avoir un bébé. Keira et moi allons nous marier. Deux idées qui n'auraient été qu'une blague il y a quelques mois sont maintenant une réalité.

« Félicitations, Héro ». Je lui tape dans le dos, me rappelant quand il m'a dit qu'il l'aimait. Comme je l'ai trouvé stupide. Maintenant, regardez-moi. C'est drôle comme le karma revient.

Héro sourit. « Tu es le prochain. »

Je secoue la tête. « Non. Je veux profiter de Keira pendant un moment tout seul. » Je ne me plonge pas dans les détails techniques du mariage. Je suis sûr qu'Héro a pensé à ses propres raisons, des raisons qui me font probablement passer pour un fou furieux étant donné que la dernière fois qu'il m'a vu avec elle, j'étais un connard enragé.

« Je ne pensais pas que je voudrais des enfants. Genre jamais. Pas après tout ce qui s'est passé avec mon propre père. »

Je serre le poing, comprenant bien plus qu'il ne le pense. « L'amour change les gens », j'affirme, en le regardant droit dans les yeux.

« Bien sûr que oui », dit-il en riant.

Je suppose qu'il n'est jamais trop tôt pour un verre de whisky, pas avec tout le bonheur qui nous entoure. C'est presque comme si nous étions normaux, au lieu d'être envahis par le crime et la drogue.

« Candy, apporte-moi deux verres de whisky, s'il te plaît », criai-je par-dessus mon épaule.

Les yeux d'Héro deviennent grands. « Quand as-tu commencé à dire s'il te plaît ? »

Je serre les dents. Putain, il a remarqué.

« Récemment. J'essaie d'être plus gentil avec les gens. Tout le monde ne mérite pas mes tendances à la bite — ou du moins c'est ce que dit Keira. »

Je peux dire qu'Héro pense que c'est drôle comme l'enfer, mais il est juste aussi fouetté et amoureux de sa femme que je le suis.

Candy apparaît avec deux verres de whisky. J'en prends un et je tends l'autre à Héro. Il me regarde pendant un moment, attendant que Candy soit hors de portée de voix, puis il lève son verre pour porter un toast.

« Au fait d'être fouetté par une chatte. » Le sourire du mangeur de merde est permanent sur son visage, et je ne peux pas croire que je porte un toast à ça.

Je secoue la tête et lève mon verre vers le sien, et on les fait s'entrechoquer. « Pour être fouetté par la chatte. »

Le whisky brûle mon œsophage, couvrant mon ventre de chaleur.

« Es-tu excité de te marier ? » Héro demande après avoir descendu son verre d'un trait. Il s'essuie la bouche avec le dos de sa main. Il travaille toujours pour moi, mais pas autant qu'avant, et je comprends pourquoi maintenant.

Je hausse les épaules. « C'est le mariage. Je doute que quoi que ce soit entre moi et Keira change. »

« Est-ce que tu l'aimes ? »

Sa question me frappe en plein dans la poitrine. Je n'ai jamais avoué à personne, sauf à Keira, à quel point elle compte pour moi. Je n'ai pas l'intention de le cacher à qui que ce soit, mais je ne veux pas non plus le faire savoir.

Si cacher mes sentiments à tout le monde sauf à elle la protège, alors c'est ce que je ferai.

« Oui. Au début, je voulais la détester parce qu'elle me tapait sur les nerfs et refusait de m'écouter. » Je repense à l'emmerdeuse qu'elle était.

Mon Dieu, elle était une épine dans mon pied.

« Oui, je peux comprendre. Nos femmes se battent bec et ongles même quand on essaie de faire ce qu'il faut pour elles. »

« C'est à ça qu'on aurait dû porter un toast. »

Héro rit. Puis la sonnerie de mon portable interrompt notre conversation. Mon humeur se dégrade dès que je vois le nom de Xander clignoter sur l'écran.

« Quoi ? » Grognai-je, en essayant d'avoir l'air le plus ennuyé possible.

Bien sûr, Xander ignore complètement mon attitude, ce qui m'énerve encore plus.

« Damon, j'ai besoin que tu viennes au manoir. Nous avons des choses importantes à discuter, et tu devrais amener Keira aussi. »

C'est assez qu'il *me* commande. Maintenant il veut dire à Keira ce qu'elle doit faire aussi.

Mon agacement se transforme en colère. Je déteste qu'il ait une telle emprise sur moi. Je dois trouver un moyen de me sortir de ce pétrin. Mais pour l'instant, ce sera mieux de le garder heureux.

« Nous serons là demain soir. »

« Je préférerais que vous veniez aujourd'hui. »

Il ne demande pas, il dit.

Mais j'ai prévu quelque chose avec Keira, quelque chose de bien plus important que de répondre aux besoins de mon frère.

« Eh bien, je préférerais ne pas venir du tout, mais nous savons tous les deux comment cela se passerait... alors que dis-tu de venir demain ? »

« Comme tu veux. » Son ton est court.

Ma bouche s'ouvre — une réponse est sur le bout de ma langue — mais je ne peux rien dire, car, comme toujours, le salaud raccroche.

C'était quoi ce bordel ?

Je secoue la tête, remettant mon téléphone dans ma poche. Si j'ai l'air confus, Héro ne dit rien.

« C'est fait », gazouilla Keira derrière moi. Quand elle arrive en vue, je vois un énorme sourire sur son visage. Ses yeux sont brillants et pleins de bonheur. Je cache mes traits et lui souris en retour. Le malaise que j'ai ressenti en parlant à mon frère me consume.

Mon frère est un con, mais il ne fait rien ou ne demande rien à moins que ce soit vraiment nécessaire.

Maria nous rejoint. « Oui, M. Rossi, nous sommes prêts. Ce sera un beau mariage. Je pense que vous serez très heureux du résultat. »

Bien sûr. Après tout, elle aura un bon gros chèque de paie quand tout sera fini.

J'ai noyé les danseurs sur la scène, tout comme Héro et Keira. Maria et Élyse, cependant, sont clairement mal à l'aise avec les filles à moitié nues qui dansent en arrière-plan.

« Eh bien, si personne n'a besoin d'autre chose, je suppose qu'on se verra au mariage. »

Maria essaie de cacher son malaise en étant trop joyeuse. Armée de sa pile de dossiers et de livres, elle passe la porte comme si elle ne pouvait pas s'échapper assez vite.

La regarder partir me rappelle que je veux partir d'ici aussi. Mais les devoirs du patron me retiendront ici une bonne partie de la journée. L'excitation de ce qui va se passer ce soir relâche un peu de la tension dans mes veines.

J'ai tout maintenant. Qu'est-ce qui pourrait aller mal ?

~

Je n'arrive pas à croire à quel point je suis nerveux. C'est juste une bague stupide. Ce n'est pas comme si je lui demandais de m'épouser. Alors pourquoi j'ai l'impression qu'on m'a donné dix coups de pied dans l'estomac ?

J'essuie mes paumes moites contre mon pantalon. Elle a déjà accepté de m'épouser — non pas qu'elle ait le choix à cet égard. Même si elle disait non, je la ferais quand même mienne. Je prends la petite boîte en velours noir dans ma poche.

Keira est pelotonnée sur mon canapé, elle lit un livre. J'avais prévu de lui donner la bague au dîner, puis au dessert, et j'ai repoussé ça à... quand nous sommes arrivés à la maison.

J'ai mal à l'estomac en pensant qu'elle pourrait ne pas l'aimer. Je pourrais peut-être le lui donner après qu'elle ait fini de lire. Ce serait impoli de l'interrompre, non ?

Fais chier, je suis ridicule. J'ai juste besoin de le faire.

Je m'approche d'elle et elle lève les yeux de son livre, la confusion se lisant sur ses traits délicats.

« J'ai quelque chose pour toi. » Je sors la boîte, puis je m'assois à côté d'elle. « J'espère que tu vas l'aimer. » Je ravale mon anxiété. Ses yeux s'écarquillent, et la compréhension s'installe sur son visage, tandis qu'une douceur s'empare de ses traits lorsque je lui tends la petite boîte noire.

Elle ne dit rien jusqu'à ce qu'elle ouvre le couvercle et voit une bague en diamant de deux carats sertie dans un anneau en or blanc.

« Damon », haleta-t-elle, sa main serrant sa poitrine. « C'est magnifique. »

« Tu l'aimes vraiment ? On peut prendre autre chose si tu n'aimes pas. » Je me frotte la nuque. Mes joues chauffent. Putain... ça fait combien de temps que je ne me suis pas sentie comme ça ?

Keira me regarde, la bouche béante. « Tu te moques de moi ? C'est magnifique. Je l'adore ! On ne le rend pas, et on ne prend rien d'autre. »

Je sors la bague de la boîte, je prends sa main et je la glisse sur son doigt fin. Grâce à la ruse de Candy, j'ai obtenu la taille de la bague de Keira sans avoir à la demander... merci putain. Simplement pour que je puisse voir ce moment comme il se doit. Ses yeux brillent alors qu'elle pleure. Elle regarde sa main quelques instants de plus, puis les jette autour de mon cou et se glisse sur mes genoux.

Je la serre contre ma poitrine, enfouissant mon nez dans ses cheveux pour pouvoir la respirer. Elle est douce, et je fais courir mes mains le long de son corps. Je veux la dénuder et la serrer contre moi pendant que je rentre et sors d'elle à un rythme qui pourrait nous tuer tous les deux.

Mes lèvres sont à deux doigts de se presser contre sa peau quand on sonne à la porte.

Qui a les couilles de sonner à ma porte ?

Il sonne si rarement que je sais à peine à quoi il ressemble, mais à cet instant précis, j'ai envie de le désactiver et de l'arracher de la porte d'entrée.

« Attends ici », marmonnai-je contre ses cheveux. Ce n'est probablement rien, peut-être une éclaireuse qui vend des cookies, mais je préfère vérifier et être sûr, surtout quand il s'agit de Keira.

Je suis énervé à mort. Mes poings sont serrés. Ces putains de gens gâchent toujours tout. Une fois que je regarde à travers la petite vitre et que je vois qui c'est, mon agacement atteint un nouveau sommet.

Putain. Non.

Qu'est-ce qu'elle fait ici, bordel ?

Je tire sur la porte si fort que j'ai peur de la casser. J'ouvre la bouche pour l'engueuler, mais je n'arrive même pas à placer un putain de mot.

« Damon, j'ai essayé de te joindre. » La voix aiguë de Hayley fait saigner mes oreilles.

« Et le fait que j'ai ignoré chacun de tes appels et de tes textos n'a pas été assez clair pour toi ? » D'abord, elle emmerde Keira. Ensuite, elle se pointe sur le pas de ma porte et ruine ma putain de soirée. Et pour quoi ?

« Juste... donne-moi juste une chance. Je ferai tout ce que tu veux. Je te laisserai me baiser quand tu voudras. »

Des larmes nagent dans ses yeux, et je suis peut-être un connard froid et sans cœur, mais je m'en fiche.

« Dégage de ma propriété avant que je te fasse enlever. »

Hayley secoue la tête, hoquetant alors qu'elle fait un autre pas en avant. Je suis à deux doigts de lui claquer la porte au nez quand elle se précipite sur moi. Son petit gabarit se heurte au mien, me faisant à peine bouger, mais c'est suffisant pour qu'elle puisse entrer.

Mais ce n'est pas le fait qu'elle se jette sur moi qui me fait perdre la tête, ce sont ses lèvres qui s'écrasent sur les miennes. Le dégoût et la colère emplissent mes veines, et sans même réfléchir, je la repousse, m'essuyant la bouche du revers de la main.

Je ne suis pas du genre à frapper les femmes, mais j'ai vraiment, vraiment envie de frapper Hayley maintenant.

Elle se stabilise comme si elle était prête à ce que je la pousse, et puis je la vois — le reflet métallique d'une arme pointée dans ma direction. Je peux la désarmer en une seconde, mais il en faut moins pour qu'une balle sorte de la chambre.

Elle pointe l'arme sur moi, et je ne bronche même pas.

« C'est à cause d'elle, n'est-ce pas ? » Hayley crie et regarde devant moi.

Je jette un coup d'œil par-dessus mon épaule pour suivre son regard. Lorsque je découvre que Keira se tient à quelques mètres derrière moi, je manque de m'effondrer.

Mon cœur bat à tout rompre. La peur me paralyse quand j'entends le clic de la sécurité et que je vois Hayley appuyer sur la gâchette.

Il n'y a aucun moyen d'arrêter la balle — aucun moyen — mais je me jette quand même dessus. Tout se passe incroyablement vite, et pourtant j'ai l'impression de bouger au ralenti. J'essaie de protéger Keira avec mon corps, mais je suis trop lent. Je sens la balle frôler ma tête avant d'entendre la détonation. Je suis si près de l'arme que je n'entends rien d'autre qu'un bourdonnement dans mon oreille. Ma tête se retourne vers Keira. Elle a l'air effrayée et choquée, mais indemne. Le soulagement m'envahit comme une vague, mais il disparaît aussi vite.

Keira est toujours en danger. Je me retourne vers Hayley. Je suis juste en face d'elle, protégeant entièrement Keira. L'arme est toujours pointée sur moi, mais Hayley ne fait aucun mouvement.

Une colère comme je n'en ai jamais ressenti me traverse alors que la réalité s'installe. Elle a tiré sur Keira. Elle a tiré sur ma future femme. Une fureur dévorante inonde mes veines, éliminant tout sens commun et tout raisonnement, me laissant agir par pur instinct. Mon instinct le plus primaire me dit de protéger ce qui est à moi.

Je ferme la distance entre moi et Hayley en deux longues enjambées. Tout le sang se vide de son visage. Sa main tremble si fort qu'elle laisse tomber le pistolet.

Ses yeux sont si grands qu'ils semblent sur le point de sortir de leurs orbites. Je peux la voir dire « S'il te plaît », mais je suis trop loin pour enregistrer ses demandes — ou même m'en soucier.

Mes mains bougent sans effort, d'elles-mêmes, s'enroulant autour de son cou fin. Je saisis la base de son crâne. Mes doigts s'enfoncent dans sa chair, et d'un coup sec, je sens son os craquer et je lui brise le cou.

Je regarde son visage. Ses yeux deviennent vides en un instant, figés dans le temps, pour ne plus jamais cligner des yeux. Son corps se relâche dans mes mains. L'adrénaline coule dans mes veines. Mon cœur s'emballe.

Dès que je réalise qu'elle est morte et que j'ai éliminé la menace, le brouillard de la fureur se lève, me permettant de réfléchir pour la première fois depuis des minutes.

Merde. Je viens de la tuer dans ma maison... avec la porte d'entrée grande ouverte. *Putain.*

Ma maison est assez isolée, couverte d'arbres et de buissons. Mais il y a toujours une chance que quelqu'un ait pu nous voir, et même s'il ne l'a pas fait, il a certainement pu entendre le coup de feu.

Je la traîne plus loin à l'intérieur et je ferme la porte.

Ce n'est qu'alors que je la lâche, et le corps sans vie tombe sur le parquet avec un bruit sourd. Je lève les yeux vers Kiera. Elle est toujours debout au même endroit — son corps entier s'est transformé en pierre.

« Keira, tout va bien se passer. » Même moi, je suis surpris de voir à quel point ma voix est basse et calme. Les mains en l'air, je m'avance lentement vers elle, comme si j'essayais d'approcher furtivement un animal sauvage. Ses yeux sont fixés sur le corps de Hayley jusqu'à ce que je me mette dans son champ de vision, lui bloquant la vue.

Mon Dieu, j'aurais aimé qu'elle ne me voie pas faire ça. Et pourtant je ne ressens pas une once de culpabilité. Seulement de la culpabilité que ma douce Keira ait été témoin de ça.

Je pose doucement mes mains sur ses épaules — les mêmes mains qui ont tué quelqu'un il y a quelques minutes. J'ai tué pour elle maintenant. Et si j'en avais l'occasion, je le referais si cela signifiait qu'elle reste en sécurité.

Je m'attends à ce que Keira s'éloigne et s'enfuie, mais elle ne bouge pas. Ses yeux passent de ma poitrine à mon visage. Je vois la peur quitter son regard quand nos yeux se rencontrent, le soulagement inondant ses traits.

En un instant, elle se penche sur mon corps, ses petits bras s'enroulant autour de ma taille.

Un sanglot s'échappe de sa gorge, et elle se fend en deux.

« Tout va bien se passer, bébé. Personne ne va te faire du mal. J'ai besoin de passer un coup de fil, et ensuite nous irons quelque part. »

« Tu aurais pu mourir. » On dirait que son cœur se brise, et puis je réalise ce qu'elle a dit. *J'aurais pu. Mourir.*

Ces trois petits mots m'ont presque fait tomber à genoux. Après tout ce qu'elle a vu, me regarder tuer une femme sous ses yeux, et elle s'inquiète de *me* voir mourir. Elle s'inquiète de me voir mourir, putain. Mon cœur s'envole de ma putain de poitrine, et je me baisse pour la soulever, plaçant mes mains sous ses fesses.

Je la fais monter sur mon torse, et elle enroule ses jambes autour de mon milieu sans trop d'effort. Je la porte dans la cuisine et l'installe sur le comptoir, insérant mon corps entre ses jambes. Son visage est toujours enfoui dans mon cou, chaque petit souffle qu'elle prend évente ma peau.

J'ai beau vouloir la calmer, rien de ce que je dis n'y fera tant que je n'aurai pas sorti le corps de Hayley de la maison. Je sors mon portable et je fais glisser mes doigts sur l'écran pour trouver les coordonnées de Toni. J'appuie sur le bouton vert d'appel et porte le téléphone à mon oreille.

Keira s'éloigne légèrement, ses yeux bruns me regardent.

« Patron », répondit-il avec désinvolture.

« J'ai un corps dont j'ai besoin d'être débarrassé. C'est chez moi. »

« Bien sûr. Je serai avec les hommes dans un instant. »

J'ai appuyé sur la touche finale et j'ai empoché mon téléphone. Je ne peux pas imaginer être à la place de Keira. Ces choses sont normales pour moi. J'ai vu plus de gens mourir que naître, donc la mort n'est rien pour moi. Appeler Toni pour enlever un corps ? Normal.

Pour Toni aussi, c'est normal, c'est juste un autre jour de travail. Mais pour Keira, ma fragile beauté, ça ne l'est pas, et je ne veux pas qu'elle me regarde différemment pour les choses que j'ai faites ce soir.

« Vas-tu bien ? » Je me penche, respirant son doux parfum. Je suis si loin, si amoureux de cette femme, que je brûlerais le monde entier. Je tuerais quiconque ou quoi que ce soit qui essaierait de me la prendre.

« Oui, je suis juste... » Ses lèvres tremblent alors qu'elle essaie de parler. « J'avais peur de te perdre là-bas. Peur qu'elle te prenne à moi. »

Sa peur est compréhensible, mais elle n'a pas la moindre idée de la gravité de la situation.

« Elle n'est pas venue ici pour me tirer dessus, bébé. Elle est venue pour te tuer. » Je fais glisser mon pouce sur sa lèvre inférieure. « Et j'allais être damné si je la laissais réussir. Tu es mon tout — mon début, mon milieu et ma fin. Elle a essayé de te prendre à moi, alors j'ai mis fin à sa vie. Personne ne se mêle de ce qui est à moi. Personne. »

Keira donne un coup de poing à ma chemise. « J'étais juste... j'avais peur. »

J'attrape ses joues. Sa peau est chaude et humide de larmes. « Personne ne pourra jamais me prendre à toi. Le fait que tu te soucies plus de moi que de toi-même, ou que j'ai tué quelqu'un sous tes yeux... » Je secoue la tête. « Ça m'a secoué au plus profond de moi-même, bébé. Tu es altruiste, et ta nature gentille et attentionnée compense tout ce qui me manque. »

Le froncement de sourcils de Keira se transforme en un doux sourire, et je me penche, pressant mes lèvres contre les siennes. Sa tête tombe contre l'armoire, exposant son cou lisse. J'ai envie de la baiser tout de suite, de m'assurer qu'elle se sente en sécurité, heureuse, satisfaite, mais elle n'en a pas besoin pour l'instant. Elle a juste besoin de moi... de mon contact.

Je m'éloigne, expirant un souffle irrégulier. La poitrine de Keira se soulève, faisant remonter ses seins à chaque respiration. Alors que je regarde ma future femme, sa beauté se reflétant sur moi, les mots de mon frère me viennent à l'esprit.

« Damon, j'ai besoin que tu viennes au manoir. Nous avons des choses importantes à discuter, et tu devrais amener Keira aussi. »

Je ne suis pas assez bête pour penser que c'est une coïncidence. Le fait que mon frère ait appelé et exigé que je vienne chez lui, puis que Hayley fasse une dépression et se présente chez moi avec un pistolet, tout cela est très louche, et je vais comprendre ce qui se passe.

« Bébé, on doit aller faire quelques bagages. Nous allons rester avec Xander pour un petit moment. » L'inquiétude brille dans ses yeux, et je sais qu'elle est encore sous le choc. Elle va avoir besoin de temps pour digérer tout ça.

« En fait, tu sais quoi, attends ici, je vais préparer quelques affaires. »

« D'accord », marmonna-t-elle, sans même faire un geste pour se lever.

Je me précipite à l'étage vers notre chambre, mes pieds claquant contre le parquet à chaque pas. Quand j'arrive dans la chambre, je fouille dans les tiroirs, je prends des culottes, des soutiens-gorge, des T-shirts, des pantalons de yoga, tout ce qui me tombe sous la main. Je sors une petite valise du placard et j'y fourre tout. Je ne m'inquiète pas pour mes propres vêtements. J'ai un tas de merde à la place de Xander de toute façon. Une fois que c'est fait, je cours dans la salle de bain pour prendre un peu plus de la merde de Keira, et quand je reviens à la cuisine, je jette la valise de côté et regarde Keira. Son cul est toujours assis sur le comptoir comme si elle en faisait partie.

« Est-ce que... ? » Commençai-je, mais le son de la sonnette nous interrompt une fois de plus, et je serre les dents, me retirant.

« Ne bouge pas jusqu'à ce qu'ils sortent le corps d'ici. D'accord ? » Je déteste ma façon de parler et le fait que je sois autoritaire. Je ne pense pas qu'elle se lèverait de toute façon, puisqu'elle n'a pas bougé depuis que je l'ai mise sur ce foutu comptoir.

Keira hoche la tête, en plaçant ses mains sur ses genoux. Elle semble encore secouée, mais je sais qu'elle va passer à autre chose. Elle sait que rien ne m'arrivera, et que quiconque essaiera de lui faire du mal peut aussi bien se suicider parce qu'il est mort pour avoir essayé.

J'enjambe le corps de Hayley et jette un coup d'œil à travers la vitre, pour m'assurer que c'est bien Toni. Quand je vois son visage rond et deux de mes hommes qui l'encadrent, j'ouvre la porte. Après que lui et les autres hommes soient entrés, les yeux de Toni scrutent la scène. Il ne pose pas de questions, et même s'il en posait, je ne lui donnerais pas de réponses. Il n'a pas besoin de savoir ce qui s'est passé. Je le paie pour qu'il nettoie le bordel et qu'il se taise.

« Patron », les trois me saluent à l'unisson, et j'incline mon menton vers eux.

« Faites en sorte que ça ressemble à un accident. Je me fiche du type d'accident. » Mon estomac se retourne tandis que je m'éloigne, laissant Toni nettoyer le désordre.

Je retourne dans la cuisine, je m'approche de Keira, et je lui coupe les joues. Je frotte mes pouces de haut en bas, en respirant profondément.

« Tout va bien se passer, bébé. Tout va bien se passer », chuchotai-je, en priant pour que mes mots ne soient pas un mensonge.

Si quelque chose arrive à Keira, je tuerai tout le monde.

Chaque. Unique. Personne.

CHAPITRE 21

Keira

Je fixe mes mains alors que nous sommes dans la cuisine, attendant qu'ils déplacent le corps de Hayley. Sa mort n'a pas encore été complètement assimilée. Étrangement, je ne me sens pas mal. On est censé se sentir mal quand quelqu'un meurt, non ? J'étais triste quand mon frère est mort. Je devrais être triste quand Hayley est morte. Je devrais être terrifiée que l'homme que j'aime l'ait tuée en lui brisant le cou devant moi.

Il le faisait sans réfléchir, comme si son corps savait ce qu'il faisait, comme si c'était quelque chose qu'il faisait tous les jours.

J'attends toujours que les sentiments viennent, mais je ne ressens rien. Mes émotions sont incontrôlables, et tout ce à quoi je pense, c'est que j'aurais pu perdre Damon — et si je l'avais perdu, ça aurait été de sa faute.

Une pensée horrible me vient à l'esprit. Je veux l'oublier, mais une fois qu'elle est là, je n'arrive pas à la faire sortir. Si j'en avais eu l'occasion, je l'aurais tuée moi-même. Si j'étais aussi fort que Damon... Non, je sais que je lui aurais brisé le cou moi-même.

Damon se tient juste en face de moi, me regardant comme si j'étais à deux doigts d'exploser. Il est probablement en train de se demander comment je vais gérer tout ça. Que penserait-il de moi s'il savait ce que je suis en train d'inventer en ce moment ?

Mes sombres pensées sont interrompues lorsque Toni entre dans la pièce.

« Tout est fait, patron. »

« Très bien. Viens, bébé. » Damon me tend la main et m'aide à descendre du comptoir. Il me guide hors de la pièce, en attrapant la valise qu'il a faite en sortant.

Nous traversons le foyer où le corps de Hayley était étendu sur le sol. Il a disparu maintenant, mais mes yeux sont toujours fixés sur cet endroit. Je marche autour de la zone comme si mes chaussures allaient brûler si je la touchais, comme si le bois était souillé ou quelque chose comme ça... comme si sa mort avait laissé un résidu maléfique sur le sol.

Damon me tient la main, me traînant pratiquement jusqu'à sa voiture comme si de rien n'était. C'est étrange de passer de quelqu'un qui meurt à faire comme si rien ne s'était passé.

Quand nous arrivons à la voiture, il ouvre la porte et me soulève sur le siège passager. Je sais que je dois dire quelque chose, n'importe quoi, pour qu'il sache que je vais bien, mais je ne veux pas dire un mot. Je ne pense pas que je puisse le faire sans m'effondrer.

Tout ce à quoi je peux penser est un monde sans Damon. Je savais qu'il était dangereux, qu'il venait avec un X dans le dos, mais je suppose qu'à mes yeux, il semblait invincible. Mais après ce soir, je sais qu'il ne l'est pas. Il est tout aussi proche de la mort que le reste d'entre nous — peut-être même plus proche vu ce qu'il fait pour vivre.

Je ne réalise même pas que Damon est dans la voiture et que nous roulons sur la route jusqu'à ce que je voie une paire de phares venir vers nous.

« Tu veux bien dire quelque chose ? » Damon serre les poings sur le volant, visiblement contrarié par mon silence, mais je ne sais pas quoi dire que je n'ai pas déjà dit.

« Je vais bien », marmonnai-je. Je peux lire l'inquiétude dans son regard, et je ne veux pas qu'il s'inquiète pour moi, car ce n'est pas pour moi que je m'inquiète. Cela va prendre du temps, mais je vais m'en sortir.

J'ai passé tellement de temps à essayer de le fuir et à le craindre, pour finir par être terrifiée à l'idée de le perdre. Même après tout ça, tout ce qu'on a traversé, tout ce qu'il a fait, je l'aime au-delà de cette vie.

Je l'aimerai toujours.

Pendant le reste du trajet, je fixe la fenêtre et regarde le paysage défiler tout en essayant de me rappeler la personne que j'étais ce matin. Damon ne dit rien d'autre après que je lui ai dit que je vais bien, et je lui en suis reconnaissante.

Nous nous arrêtons au manoir des Rossi, et je prends une profonde inspiration avant d'ouvrir ma porte en même temps que Damon. Nous sortons tous les deux de la voiture, et Damon prend la valise à l'arrière. Mes pieds sont lourds alors que je monte les escaliers, ma main dans la sienne. Ce n'est qu'à mi-chemin de la porte d'entrée que je remarque Xander debout en haut, nous attendant comme la dernière fois. Il a l'air d'un roi. Comme si le monde entier lui appartenait.

« Petit frère, je ne t'attendais pas aujourd'hui. Je croyais qu'on s'était mis d'accord pour demain », dit Xander d'une voix joyeuse. Il me fait un sourire, montrant ses dents blanches et droites.

Je cligne des yeux, mon regard passe à celui de Damon, me demandant pourquoi Xander nous attendait demain. Je sais tout de suite qu'il y a quelque chose qu'il ne me dit pas, et je n'aime pas ça. Pas du tout. Damon lance un regard brûlant à son frère, comme s'il était sur le point de briser le cou de quelqu'un à nouveau.

« Rentrons et buvons un verre avant de parler de quoi que ce soit. » Damon a l'air irrité, et son ton confirme mon intuition qu'il se passe quelque chose dont je ne suis pas au courant.« Je vous en prie. » Xander nous fait signe d'entrer.

La main de Damon se resserre dans la mienne, et il me tire au-delà du seuil et dans la maison.

Ai-je mentionné que je déteste être ici ?

Nous entrons dans la salle à manger, et mon regard se porte sur la table où nous avons dîné, puis sur le patio et le jardin.

« On devrait vraiment discuter de ça dans mon bureau. » Les yeux de Xander sont dans les miens. « Seul à seul. »

J'ai envie de le frapper comme une idiote. S'il pense que je leur donne de l'intimité, il est plus bête que je ne le pensais.

« Elle vient avec moi. Quelqu'un lui a tiré dessus, et j'ai dû tuer cette salope, alors je me fous de ce que tu as à dire à ce sujet, Xander. »

« Bien. Je vois que tu es d'une humeur massacrante. Tu devrais peut-être en rester là et on parlera demain quand tu seras plus... posé. » Xander nous fait un sourire malicieux et s'écarte pour nous laisser passer.

« Tu as raison. Allons nous reposer. On s'occupera de ça demain. » Damon me fait passer devant Xander et monte l'escalier. Je ne me plains pas. M'allonger dans un lit en ce moment me semble incroyable — surtout quand Damon va s'allonger à côté de moi.

Je fais pratiquement un sprint dans les escaliers. Je suis plus qu'impatiente de m'éloigner de Xander, prête à m'enfermer dans la chambre avec Damon. Dès que nous entrons, les lumières s'allument et il ferme la porte, en enclenchant le verrou. Je doute fort que ce verrou empêche son frère d'entrer, mais je suppose que c'est l'intention qui compte.

« Je suis désolé. » Le remords, peut-être même la culpabilité, recouvrent les mots de Damon. Ça ne sonne pas juste, le mot « désolé » sortant de ses lèvres. J'ai l'impression qu'il ne le dit pas souvent... ou pas du tout.

« Pourquoi ? Tu n'as pas à t'excuser », dis-je en me retournant pour lui faire face une fois que mes fesses ont touché le lit. Il lâche la valise, et elle tombe sur le sol avec un bruit sourd. Puis il est sur moi, traversant l'espace entre nous en une seconde.

« Je suis désolé parce que je t'ai amené dans ce monde de merde. Tu aurais pu partir, tu aurais dû, mais tu es restée. Et après ce soir, après avoir été à deux doigts de te perdre... ça me tue d'avoir pu te perdre. »

« Damon, ce n'est pas toi qui m'a entraîné là-dedans, c'est mon frère. » Ces mots me font mal, mais ça ne les rend pas moins vrais. Je sais que Léo essayait de me soutenir, et ça rend ma culpabilité encore plus grande, mais au final, c'est Léo qui s'est fait prendre dans cette histoire. Il aurait pu trouver un autre moyen. Nous aurions pu trouver un autre moyen ensemble.

« C'est mon frère qui a commencé avec ce qu'il a fait ou n'a pas fait pour Xander. Il s'est fait tuer et m'a laissé m'occuper de son bordel. Tu m'as pris en charge alors que tu n'avais pas à le faire. Tu prends soin de moi et me protèges. Alors, ne me dis pas que tu suis désolé de faire ce que tu fais, alors que je ne voudrais pas qu'il en soit autrement. »

Il y a tellement de choses que je veux lui dire, mais j'ai l'impression qu'il n'y a pas assez de minutes dans la journée. Je veux lui exprimer toutes les émotions qui me traversent en ce moment. Je veux m'assurer qu'il n'a pas l'ombre d'un doute dans son esprit à propos de nous. Je veux lui dire que je tuerais pour lui aussi, et que je ne peux pas imaginer mon monde sans lui maintenant. Damon n'est plus seulement mon protecteur. Il est mon futur mari, mon tout. Je veux lui dire tout cela et plus encore, mais je ne peux pas, parce que ses lèvres sont pressées contre les miennes dans un baiser dévorant.

Je ressens chaque émotion dans ce baiser : adoration, désir, envie, sécurité. Je ressens tout. Sa langue pénètre dans ma bouche, et je ne pense qu'à sa langue sur tout mon corps — mon cou, mes seins, mon ventre, jusqu'à ma chatte. Mes muscles se contractent autour de rien d'autre que de l'air, et j'aimerais que ce soit sa langue qui plonge en moi.

Je gémis dans sa bouche et m'accroche à sa chemise. Je serre le tissu dans mes mains, voulant désespérément l'enlever. Il rompt le baiser assez longtemps pour me faire un sourire qui fait fondre ma culotte avant d'arracher ma chemise.

J'entends le déchirement des matériaux, mais je m'en moque. Tout ce qui sépare nos corps pour ne faire qu'un est un inconvénient.

Il remet ses lèvres sur les miennes, nos dents s'entrechoquent. Mes bras s'enroulent autour de son cou, le tirant plus près.

J'ai besoin qu'il soit plus proche... tellement plus proche.

Je sens ses doigts détacher mon soutien-gorge, et je l'aide à l'enlever. D'un léger coup de coude en arrière, je suis allongée sur le lit pendant qu'il enlève mon pantalon de yoga, puis jette le reste sur le sol.

Je le regarde commencer à enlever son propre pantalon, me mordant la lèvre lorsque son énorme queue se libère enfin.

Mon corps est agité. Mes cuisses se frottent l'une contre l'autre par anticipation, et je peux sentir à quel point je suis déjà mouillée... rien qu'en embrassant. Je veux plus de lui — ses doigts, sa bouche, sa bite. Je veux qu'il me possède et qu'il m'adore — tout cela en même temps.

« Je te veux, Damon », ronronnai-je, en me rapprochant de lui.

Je reconnais à peine ma voix comme étant la mienne, elle est si lourde de besoins.

Damon laisse échapper ce qui ressemble à un grognement primitif avant de revenir sur moi, ses yeux aussi noirs que le ciel nocturne.

J'écarte mes jambes aussi largement que possible pour lui donner un accès complet, et il en profite. Mon corps est comme de la lave en fusion, son regard me brûle. Le besoin m'inonde alors que je le regarde tenir sa bite gonflée, frottant le bout tout le long de ma fente humide. Ma chatte se serre, suppliant à chaque battement pour plus, pour lui.

« Je te veux, Damon. Je veux que tu me baises comme tu l'as fait la dernière fois que nous étions ici. » Je lève mon regard vers le sien et je coupe ses joues. Je vois un conflit dans son regard.

« Je... je ne sais pas si je peux. » Sa voix se brise, et la façon dont il me regarde me tue. Mais je veux qu'il sache que je lui fais confiance, que je l'aime. Et je veux qu'il sache qu'il ne me fera jamais de mal.

« Tu ne me feras pas de mal. » Je m'étire pour l'embrasser à nouveau, moulant mes lèvres aux siennes. « Je te fais confiance, Damon. Je t'aime, et je sais que tu ne feras rien pour me blesser. »

« Je t'ai fait du mal la dernière fois. Je ne peux pas le refaire. J'ai juré que je ne le ferais pas, et je ne le ferai pas. »

Ses doigts descendent le long de mes bras, et je frissonne à son contact, l'excitation parcourant mes veines.

« Seulement au début, et seulement parce que je n'étais pas prête. Crois-moi, je suis prête maintenant, et je te veux. Je te veux tellement que ça fait mal. » Je me lèche les lèvres.

« Putain, Keira. » Je le regarde avaler. Son regard s'échauffe, et je peux dire à quel moment il choisit de se laisser aller. Il y a une nouvelle rugosité dans son toucher, et c'est exaltant.

« Si tu changes d'avis, tu n'as qu'à dire le mot », murmura-t-il contre mes lèvres avant de glisser sa bouche contre la mienne. Le baiser est dévorant, il vole l'air de mes poumons. Quand ses doigts s'enfoncent dans mes cheveux, basculant ma tête en arrière, je pense que je vais exploser.

Il ne se contente pas d'embrasser mes lèvres — non, sa bouche descend le long de mon cou et sur ma poitrine, suçant la chair tendre au-dessus de mon pouls. Je serre les draps dans mes mains alors que le plaisir remplit mes veines.

Je suis prête à fondre quand il se retire soudainement, puis se tient près du lit. Sa peau sur la mienne me manque et je gémis. M'attrapant sous les genoux, il me tire vers lui de sorte que mes fesses pendent au bord du lit.

Ses énormes mains maintiennent leur prise sur mes genoux, et je peux sentir la tête soyeuse et lisse de sa bite à mon entrée. Le contact fait que mon dos se cambre sur le lit. Je suis prête... tellement prête pour lui. Ma chatte dégouline de besoin.

En me regardant, ses yeux sombres restent fixés sur les miens tandis qu'il me transperce de sa bite. L'air s'échappe de mes poumons, et mes yeux se ferment un instant tandis que je savoure la légère brûlure du plaisir.

Je crie de bonheur. Cette fois, il n'y a pas de douleur et sa bite glisse dans mon canal avec facilité. Mes yeux s'ouvrent en un clin d'œil, mais ils restent fermés alors que je le regarde se retirer et se replonger sans arrêt.

Ses pupilles sont tellement dilatées que je ne vois aucune couleur. Il n'a jamais eu l'air aussi dangereux en me touchant, et pourtant je ne ressens aucune peur... seulement du désir.

Mes mains se tendent vers les draps, pour trouver quelque chose qui me retienne à ce lit.

Il lâche un de mes genoux et le pousse vers le lit, m'écartant largement. De sa main libre, ses doigts descendent le long de l'intérieur de ma cuisse jusqu'à l'endroit où nous sommes joints, trouvant mon centre, et il pose le coussinet rugueux de son pouce sur mon clito gonflé, tout en ne cessant d'enfoncer sa bite dure comme de la pierre en moi.

Avec lui qui me baise comme ça et ses doigts habiles sur mon clito, il ne me faut pas longtemps pour haleter et gémir comme une chatte sauvage en chaleur. Mon corps s'agite, et je sens l'orgasme arriver.

Commençant par un picotement au bas de mon ventre, la sensation se répand dans mon corps comme une traînée de poudre. Chaque cellule de mon corps brûle, se consume — pour renaître l'instant d'après.

Je suis presque sûre d'avoir crié son nom, mon esprit perdu dans le besoin et la luxure. La réflexion a été remplacée par l'instinct de prendre et de donner du plaisir.

Ma voix n'est toujours pas audible lorsque Damon me retourne et me penche sur le bord du lit. Il ne perd pas de temps, me pénètre à nouveau avant que je ne comprenne ce qui se passe, me faisant gémir dans le matelas.

« C'est ce que tu voulais, femme ? Être possédée ? Que ma bite te réclame ? »

Je suis dans un sale état, et je n'arrive même pas à formuler une réponse cohérente, alors je me contente de gémir plus fort.

Ses mains se promènent sur mes fesses et mon dos, laissant la chair de poule dans leur sillage, et puis, tout à coup, je sens une piqûre, l'effet de sa main qui a giflé une de mes fesses. Je glisse vers l'avant et soupire tandis qu'il masse la douleur.

« Mmmm, ta chatte est incroyablement humide. Je peux entendre à quel point tu me veux. » Son souffle chaud touche mes oreilles, les mots m'envoient dans une spirale hors de contrôle. Dans cette nouvelle position, il touche un endroit différent, plus profond. Cet angle signifie que je peux sentir sa tête frapper l'arrière de mon canal, laissant ses couilles frapper mon clito.

Ses mains se posent sur mes hanches — qu'il utilise comme levier — me tirant vers lui à chaque fois qu'il pousse. Je peux sentir chaque coup dans mes os.

Je ne sais pas combien de temps il me baise comme ça. Ça pourrait être des minutes ou des heures, mais je suis quelque part perdue dans l'oubli où le temps n'existe pas.

Seulement le plaisir et la félicité. Seulement Damon Rossi.

Quand je sens qu'un autre orgasme m'approche furtivement, la sensation est si forte que je panique pendant une fraction de seconde, me demandant si ce n'est pas trop. Ma chatte se serre si fort que j'en ai presque mal, et tous les muscles de mon corps se tendent. Mon corps devient rigide pendant un moment, puis une vague chaude d'extase m'envahit.

Je peux sentir Damon ralentir pendant que je surmonte chaque dernière réplique.

« J'aime quand tu traites ma bite comme ça. Quand ta chatte me serre si fort que j'ai mal aux couilles. Et tu vas le faire encore une fois pour moi. »

Honnêtement, je ne sais pas si je peux. Je suis déjà si épuisée. Je ne sais pas comment Damon peut continuer comme ça. Son endurance est insensée.

Sa bite est encore dure, peut-être même plus dure que lorsqu'il a commencé à me baiser. Ma gorge me fait mal quand j'avale, et ma voix est rauque à force de gémir et de pleurer. Tout ce que je peux rassembler est un gémissement silencieux.

« Je... je ne sais pas si je peux », gémis-je, mon corps tremble, mon cœur s'emballe dans ma poitrine. J'ai du mal à sortir les mots entre les poussées régulières de Damon, chacune promettant amour et plaisir sans fin.

« Oh, tu vas le faire, bébé. Tu vas jouir si fort autour de ma queue. Je veux que tu me serres, pour me donner cet orgasme, bébé. Presse ma queue. Fais sortir chaque goutte de mon sperme. »

Il n'a pas l'air d'accepter un non comme réponse, et quelque chose dans son ton exigeant me fait monter sur une autre vague de plaisir.

Je sens une main fantôme contre mes fesses, qui presse et malaxe la chair. Sans prévenir, il passe la main autour de moi et fait glisser ses doigts sur mon clito sensible, au-delà de l'endroit où nous sommes joints.

« Tu es tellement humide, putain. Ton jus dégouline sur ta jambe. »

Normalement, ça devrait être embarrassant, mais ça ne l'est pas. C'est chaud comme l'enfer.

Je gémis, souhaitant qu'il frotte à nouveau mon clito, mais il ne le fait pas.

Au lieu de cela, il glisse ses doigts entre mes fesses. Je halète quand il trouve mon trou du cul et commence à le masser.

Mon dos se raidit, et Damon retire son autre main de ma hanche et me pousse vers le bas, m'enfonçant plus profondément dans le matelas.

Je sens la panique commencer, mon corps se bloque.

« Keira, je ne vais pas te faire de mal. Je te promets que ce ne sera rien d'autre que du plaisir pour toi. » Sa voix est si rassurante que je m'enfonce dans le matelas. « Détends-toi. Tu vas aimer ça. Tu vas jouir très fort, bébé. »

Je veux lui dire d'accord, mais je suis trop loin. Je ne parle plus depuis longtemps. Je fais ce qu'il dit et je me détends, le laissant faire ce qu'il veut de mon corps.

Il continue à masser mon trou interdit, en le synchronisant avec ses poussées. En quelques coups, je gémis, sentant mon orgasme monter dans mon ventre. Je commence à apprécier la sensation étrangère de son doigt sur mon trou du cul, et quand ma chatte commence à frémir, il glisse un de ses doigts épais à l'intérieur de mon cul.

La peur et l'excitation m'envahissent alors qu'il continue de s'enfoncer dans ma chatte tout en gardant son doigt dans mon cul. Il y a quelque chose de si mauvais... si sale à ce sujet. Ça lui donne un avantage que je ne peux pas vraiment expliquer.

Soudainement, je veux plus. Je veux qu'il continue à pousser, à me violer. Je remets mon cul dans son doigt, lui faisant savoir que j'en veux plus.

« Je savais que tu aimerais ça », dit-il en riant.

« Mmmhhh », c'est tout ce que je réussis à sortir, et les sons sont étouffés par le matelas. Mon corps tremble alors qu'il commence à faire entrer et sortir son doigt, d'abord lentement, puis plus rapidement à mesure qu'il pompe sa bite de plus en plus profondément.

« Tu es vraiment une sale fille. Tu es ma cochonne. »

« Oui ! Oui ! » Je crie, trouvant ma voix.

« Viens pour moi, ma belle. Viens partout sur cette bite. Montre-moi à qui appartient cette bite. »

Ses mots cochons sont tout ce dont j'ai besoin, et je m'envole, au-dessus du bord. Son doigt glisse de mon cul, et il continue sa poussée.

« Je viiiieeennns... » Criai-je. Une lumière aveuglante apparaît devant mes yeux et je les ferme.

Comme ma chatte comprime la vie de la bite de Damon, il me pénètre plus fort. Ses grognements remplissent l'air, et ses poussées sont si profondes, je pense qu'il pourrait me tuer.

« Baise, bébé... ta chatte », siffla-t-il entre ses dents, et en quelques secondes, je sens sa semence chaude remplir mon utérus.

Il s'accroche fermement à moi, pousse quelques fois de plus avant de se retirer complètement. Quand il le fait, je m'affaisse contre le matelas, incapable de faire grand-chose d'autre que de respirer. Son corps se pose à côté du mien et il me serre contre sa poitrine moite, comme s'il sentait lui aussi qu'il avait besoin de me toucher tout le temps.

Mes yeux se ferment et je sens les battements de son cœur sous mes mains.

« Je t'aime, Keira. Je t'aime tellement. Je suis sûr que je t'aimais déjà avant de te rencontrer. »

Je soupire. « Merci de m'avoir protégée... de m'avoir sauvée », murmurai-je contre sa poitrine. « Merci de me laisser t'aimer. » Mes yeux deviennent plus lourds à chaque respiration, et je sais que je ne serai jamais plus en sécurité que je ne le suis en ce moment dans les bras aimants de Damon.

CHAPITRE 22

Damon

Elle est tombée amoureuse d'un criminel... un putain de criminel, un homme qui ne méritait pas son amour. Un homme qui était certain d'être incapable d'aimer en retour. Elle l'a pris et l'a transformé en un homme digne d'être aimé. Elle ne savait pas ce qu'elle avait fait, ni à quel point elle l'avait changé, mais à chaque fois qu'il la regardait, il savait qu'il voulait être bon, ne serait-ce que pour elle.

Les pensées tourbillonnent dans ma tête, ce qui rend le sommeil difficile. Peut-être qu'une petite collation de minuit aidera à soulager l'insomnie. En regardant Keira, je sens que je ne veux pas la quitter, mais je ne vais pas la réveiller pour l'amener en bas avec moi.

Elle a besoin de sommeil, elle en a à peine assez comme ça. Je détache son corps nu du mien. Elle est collante de sexe, et j'aime que mon parfum s'accroche à sa peau, la marquant comme la mienne. Je tire la couette sur ses épaules et me glisse hors du lit, enfilant un pantalon de survêtement.

Je quitte la pièce sur la pointe des pieds et je ferme la porte. J'espère qu'elle ne se réveillera pas pendant mon absence. Être loin d'elle, même pour un court instant, me met en colère. Je veux qu'elle soit avec moi partout où je vais pour être mon ombre. Mais même le plus possessif des Damon réalise à quel point c'est tordu.

Le couloir est sombre, mais je connais cette maison comme ma poche, et ce monstre n'a peur de rien. Je marche dans le couloir et j'entends un doux cri. Il perce l'air, rencontrant mes oreilles instantanément.

Je tourne la tête, en la dirigeant dans la direction où je pense avoir entendu le cri. C'est tellement étrange. Ça ressemble exactement au bruit que j'ai entendu la dernière fois que j'étais ici.

Je retiens ma respiration, pour qu'il y ait un silence absolu autour de moi, et pendant quelques instants c'est le cas. Puis, je pense que je dois être en train de devenir fou pour la deuxième fois quand le bruit s'en va, mais quelques secondes plus tard, je l'entends à nouveau.

Mes pieds se déplacent pour suivre le son quand j'entends quelque chose d'autre. Je m'arrête à nouveau et tends mes oreilles.

C'est la voix de Xander ?

Je secoue la tête. Il n'y a pas de...

Un autre petit cri résonne dans le hall, interrompant mes pensées, accompagné de la voix douce de Xander. Le ton de mon frère est apaisant et gentil, chaleureux même. Il n'y a aucune chance que ce soit mon frère, mais c'est définitivement sa voix. Je le sais.

C'est quoi ce bordel ?

Je me déplace plus loin dans le couloir et me rapproche de la porte d'où je suis presque sûr que les pleurs proviennent. Mon estomac fait un saut périlleux au moment où ma main saisit la poignée. J'entends la voix de Xander clairement maintenant, et je suis plus confus que je ne l'aie jamais été dans ma vie entière.

Les pleurs ont cessé, remplacés par le doux roucoulement d'un bébé.

Ça doit être une blague de malade. Un de ses jeux d'esprit tordu. Il n'y a pas moyen que je croie que mon frère s'occupe d'un bébé... ou en a un.

Je pousse la porte, m'attendant sincèrement à ce qu'il tienne un magnétophone. Ce que je vois est le plus gros « mindfuck » de tous.

Une chambre d'enfant décorée en bleu clair. Un grand berceau blanc. Et Xander assis dans un fauteuil à bascule, tenant un bébé.

Un. Putain. Bébé.

Je ne peux pas détacher mes yeux du bébé qu'il berce dans ses bras. Qu'est-ce qui se passe, bordel ? A-t-il volé l'enfant de quelqu'un ?

« Entre, petit frère. Il est temps pour toi de rencontrer ton neveu. »

Je crois que j'ai perdu la capacité de cligner des yeux — ou même de parler ou de marcher, d'ailleurs. Ça doit être un cauchemar.

Je regarde le petit bébé dans les bras de Xander se lever et enrouler ses petits doigts autour du pouce de Xander.

« Ne reste pas là, viens le voir. Il a une forte poigne toute prête. Il sera grand et fort en un rien de temps. » C'est la voix de Xander que j'entends, mais le ton ne m'est pas familier. Et les mots n'ont pas de sens.

Dès que mes jambes fonctionnent à nouveau, j'entre dans la pièce et je me dirige vers l'endroit où Xander est assis. Je regarde le petit enfant. Il a de grands yeux bruns et des cheveux noirs, tout comme Xander.

« As-tu déjà tenu un bébé ? »

Xander n'attend pas ma réponse. On sait tous les deux ce que c'est. Qui, putain, *me* laisserait tenir son bébé ?

Apparemment, Xander. Parce que l'instant d'après, il se lève et place le bébé dans mes bras.

Je le serre instinctivement contre mon corps, n'étant toujours pas sûr qu'il ne s'agisse pas d'une blague tordue.

« Où as-tu trouvé ce truc ? » Demandai-je, en regardant le petit garçon qui ressemble à une réplique de mon frère.

Xander gloussa. « Je suis sûr que je n'ai pas besoin d'expliquer comment on fait les bébés, et n'appelez plus mon fils comme *ça*. Il s'appelle Quinton. »

Je cligne des yeux. « OK, mais sérieusement, où l'as-tu trouvé ? On sait tous les deux que tu ne réclameras jamais une femme, et aux dernières nouvelles, il faut une femme pour accoucher, pas un homme. »

Il n'y a pas d'amusement sur son visage. En fait, il a l'air énervé.

« Aimer une femme est une faiblesse que je ne peux me permettre. » Il déplace son regard vers le bébé toujours bercé dans mes bras. « Eh oui, une femme a donné naissance à mon fils... évidemment, mais elle est hors jeu maintenant. » Xander le prend de mes bras et le place dans le berceau.

Il l'enveloppe dans une couverture et remonte l'engin accroché au côté de la balustrade. Il commence à jouer une douce berceuse. C'est une chose si banale à faire, et pourtant, regarder mon frère le faire est tout sauf banal.

C'est tellement étrange. Je l'ai vu tuer de sang-froid. J'ai vu ses mains écraser la gorge d'un homme, et maintenant, ces mêmes mains bercent un bébé.

« Tu l'as tuée, n'est-ce pas ? » Ma voix résonne par-dessus le son de la musique. Bien sûr, je connais déjà la réponse, mais le sourire mauvais de Xander le confirme.

« La loyauté est tout pour moi. J'ai découvert qu'elle cachait des choses, qu'elle exploitait des informations, alors j'ai fait ce que je fais avec les bouts de ficelle. »

Je roule les yeux. « Tu as mis fin à la vie de la mère de ton enfant ? Comment penses-tu qu'il va le prendre quand il sera grand et qu'il le découvrira ? »

Je pense à ce que je ressentirai quand Keira sera enceinte un jour. Je ne pourrais jamais m'imaginer la tuer après son accouchement. L'idée de la tuer pour quelque raison que ce soit me tord l'estomac de douleur.

« Ne me regarde pas comme ça », ricana Xander. « Elle s'est servie de moi. Elle est tombée enceinte, et après avoir eu notre fils, elle a essayé de s'enfuir avec lui. Comme si j'allais permettre ça. »

C'est le problème avec mon frère. Il n'offre aucune chance. Il est impitoyable. Pendant longtemps, je ne pensais même pas qu'il avait un cœur, jusqu'à ce que je le regarde bercer son petit garçon dans sa poitrine.

Je passe une main dans mes cheveux. Je ne peux pas m'empêcher de regarder le berceau. C'est incroyablement difficile de rationaliser le fait que mon frère criminellement fou a un enfant, et qu'il l'élève seul. Comment diable peut-il être un bon père alors que notre père ne l'était pas ?

« Comment va Keira ? » Le sourire paresseux sur ses lèvres me dérange.

« Bien. Secouée, mais elle était plus préoccupée par mon bien-être que par le sien. La balle lui était destinée. »

« Je t'ai dit de venir ici dès que possible, mais comme toujours, tu n'étais pas d'accord. » Xander secoue la tête et sort de la pièce, une grimace de frustration sur le visage.

Je le suis. « Comment ça, tu me l'as dit ? Tu étais au courant, n'est-ce pas ? » Je suis livide. Ma pression sanguine monte en flèche. Bien sûr qu'il savait.

Il ne répond pas, et il n'arrête pas de marcher jusqu'à ce que nous atteignions le bureau. Je serre les poings si fort que les muscles de mon avant-bras me font mal.

« Réponds-moi, Xander ! Est-ce que tu savais ? Parce que si tu le savais et que quelque chose serait arrivée à Keira... »

« Tu ferais quoi ? » Il lève un sourcil, un verre de whisky dans les mains. « Me tirer dessus ? Tu me tuerais ? Que ferais-tu à ton grand frère pour protéger la femme que tu aimes ? »

L'amour...

« Tu ne sais rien du tout... » J'ai peur pour la sécurité de Keira, ça me fait froid dans le dos.

L'amusement scintille dans le regard sombre de mon frère. « Admets-le. Tu l'aimes. C'est pourquoi tu n'as pas hésité à l'épouser. C'est normal d'admettre que tu as une faiblesse. »

Ma mâchoire me fait mal alors que je commence à broyer mes molaires. « Ce n'est pas une putain de faiblesse. »

« Mais elle l'est, n'est-ce pas ? »

Est-ce que Keira est une faiblesse ? Peut-être. Mais elle peut se défendre. C'est mon travail, en tant qu'homme, de m'inquiéter pour sa sécurité. C'est ce qu'un homme bon fait.

« Tu me juges comme si tu n'avais pas de faiblesse à toi, mais je dois te demander, qui va protéger ton fils de tous tes ennemis ? »

Les traits du visage de Xander deviennent meurtriers. « Mon fils n'est pas une faiblesse, pas si personne ne sait qu'il existe. »

J'ai failli éclater de rire. « Tu vas cacher ton fils au monde entier à cause de quelques ennemis. »

Il porte le liquide ambré à ses lèvres, mais ne boit pas. « Nous avons dépassé le fait d'avoir *quelques* ennemis, petit frère. Peut-être que lorsque tu étais un membre actif de la famille, nous en avions quelques-uns, mais j'ai fait des choses... j'ai changé des choses —

et cela a mis plus de feu sur nous que ce que nous avions auparavant. »

« OK, et cacher ton fils au monde pour toujours va faire quoi ? »

« Je ne le cache pas du monde. Je le cache jusqu'à ce qu'il soit en sécurité — ou jusqu'à ce qu'il puisse se protéger lui-même. »

Clairement, je ne comprends pas. « Tu es conscient de qui tu es et de ce que vous faites pour vivre, n'est-ce pas ? »

Le regard de Xander devient froid. « Je le suis. Et toi ? Parce que tu continues à me parler comme si j'étais une ordure sous ta chaussure. J'ai sauvé ta pute d'en haut de la mort, et je t'ai ramené dans la famille. Je t'ai accueilli à bras ouverts, petit frère, et tout ce que tu as fait c'est me chier dessus. »

« Appelle Keira une pute encore une fois et je te tranche ta putain de gorge. » Je sais que j'entre dans sa main, dans son jeu pervers, mais je ne le laisserai pas parler de Keira comme ça... pas quand elle n'est pas là pour se défendre.

« C'est un comportement très irrationnel pour quelqu'un qui n'est *pas* amoureux. » Il a un sourire sombre sur le visage.

Ses sautes d'humeur me donnent le coup de fouet et j'ai envie de le frapper au visage des milliers de fois.

« Ça n'a pas d'importance, Xander. Si j'aime Keira, alors je l'aime... et alors quoi, putain. L'amour n'est pas une faiblesse, et plus tôt tu l'apprendras, plus belle sera ta vie. »

Il glousse, puis boit une grande gorgée de son verre.

« Tu sais quoi, mon frère », ricanai-je. « Il n'y a aucun espoir pour toi. Tu es sans cœur et aussi malade que notre père. »

Mes mots semblent le faire craquer. Une éruption de violence se déclenche, et en quelques secondes, il jette le verre contre le mur derrière moi. Il se brise, et le reste du contenu dégouline sur le mur, mais je ne bronche pas. Mon frère ne me fait pas peur. La seule chose qu'il pourrait blesser est en haut, et je le tuerais s'il posait à nouveau la main sur elle.

« Je ne suis en rien comme notre père. Rien », se vanta-t-il. « En fait, j'ai fait tout ce que j'ai pu pour m'assurer que je ne devienne pas ce salaud, mais puisque tu tiens tant à ce que je sois comme lui, pourquoi ne pas mener cette putain de guerre contre lui tout seul ? »

Je fronce les sourcils, la confusion s'installe. « De quoi parles-tu ? Il est mort depuis des années. Je t'ai vu lui tirer dessus juste après qu'il m'ait tiré dessus. Il est mort. »

Une obscurité s'abat sur le visage de Xander. « Non, nous pensions qu'il était mort, mais je peux vous assurer qu'il ne l'est pas. Et maintenant que nous avons tous les deux une faiblesse pour laquelle il faut se battre, nous devons protéger l'empire Rossi. Nous devons protéger ce qui est à nous. »

Je n'en crois pas mes oreilles. « Tu es en train de me dire que notre père n'est pas mort ? »

Xander me regarde droit dans les yeux. « Je te dis que notre père n'est pas mort, et qu'il est le prochain à venir nous chercher. »

Le sol sous mes pieds semble disparaître, et je réalise à quel point la situation va empirer.

La guerre. Une guerre totale va avoir lieu. Xander et moi avons gagné une fois, mais peut-on encore battre la mort ?

Pouvons-nous battre le monstre sans en devenir un nous-mêmes ?

Fin

À PROPOS DE L'AUTEUR

Veuillez cliquer sur "+Suivre" pour être alerté de mes nouvelles publications.

Interagissez avec nous au sein de notre groupe de lecteurs

J.L. Beck est une mordue des mots. Auteure de best-sellers internationaux et de USA Today, celle-ci a publié sa première romance en 2014 et n'a cessé d'écrire depuis.

Quand elle n'écrit pas, vous pouvez la croiser assise à siroter une tasse de café, dans un fauteuil confortable, un livre à la main. C'est une maman de bambins et de chiots, une épouse et une introvertie.

C. Hallman est une auteure de best-sellers USA Today ayant publié son premier roman en 2018. Née et élevée en Allemagne, Cassandra a déménagé aux États-Unis lorsqu'elle avait dix-huit ans. C'est une mariée épanouie et une maman de trois garçons.

Passionnée de lecture, cet amour a lentement mué en écriture après s'être armée d'un clavier. Elle a alors commencé à explorer les aspects les plus sombres de la romance.

Pour en savoir plus sur ses ouvrages, rendez-vous sur https://www.bleedingheartromance.com

Printed by Amazon Italia Logistica S.r.l.
Torrazza Piemonte (TO), Italy

37923398R00162